Asko Lampinen

Työttömän ajoja

Laukaus Suomen pääministeriin

Romaani

Asko Lampinen on suomalainen kirjailija, jolta on aikaisemmin ilmestynyt seuraavat alla olevat teokset. Teosten lisäksi Asko Lampisen tuotoksia löytyy muutamista laulujen sanoituksista, runoesityksistä ja lehtiartikkeleista.

Asko Lampinen

Työttömän ajojahti

Laukaus Suomen pääministeriin

Romaani

© 2024 Asko Lampinen

Kannen suunnittelu: Asko Lampinen
Sisuksen taitto: Asko Lampinen

Kustantaja: BoD · Books on Demand GmbH,
Helsinki, Suomi
Kirjapaino: Libri Plureos GmbH, Hampuri,
Saksa

ISBN: 978-952-80-8434-1

LAUKAUS

Perjantai 16.8.2024. Heino Karjalainen käveli linja- autopysäkiltä kohti eduskuntataloa, hänellä oli selvä tavoite ja päämäärä, paikka mihin hän oli menossa, kaikki oli etukäteen huolella valmisteltu. Heino katseli päättäväisenä eduskuntatalon ympäristöä, hänen tavoitteena oli nousta eduskuntatalon lähellä olevan kerrostalon kattotasanteelle. Heino Karjalaisen edessä oli liki satavuotias vanha kivitalo. Tämäkin ikuinen ja tervehenkinen kerrostalo, kerrostalo, joka oli selvinnyt Toisen maailmasodan pommituksista näkisi taas tapahtuman, joka olisi uusi kirjaus nuoren demokraattisen valtion ja Suomen tasavallan historiaan.

Kerrostalon ulko- oven aukaisu ei Heinolle aiheuttanut ongelmia, koska aamupäivällä ison kerrostalon alaovella tuntui olevan jatkuvasti liikettä. Onneksi hississä ei ollut ketään muita kuin hän. Kattotasanteen ulko- ovi oli luonnollisesti lukittu, mutta se ei estänyt Heinoa pääsemästä väkivalloin ovesta läpi. Heino asettautui kerrostalon katolle ja etsi rauhassa ilmastointikanavan möhkäleen näkösuojaksi. Hän katseli hetken aikaa kadulla vellovaa ja edestakaisin liikkuvaa mielenosoittajien joukkoa. Mielenosoitukseen oli kokoontunut yllättävän paljon väkeä, vaikka tilaisuus oli järjestetty alkaneeksi perjantai aamupäiväksi kello kymmenen. Puhetilaisuus oli alkanut mielenosoittajien omilla puheilla ja iskulauseilla, ammattiyhdistysliike oli jo pitänyt oman palopuheensa. Soppatykit ja mielenosoittajien tekemät lakanat nostivat jonkin verran latteaa mielenosoitus tunnelmaa. Alhaalla eduskuntatalon edessä väkijoukon takana seisoi Suomen pääministeri Pertti Miettunen. Ministerin vieressä seisoi vanhemman oloinen ja kokenut turvamies. Turvamiehen rauhallisista liikkeistä huomasi, että hän oli pitkään työskennellyt ministeriön palkkalistoilla, ja ehkä hän ajatteli tämän tilaisuuden olevan rutiinikeikka muiden yleisötilaisuuksien tavoin. Turvamiehen tehtävänä oli aina huolehtia, ettei kukaan yleisön joukosta ryntäisi veitsen kanssa pääministerin päälle. Mielenosoittajat olivat hankkineet lakien ja asetusten mukaisen lukumäärän järjestysmiehiä, jotka pääosin norkoilivat soppatykin vieressä, osa heistä oli vaivautunut pääministerin ja mielenosoittajien väliin. Paikalla olevien poliisien tehtävänä oli taas huolehtia, että yleisön joukosta ei mikään uhkaisi pääministeriä ja heidän piti myös seurata, että mielenosoitus sujuisi poliisin sääntöjen mukaisesti. Erityisesti poliisin tehtävä oli seurata, että mielenosoittajilla ei olisi ampuma-aseita mukana. Tilaisuus alkoi pääministerin erityisavustajan Sofia Kuusiston alkusanoilla.

– Tervetuloa tilaisuuteen. Suomen pääministeri Pertti Miettunen pitää puheen teille mielenosoittajille ja median edustajille sosiaaliturvaleikkauksiin liittyen.

Pääministerin edessä oli mikrofooniteline, telineessä ei ollut tällä kertaa luodinkestävää lasia. Toimittajat ja median edustajat asettautuivat pääministerin lähelle. Pääministeri aloitti puheensa yleisön edessä.

– Arvoisat kansalaiset. mielenosoittajat ja median edustajat! Hallitus on päättänyt kansalaisten ja ammattiyhdistysliikkeiden vastustuksesta huolimatta leikata ansiosidonnaista työttömyysturvaa ja muita toimeentuloavustuksia.

Yleisö aloitti välihuudot ja keskeytti pääministerin puheen. Media otti rutiininomaisesti valokuvia ja videoi suomalaiseen tapaan latteaa ja vaisua mielenosoitusta, ja pääministerin tiedotus tilaisuutta. Poliisilla oli iso ryhmä paikalla valvomassa kansalaisia, jotta mielenosoitus pysyisi säädyllisissä merkeissä, huutaa saisi, mutta vain säädyllisesti ja kohtuullisella äänellä.

— Saisinko jatkaa perusteluilla, olkaa nyt hiljaa! pääministeri huusi ärtyneenä väkijoukolle.

Mielenosoittajat huutelivat vielä hetken, mutta tuimien suomalaispoliisien katseiden alla tilanne rauhoittui nopeasti. Tuli hiljainen hetki ja ihmiset odottivat jotakin tapahtuvaksi, ehkä mielenosoittajat odottivat joitakin myönnytyksiä ja almuja annettavaksi heille. Hiljaisen hetken aikana taustalla kaupunkipulut ääntelivät ja lokit kirkuivat toisilleen odottaen ja saadakseen väkijoukon antamia ruokajätteitä. Läheinen liikennevirta piti tasaista meteliä, mutta yleisön ja pääministerin ylle asettui omituinen hiljaisuus, aivan kuin hetki odottaisi jotakin yllättävää tapahtuvaksi.

Heino Karjalainen oli valmistautunut huolella, pitkästä sählymailapussista hän otti esille lintukiväärin ja nosti aseen repun päälle ja asettautui makuulle. Oikea jalkaterä nojasi vasemman jalan pohkeen päällä ja rintakehä oli kevyesti katon pinnalla. Heino rauhoitti hengitystään ja yritti vaimentaa kiihkeästi sykkivän sydämen lyöntejä alemmas. Tällaisia tilanteita Heino oli kokenut tuhansia kertoja, mutta nyt oli ensimmäinen kerta, kun hän ampuisi ihmistä ja Suomen pääministeriä. Elokuinen ilma oli kirkas ja tuuleton, tulossa oli lämmin loppukesän hellepäivä. Heino oli kohdistanut lintukiväärin huolella, sillä osuman pitäisi olla tarkka. Heino otti Suomen pääministerin aseen kiikarin ristikolle ja asetti ristikon pääministerin rintakehän päälle. Ampumamatkaa oli alle sataviisikymmentä metriä. Heino ampuisi tältä matkalta helposti teeren ja osuisi tyynellä ilmalla tulitikkuaskin keskelle, hän oli myös ottanut huomioon luodin lentoradan, koska ampumapaikka oli pääministeriä ylempänä, aivan kuin ampuisi vaaranrinteeltä lintua alaspäin. Heino otti muutaman syvemmän henkäyksen ja rykäisi kevyesti, jotta sydämensyke rauhoittuisi, sen taidon hän oli oppinut urheiluammunnasta. Heino tyhjensi keuhkot ja puristi tasaisesti aseen liipaisinta. Kivitalojen keskellä kuului lintukiväärin terävä ja kimakka laukaus. Heino katsoi kiikarin läpi ja huomasi pääministerin lyyhistyvän maahan eduskuntatalon portaikon äärelle.

Heino oli ampunut pääministeriä hiljaisella hetkellä, mielenosoittajat olivat silloin hiljaa, Suomen pääministerin omasta käskystä johtuen. Kerrostalojen keskellä kiväärin ääni täytti koko korttelin. Linnut lehahtivat lentoon, kaupunkilinnut eivät olleet tottuneet maaseudun lintujen tapaan ampuma- aseiden ääniin. Turvamies jähmettyi paikalleen, kun pääministeri kaatui selälleen ja jäi makaamaan maahan. Turvamies oli koulutettu juuri tällaisiin tilanteisiin, mutta Suomessa ei aseita ole käytetty politiikkoja vastaan, se yllätti nyt kokeneen turvamiehen. Kymmenen lähintä poliisia katsoi hämmentyneenä Suomen pääministeriä ja turvamiestä. Toimittajat ja median edustajat heittäytyivät maahan, sillä aseen ääni ja luodin lentoääni saisivat kenet tahansa vaistonvaraisesti heittäytymään makuulleen. Mielenosoittajat olivat hiljaa ja katsoivat hämmentyneenä pääministeriä, joka makasi verisenä maassa. Poliisit selvisivät ensi hämmennyksestä ja he etsivät katseellaan yleisön joukosta päämisterin ampujaa. Media ei saanut ensimmäistäkään kuvaa ampumistilanteesta, videolle ja turvakameroihin tilanne sentään tallentui.

Turvamies toipui viimeisenä hämmästyksestä ja hyökkäsi pääministerin päälle estääkseen uudet laukaukset pääministeriä kohti. Pääministeri selvisi hämmentyneestä tilanteesta ihmeen nopeasti tajutessaan, että luoti osuikin jalkaan eikä rintakehään, hän ymmärsi heti olevansa elossa, mutta tajusi, että häntä oli ammuttu ampuma-aseella. Pääministeri huusi itse turvamiehelle, eritysavustajalle ja poliisille.

– Mitä tapahtui, soittakaa ampulanssi, jalkaani sattuu ja minusta tulee verta!

Pääministerin erityisavustaja hälytti paikalle ampulanssin. Turvamies painoi jalassa olevaa ampumahaavaa, jotta verenvuoto tyrehtyisi. Yleisö ryntäsi paniikissa nopeasti pois alueelta, vaikka vähäinen poliisijoukko yritti estellä yleisön paniikinomaista poistumista. Poliisin ensimmäinen hätäinen ajatus oli, että mahdollinen ampuja ja syyllinen voisi poistua paikalta, kun yleisö juoksee pakokauhussa pois mielenosoitusalueelta. Heino perääntyi rauhallisesti kerrostalon katon reunalta ja piiloutui taas kokonaan ilmastointilaitteiden taakse. Rauhallisesti hän laittoi aseen takaisin sählymailapussiin ja keräsi huolellisesti kaikki tavarat reppuunsa. Yksi ainoa ammuttu patruunan hylsy jäi aseen sisälle talteen. Heino poistui rauhallisesti kattotasanteelta ylimpään kerrokseen ja painoi hissinkutsumisnappia. Päästyään hissin sisälle hän painoi ensimmäiseen kerrokseen osoittavaa hissinappulaa. Heino toivoi, että hississä ei olisi tälläkään kertaa muita ihmisiä, mutta pahaksi onnekseen, hän kohtasi hississä vanhemman rouvan, joka oli menossa alaspäin Heinon tavoin. Kerrostalossa asuva vanhempi rouva katseli ahavoituneen näköistä jäntevää miestä, koska hän ei ollut nähnyt tätä miestä aikaisemmin tässä kerrostalossa. Vanhempi rouva jäi alimmassa kerroksessa pois hissin kyydistä. Heino muutti mieltänsä ja jatkoi vielä alimpaan pohjakerrokseen, jossa hän odotti hetken aikaa, että vanhempi rouva ehtisi poistua piha- alueelta. Heino nousi portaita pitkin ensimmäiseen kerrokseen ja katseli ulko-oven takaa huolellisesti piha-alueen ympäristöä. Ulkona näytti rauhalliselta, juuri nyt ketään muita ei näkynyt kerrostalon piha- alueella, ihmiset olivat jo lähteneet töihin ja kaupungille.

Poliisit eivät heti tienneet mitä oli juuri tapahtunut, kuka oli ampuja ja mistä paikasta pääministeriä oli mahdollisesti ammuttu. Tilanne ei avautunut nopeasti myöskään Helsingin poliisin kenttäjohdolle. Mielenosoitusalueella ja pääministerin puhujakorokkeella vallitsi hetken aikaa täysi kaaos. Poliisin kenttäjohto hälytti paikalle nopeasti lisävoimia. Jokainen vielä paikalla jäänyt mielenosoittaja tarkistettiin ja heiltä otettiin nimet ylös mahdollisia kuulusteluja varten. Poliisilla ei ollut mitään johtolankaa tiedossa, kuka ampui ja mistä suunnasta. Medialta evättiin lupa kuvata ja haastatella paikalla olevia asianosaisia, jotta poliisille jäisi tutkimusrauha, olihan Suomen pääministeriä ammuttu.

Heino Karjalainen käveli urheiluvaatteissa, reppu selässään ja sählymailapussi olkapäällään kohti läheistä linja- autopysäkkiä. Edelleen Heinon tilanne näytti rauhalliselta, kaikki oli mennyt, miten hän oli itse alun perin suunnitellut. Heino oli ottanut selvää ennakkoon, milloin seuraava linja-auto lähtisi kohti pohjoista. Linja- auto saapui pysäkille, joka oli menossa kohti Vantaan Korsoa ja nelostietä. Heino nousi linja- autoon. Oli lähestyvä keskipäivä ja linja- autossa oli hyvin tilaa. Heino tervehti epätavallisesti, sillä täällä Etelä- Suomessa ei ollut tapana useinkaan tervehtiä kuljettajaa, kuljettaja istui turvalasin takana.

— Päivää. Vantaan Korso meno ja käteisellä.

Linja- auton kuljettaja nyökkäsi ja otti Heinon antaman tasarahan vastaan, kuljettaja ojensi takaisin lippukuitin.

— Päivää. Olkaa hyvä.

Heino asettautui istumaan kuljettajan lähelle. Kuljettaja vilkaisi taustapeilistä uudestaan vanhempaa miestä, joka oli urheiluvaatteissa, joka oli asettanut vapaalle viereiselle istuimelle repun ja sählymailapussin. Yllättäen kuljettaja kysyi Heinolta, joka oli pääkaupunkiseudulla epätavallista, sillä matkustajien kanssa ei yleensä jutella. Kuljettajia oli pahoinpidelty usein ja se oli syy kuljettajien puhumattomuuteen ja keskusteluun matkustajien kanssa.

— Kuuntelin sinun puhumaa murretta, oletko pohjoisesta kotoisin?

— Kyllä olen.

Heino hämmentyi hieman kuljettajan kysymystä ja utelijaisuutta.

— Oliko tänä kesänä pohjoisessa hilloja, jos sinä ehdit käydä hillassa?

— Toki, hilloja oli aika hyvin, kiitos kysymästä.

— Minä olen myös sieltä kotoisin, mutta en ole ehtinyt käymään pohjoisessa moneen vuoteen.

— Aivan, jos sinne lähtee, pitää olla aikaa ja nykyisin rutkasti rahaa ainakin polttoaineisiin.

Keskustelu päättyi lyhyeen, kun linja- autoa vastaan tuli kovaa vauhtia pillit päällä useita poliisiautoja ja ampulansseja. Kuljettaja avasi radion ja kuunteli uutisia, olisiko siellä jotakin kerrottavaa tästä useiden poliisiautojen kiivaasta ajeluista kohti Helsinkiä. Paikallisradion toimittaja puhui radiossa, että Helsingin keskustassa oli ammuttu ampuma- aseella ja alustavan tiedon mukaan ilmeisesti jotakin kansanedustajaa olisi haavoitettu. Toimittaja korjasi hetken päästä, että Suomen pääministeriä oli ammuttu, mutta silminnäkijöiden tiedon mukaisesti hän oli hengissä, kun hänet siirrettiin ambulanssiin. Heino kyllä tiesi vallan hyvin, että pääministeri selviäisi tilanteesta, kun hän mietti uudestaan tilannetta. Heinolle oli jäänyt selvä tilannekuva laukauksesta. Ei hän voinut ampua Suomen pääministeriä hengiltä, hän olisi kyllä pystynyt siihen. Heino pohti ankarasti useita viikkoja etukäteen miettien tulevaa ampumistilannetta, mutta vielä tänään hän vielä epäröi, mihin kohtaan päämisteriä hän ampuisi. Heino käänsi laukauksen pääministerin reisilihakseen ja tiesi pääministerin siitä selviävän vallan hyvin. Heino muisti laukauksen aikana, että pääministerillä oli hänen tietojensa mukaan lapsia ja kenties lapsenlapsiakin. Heino ei halunnut ampua pääministeriä rintaan. En minä ole oikea tappaja ja murhaaja. Heino muisteli isoisäänsä, joka oli ollut sodassa, isoisä ei kertonut koskaan sodasta mitään, isoäiti kertoi kuitenkin, että isoisä näki elämänsä loppuun asti painajaisia sodasta ja vaikka isoisä ei haavoittunut sodassa, hän näki omien ystävien ja aseveljien kuolemat vierestä ja venäläisten kuolemat, jotka hän itse aiheutti. Tältäkö se tuntui, kun ampui ihmistä, siihen kuulemma tottuu nopeasti, ihminen turtuu aina väkivallalle.

Eduskuntatalon lähellä poliisi yritti saada edelleen muodostettua selkeän tilannekuvan. Ampujasta ei ollut vieläkään mitään havaintoa, tiedossa ei ollut ampumapaikkaa eikä ampumasuuntaa. Rikospaikkatutkinta oli alkanut heti ja poliisi eristi alueen huolellisesti. Mikrofoonitelineen takana hääri useampi poliisi ja he etsivät jotakin luotiin liittyvää. Koska paikalla olevista toimittajista ja mielenosoittajista ei nopeasti katsottuna löytynyt ampujaksi epäiltyä, niin poliisi alkoi tutkimaan aluetta tarkemmin ja laajemmin. Rikospaikkatutkijat löysivät kiviportaikon saumasta luodin, joka oli painunut kasaan lävistettyään pääministerin jalan ja luoti oli pysähtynyt kiviportaan saumaan. Pohjoisesta

15

kotoisin oleva rikoskomisario Martti Kotkanniemi katseli luotia ja esitti heti oman mielipiteensä.

— Veikkaan, että tämä on lintuluodikon luoti 5,7 eli 222 ja kokovaippa.

Vanhempi johtava rikosylikomisario Varma Kallio sanoi siihen.

— Voi olla, mutta meidän pitää ensin asia varmistaa. Ampumasuunta on alustavasti noista kerrostaloista suuntautuen tänne portaikkoon, poliisin on syytä heti käydä haastattelemassa kerrostalon asukkaita.

Poliisit laajensivat tutkimusaluetta ja rivipoliisit hajaantuivat lähinnä olevien kerrostalojen asukkaiden luokse haastattelemaan heitä, olisiko jotakin erikoista näkynyt heidän kerrostaloissa.

Vanhempi rouva Salme Helmström palasi jo asioiltaan takaisin kotiinsa. Salmen sokeritasapaino oli laskenut jo aika matalalle ja Salmella oli hieman kiire kotiinsa päiväkahvin keittoon. Pihalla Salme kohtasi taloyhtiön isännöitsijän Timo Kukkosen. Timo Kukkonen tervehti tuttua ja pitkäaikaista asukasta. Salme nyökkäsi ja kiirehti kohti ulko- ovea. Yllättäen Salme kääntyi kuitenkin ympäri ja kysyi isännöitsijältä.

— Onko taloomme muuttanut uusi asukas tuonne ylimmäiseen kerrokseen, tapasin tänään erään vanhemman miehen meidän talon hississä?

— Ei, en ole tietoinen sellaisesta, olisiko hän ollut, joku vierailija tai huoltomies?

Salme jatkoi matkaa ja isännöitsijä istui autoonsa, kun poliisiauto ajoi kerrostalon sisäpihalle. Konstaapeli koputti isännöitsijän auton ikkunaan.

- Päivää. Kuka te olette ja onko teidän kerrostalossa näkynyt jotakin epämääräistä liikettä kaksi tuntia aikaisemmin?

- Päivää. Olen tämän talon isännöitsijä Timo Kukkonen. Ei, tule nyt mieleen, ei kait. Tai hetkinen, vanhempi rouva talon yläkerrasta kertoi, että hän oli tavannut tunti sitten erään miehen talon hississä, jota hän ei ollut tuntenut. Rouvan nimi on Salme Helmström, Kukkonen jatkoi.

— Missä tämä Helmström asuu, missä kerroksessa?

— Toiseksi ylimmäisessä kerroksessa. Päästän teidät ulko- ovesta sisälle.

— Kiitos.

Salme oli juuri päässyt kotiinsa ja hän laittoi heti kahvinkeittimen päälle. Nosteltuaan ostokset kaappeihin, Salme istui keittiön pöydän ääreen. Kahvi maistui nyt erityisen hyvältä ja hänen itse leipomansa vehnäpulla sai Salmen verensokerin nousemaan oikealle tasolle. Kesken kahvinjuonnin ovikello soi ja Salme nousi kahvipöydästä. Salme katsoi ovisilmästä ovikellon soittajaa ja varmisti, että oven takana olisi asiallista väkeä. Salme ihmetteli nähdessään ovisilmän kautta kahden poliisikonstaapelin odottelevan oven takana. Salme aukaisi oven ja kysyi poliisien asiaa.

— Anteeksi, oletteko te erehtyneet huoneistosta, alakerrassa oli viime viikolla pientä metelöintiä?

— Ei suinkaan, tulimme teitä tapaamaan, isännöitsijä kertoi teidän nähneen aamupäivällä, jonkun tuntemattoman miehen hississä, nuorempi konstaapeli kertoi.

— Kyllä se pitää paikkansa. Tuntematon mies tuli ylimmäisestä kerroksesta ja meni samaa matkaa ensimmäiseen kerrokseen, mutta jatkoikin yllättäen vielä pohjakerrokseen.

— Minkä näköinen mies oli?

— Jäntevän oloinen pitkä mies, kypsässä iässä.

— Oliko hänellä mitään mukana?

— Oli hänellä jokin reppu ja jokin pitkä pussi selässä.

— Kiitos teille tiedoista.

— Ottaako poliisit kahvia?

— Kiitos tarjouksesta, mutta meidän pitää kiirehtiä toisaalle. Kiitos ja näkemiin.

— Näkemiin.

Salme sulki olko- oven ja meni siivoamaan kahvipöydän. Poliisit nousivat katolle ja yllättyivät, kun kattotilan huolto- ovi oli auki, oven lukko oli selvästi rikottu. Kattotasanteella ei näkynyt mitään epätavallista, mutta he soittivat tutkinnanjohtaja Varma Erätulelle.

— Meillä olisi eräässä kerrostalossa mahdollinen rikostekninen asia, joka voisi mahdollisesti liittyä tähän ampumatilanteeseen, ja sen lisäksi eräs vanhempi rouva oli nähnyt tuntemattoman henkilön kerrostalon hississä, vanhempi konstaapeli kertoi.

— Liputtakaa kattotila ja älkää sotkeko paikkoja, katsotaan ruudinjäänteet katolta, jotta saamme tästä tapauksesta varmuuden, tutkinnanjohtaja rikosylikomisario Varma Erätuli vastasi.

— Selvä on, me liputetaan alue.

Toinen konstaapelista lähti hakemaan autosta poliisin omaa kuitunauhaa ja toinen jäi vartioimaan kattotilaa, että kukaan ei sotkisi aluetta. Hetken päästä poliisin rikospaikkatutkijat saapuivat paikalle ja he ottivat pintanäytteitä kattotilan tasolta. Tutkijoilla oli mukana kenttälaboratorio, johon he asettivat pyyhkäisynäytteitä. Erään näytteen kohdalla selkeästi voitiin todeta, että kattotasanteelta löytyi ruudinjäämiä. Ylätasanne ja kattotasanne lukittiin ja sinetöintiin vielä tarkempia tutkimuksia varten.

19

Pakomatka

Mutta. Heino oli jo kaukana eduskuntatalosta. Linja- auto oli jättänyt Heinon Vantaan Korsoon. Korsossa Heino käveli autolleen, jonka hän oli jättänyt pienen ruokakaupan pihalle. Aamulla tyttären luota lähtiessä Heino oli ennakkoon päättänyt, että hän jättäisi autonsa Vantaalle, jotta hän voisi aluksi käyttää linja- autoa pakomatkallaan liikkuessa kohti pohjoista. Heino ajatteli tullessaan Vantaalle, että muutaman tunnin pysäköinti hänen autolleen olisi turvallista, mutta yön yli auto houkuttelisi hunajapaperin tavoin huligaaneja auton kimppuun. Heino katsoi ympärilleen ja nosti tavarat auton peräkonttiin ja lähti ajamaan kohti pohjoista. Nelostiellä oli hiljaista. Aamuruuhkaliikenne oli takana ja aamupäivän aikana ei liikenteessä ollut muita, kuin pohjoiseen matkaavia rekka-autoja. Helsingin sataman terminaalista oli yöllä purkautunut kuorma Saksasta tulleesta rahtilaivasta. Venäläisiä autoja ei enää ollut liikenteessä Ukrainan sodan seurauksena, vaan suurin osa oli suomalaisia ja joukossa oli muutama keskieurooppalainen rekka-auto, jotka liikkuivat kohti pohjoista. Heino ajoi rauhallisesti kohti Jyväskylää ja noudatti liikennerajoituksia. Muutamia poliisi- autoja matkasi edelleen kohti Helsinkiä, poliisi- autot ajoivat pillit päällä, tietämättään Heinon olemassaolosta yhtään mitään. Kaikki liikenevät poliisivoimat oli komennettu Helsinkiin. Valtatiellä ei vielä pysäytetty autoja, tiesulkuja ei näkynyt missään.

Helsingin poliisin johtokeskuksessa oli nyt mietinnän paikka. Suomen pääministeriä oli ammuttu, joka oli ensimmäinen kerta Toisen maailmansodan jälkeen. Media alkoi juoksuttamaan kaikkia mahdollisia erikoisasiantuntijoita studioissa. Kukaan ei voi ennakkoon käsittää, miten paljon Suomen kaltaisessa maassa voi olla tutkijoita, virkamiehiä ja viranomaisia, jotka tietävät erikoisista tapahtumista kaiken mahdollisen eli kaikesta kaiken ja Suomen kansa seuraa kaikki lähetykset ja uutiset uskoen kaiken, mitä mediassa kerrotaan, oli asiasta luotettavaa tietoa tai ei. Ja tässäkin tapauksessa erikoisasiantuntijoita löytyi erityisen paljon, mutta kaikki toistivat vain yhtä ja samaa lausetta.

"Suomen pääministeriä oli ammuttu, mutta me emme tiedä kuka ampui ja miksi?".

Arvuuttelua kyllä käytiin laidasta laitaan, oli terrorismia, uskonnollista perustetta ja vieraan vallan aiheuttama ampumistapaus tai poliittinen teko. Aamupäivällä tapahtuneesta tilanteesta ei päästy eteenpäin ja poliisi oli vaitonainen, vaikka media painosti omasta mielestä ankarasti. Totuttuun suomalaiseen tapaan media käsitteli silkkihansikkain poliisin toimintaa tässäkin tilanteessa.

Poliisin ensimmäinen alustava tekninen tutkinta valmistui ja luoti, joka oli lävistänyt pääministerin jalan, joka löytyi porraskivetyksen saumasta, olikin Martti Kotkanniemen aavistuksen mukaisesti lintukiväärin kokovaippainen luoti, jota käytetään metsästyksessä ja jolla yleensä ammutaan laajoilla pohjoisen suoalueilla ukkoteeriä eli urosteeriä. Rikoskomisario Martti Kotkanniemi katseli lintukiväärin luotia ja pohti ääneen.

– Todella mielenkiintoinen luoti, teknisen tutkinnan mukaan tällä aseella, josta tämä luoti oli lähtöisin, tällä aseella oli ammuttu todella paljon, aseen rihlat olivat selvästi kuluneet, mutta miksi hän ampui ohi?

– Kuinka niin ohi? kysyi pääministerin tapausta tutkiva johtava rikosylikomisario Varma Erätuli.

– En ole koskaan kuullut tällaisesta tapauksesta, että ammutaan lintukiväärillä jalkaan eikä rintaan, osuuhan kokenut metsästäjä helposti parin sadan metrin matkalta riistalintuun, sitä tässä ihmettelen?

– Kerro vaan lisää, Varma Erätuli pyysi jatkamaan.

– No, veikkaan, että kyseessä on pohjoisen mies, joka ampui jonkun syyn takia.

– Vai sellaista ajattelet. Joko kerrostalon katolta on valmistunut tutkinta? Varma kysyi.

– Jaa, katsotaanpa. No, ruudinjäämiä on katolla, mutta muuta ei juurikaan nyt tiedetä, hän oli siivonnut jälkensä hyvin.

– Siivonnut?

– Niin, kerrostalon katolta ei löytynyt mitään muuta merkkiä ampumisesta. Hän oli siivonnut.

– Vai niin, onpa erikoinen mies tai nainen...

– Niin on.

– Pitänee haastatella sitä kerrostalon vanhempaa rouvaa tarkemmin, joka oli nähnyt oudon miehen kerrostalon hississä.

– Se olisi ehkä viisasta, olemme nyt hänen varassa, jotta pääsimme eteenpäin tässä tutkimuksessa.

Silminnäkijä

Salmea ei pyydetty poliisiasemalle, poliisi osoitti siinä hyvää harkintaa. Varma Erätuli ja Martti Kotkanniemi lähtivät tapaamaan Salmea. Salme oli samalla mielissään, kun hän sai arkielämäänsä hieman muutoksia, päivät olivat soljuneet viikkoja ilman, että mitään merkittävää oli hänelle tapahtunut, koska kesällä sukulaiset ja ystävät olivat olleet omissa oloissaan, ketään ei näkynyt kesällä tai heistä ei kuulunut mitään, ainoastaan nyt loppukesästä poliisi kävi häntä tapaamassa muutaman tunnin välein. Johtava rikosylikomisario Varma Erätuli ja rikoskomisario Martti Kotkanniemi koputtivat Salmen ovelle. Salme varmisti aina katsomalla ovisilmästä, ketä oven takana seisoi. Salme ei heti päästänyt poliiseja sisälle, koska he eivät olleet poliisin virkapuvussa, vaan heillä oli nyt poliisin siviilipuvut päällä, kun he seisoivat ovisilmän takana. Salme kysyi ensin heidän asiaansa ja virkamerkkiä, jonka jälkeen Salme irrotti turvakettingin ulko- ovesta.

- Koskaan ei voi olla varma, kuka oven takana olisi, Salme kertoi poliiseille.
- Se on oikein toimittu, että varmistaa asian, Varma vastasi Salmelle.
- Istukaa alas, keitänkö teille kahvit? Itsekin juon iltapäiväkahvit juuri tähän aikaan.
- Kyllä se sopii, jos siitä ei ole teille vaivaa, Martti vastasi.
- Ei suinkaan, ilo on minun puolellani.

Martti ja Varma katsoivat olohuoneessa ympärilleen ja he huomasivat, että Salmen mies oli kuollut muutama vuosi sitten, hautajaiskuva oli esillä. Lisäksi lipaston päällä oli muutamia valokuvia Pohjois- Suomesta.

- Oletteko te pohjoisesta kotoisin? Varma kysyi.
- En ole, vaan edesmennyt mieheni oli Lapista lähtöisin.

Hetken touhutessaan. Salme kaatoi kahvit itselle ja kahdelle poliisille.

- Haluaisimme kysyä teiltä, muistatteko siitä oudosta miehestä jotakin.
- Toki, se sopii.
- Millaiset vaatteet tällä miehellä oli?
- Urheiluvaatteet, pitkälahkeiset housut ja pitkähihainen pusero ja ne olivat väriltään siniset.
- Oliko hänellä muuta mukana?
- Hänen olin selässä pitkänomainen reppu.

- Mitä siellä oli?
- En minä tiedä.
- Tuleeko hänestä mitään muuta mieleen?
- Eipä oikeastaan, nuori hän ei ollut, jotenkin jäntevä ja rauhallinen.
- Entä hänen puheensa, muistatteko siitä mitään?
- Ei se ollut tätä murretta.
- Mitä tarkoitatte?
- Ihan samaa murretta, kuin toinen teistä nyt puhuu, ja osoitti Marttia sormella.
- Pohjoisen murretta?
- Niin kait.
- Lapin?
- Ei, kun jotain muuta, eikä myöskään Kainuun eikä Savon murretta, Salme vastasi.
- Kiitos teille kovasti ja kahvista myös, oliko tämä teidän itse leipomaa pullaa, tuli juuri mieleen edesmenneen äitini leipoma kotipulla?
- Kyllä tämä oli, itse leipomaani pullaa.
- Liittyykö tämä kohtaamani mies Suomen pääministerin ampumistapaukseen, radioista kuulin, että häntä oli ammuttu?
- Jos näin meidän kesken sovitaan, tämä on erittäin salaista tietoa, niin todennäköisesti liittyy.
- Vai niin, hyvä että voin olla avuksi.

– Aivan varmasti olitte avuksi. Kiitos teille Salme rouva ja näkemiin.

– Näkemiin.

Varma ja Martti lähtivät kohti Helsingin poliisilaitoksen tutkintakeskusta. Autossa Varma ajatteli ääneen.

– Olit oikeassa Martti, ehkä hän onkin pohjoisen mies.

– Siinä on meidän tämänhetkisen tutkinnan ainoa punainen johtolanka, toistaiseksi..., Martti vastasi.

– Kyllä, muutakaan meillä ei ole nyt tarjolla.

Helsingin poliisin johtokeskuksessa odotti malttamaton joukko tutkijoita ja poliisiviranomaisia sekä pääministerin erityisavustaja ja pääministerin turvamies, jotka olivat paikalla pääministerin ampumistapauksen aikana. Varma Erätuli katsoi joukkoa ja aloitti keskustelun johtolangasta, joka oli tällä hetkellä ainoa käsissä oleva.

– Martti Kotkanniemi oli saanut selville yhden asian, jota voisimme käyttää aluksi johtolankana, jotta voisimme edetä tässä asiassa eteenpäin. Ampumistilanteesta on nyt kulunut useampi tunti ja nyt meidän pitäisi edetä ripeästi. Kaikki vapaat ja lomat on nyt peruttu ja jatkamme ainakin ensi yön, jotta voisimme tavoittaa ampujan.

Kyllä me siinä onnistumme, huomenna ampuja on käsissämme, Martti ole hyvä.

– Kiitos. Eli epäilty oli ilmeisesti ampunut vanhalla lintukiväärillä Suomen pääministeriä jalkaan, kyseessä on siis murhayritys, mutta ihmettelen ääneen, miksi hän ei ampunut pääministeriä rintaan. No, ampumapaikka on myös löytynyt läheisen kerrostalon katolta, vaikka kattotila oli siivottu hyvin, sieltä löytyi hieman ruudinjäämiä. Eräs vanha rouva oli tavannut tuntemattoman miehen oman kerrostalon hississä. Erikoista asiassa on, että miehen puhuma murre viittaisi Pohjois- Pohjanmaan murteeseen. Miehellä oli yllään sinisen värinen veryttelyasu ja selässä hänellä oli jokin reppu tai pitkän omainen reppu, tuskin mikään asereppu, vaan kyseessä oli oletettavasti sählymailan tapainen reppu tai jotain sinne päin. Hänen yleiskuvansa oli jäntevä, hän oli pitkä ja rauhallisen oloinen. Ylikonstaapeli Tuula Savolainen ole hyvä, kysy vaan.

– Voisimmeko laittaa medialle tiedotteen, että etsimme tietyn tyyppistä henkilöä?

– Tässä tapauksessa se olisi hyvä, koska olemme pahasti lähtökuopissa, koska emme tiedä kuka hän on ja onko kyseessä terroristiteko, poliittinen teko tai vieraan vallan tilaama murhayritys, Varma vastasi.

– Tuula, voisitko sinä hoitaa asian, että haemme juuri kuvailemamme näköistä henkilöä, olisiko jollakin kansalaisella uutta tietoa tai näköhavaintoa hänestä?

– Sopii, hoidan heti asian, Tuula vastasi.

– Hyvä, ja loput teistä järjestelevät kaikkiin satamiin, linja- autoasemille, juna- asemille ja lentokentille tarkkailuhenkilöt ja tietenkin asetamme Helsingin ulosmenon tiealueille tarkistuspisteet. Pistetään asiat ripeästi liikkeelle. Ja tietenkin rikoksen tekijän profiili ja henkilöllisyys- selvitys aloitetaan välittömästi, henkilöllisyys tulisi saada nopeasti selville, jotta voisimme ennakoida hänen liikkeet, motiivit ja tarkoitusperät. Tuula ole hyvä.

– Juuri saimme tiedon, että eduskunta, suojelupoliisi, sotilastiedustelu ja Naton Suomen joukot ovat ehdottaneet poliisijohdolle, että tämä murhasta epäilty henkilö tulisi ottaa ehdottomasti kiinni ilman väkivaltaa, jotta voisimme kuulustella häntä.

– No tämä tästä vielä puuttui, tämä tuottaa meille ylimääräistä työtä. Mutta, käsky on käsky.

Silla välin Heino ajoi kohti Jyväskylää ja kuunteli samalla radiokanavia, jotta pysyisi tapahtumien mukana, mitä poliisiviranomaiset puhuvat tällä hetkellä tästä asiasta. Yle Suomen klo 15 uutiset alkoivat tietenkin pääministerin uutisella.

– Juuri saamamme tiedon mukaan, Suomen poliisi on pyytänyt kansalaisia ja kuulijoita kertomaan seuraavasta henkilöstä tietoja. Miehen tuntomerkit ovat seuraavat. Poliisi etsii noin viisikymmentävuotiasta miestä. Miehellä on yllään sininen veryttelypuku ja hänellä on reppu tai selässä on pitkänomainen reppu. Mies on noin satakahdeksankymmentä senttimetriä pitkä ja hän on jäntevä, hoikka ja rauhallisen oloinen. Puhetapa mitä mies käyttää on Pohjois- Pohjanmaan murteeseen viittaava. Mies on erittäin vaarallinen ja häntä ei saa missään nimessä estää liikkumasta tai pidättää ilman poliisin läsnäoloa.

Heino oli hieman yllättynyt, että miten hänen jäljilleen päästiin näin nopeasti. Olisiko se vanha nainen hississä kertonut tai huomannut jotakin poikkeavaa? Olisiko hänet sittenkin pitänyt tappaa? Heino ajatteli, että hän ei olisi pystynyt lyömään vanhaa naista. Tai olisiko se sittenkin ollut bussinkuljettaja, joka huomasi jotakin epäilyttävää ja hän olisi ilmoittanut poliisille tietoja hänestä?

Bussinkuljettajan vihje

Bussinkuljettaja kuunteli ajatuksissaan paikallisradion uutisia ja mietti samalla toimittajan kertomia tuntomerkkejä Suomen pääministerin ampujaan liittyen. Ehkäpä sittenkin, se aamuinen mies, jolta hän kysyi pohjoisen hilla uutisia, oli mies, jota poliisi etsi? Bussinkuljettaja soitti ajaessaan aluehälytyskeskukseen ja pyysi aluehälytyskeskusta yhdistämään puhelun Helsingin poliisin johtokeskukseen. Johtokeskuksessa vastattiin puhelimeen.

– Poliisin johtokeskus, puhelimessa ylikonstaapeli Tuula Savolainen.
– Hei, tässä on Helsingin liikennelaitoksen bussinkuljettaja Tero Koponen.
– Hei.
– Kuuntelin juuri uutista pääministerin ampujan etsintään liittyen.
– Niin, olisiko teillä jotakin kerrottavaa?
– Kyydissäni oli aamupäivällä eräs mies, jonka tuntomerkit ehkä sopisivat häneen.

- Hetkinen vain, kutsun paikalle johtavan rikostutkijan.

Useampi poliisi riensi juoksujalkaa kuuntelemaan bussinkuljettajan puhelua, joka oli siirretty kaiuttimelle ja nauhoitukseen.

- Olkaa hyvä ja kertokaa nyt havaintonne.
- Aamupäivällä noin kello 10.30 eduskuntatalon lähettyviltä nousi autooni tuntomerkkejä muistuttava henkilö. Hän jäi pois Vantaan Korsossa. Hän osti ainoastaan käteisellä menolipun ja hän maksoi tasarahalla.
- Tuleeko teille mieleen mitään hänen puhetavasta?
- No, jos tarkemmin mietin asiaa, minä itse olen kotoisin Pohjois- Pohjanmaalta ja tutun kuullosta se hänen puhetyyli oli.
- Entä tuleeko muuta mieleen?
- Olen nuoruudessa metsästänyt ja minusta mies tuoksui selvästi ruudinsavulle.
- Kiitoksia paljon teille näistä tiedoista, te saatte vihjepalkkion. Voisitteko te pistäytyä vielä tänään poliisiasemalla antamassa lausunnon ja tietonne.
- Kiitos, kyllä se onnistuu, työvuoroni päättyy kohtapuolin, näkemiin.
- Näkemiin.

Varma Erätuli antoi ryhmälle nopeasti seuravan tehtävän.

- Nyt me katsomme kaikki Korson alueen turvakamerat, ottakaa yhteyttä kaikkiin kauppoihin ja pankkeihin ja muihin sellaisiin, joissa on valvontakamerat.

Heimo oli juuri lähestymässä Jyväskylän aluetta ja hän odotti, että tiesulkuja voisi olla kohta edessä. Heino käänsi autonsa ennen Jyväskylää olevalle metsätielle, jossa hän oli käynyt ennenkin, kun hän ajoi tyttärensä luokse Oulusta Helsinkiin. Heino katseli sakean kuusikon keskellä olevaa risukasaa ja pysäköi autonsa siihen viereen, hän toivoi hartaasti, että kukaan utelias ei olisi käynyt täällä paikan päällä tonkimassa peräkärryä, joka oli risukasan alla. Heino otti auton peräkontista pitkän repun ja irrotti aseen perästä piipun irti. Taitetun kiväärin hän laittoi tavallisen selkärepun sisälle piiloon ja pukeutui kevyeen moottoripyöräasuun. Risukasan alta hän kaivoi esiin neljäkymmentä vuotta vanhan Muuli 750 mallin peräkärryn, johon oli asennettu jälkikäteen suojakuomu. Peräkärryn kuomun alla odotti vanha liki neljäkymmentä vuotta vanha ja Heinon nuoruudessa ostama Kawasaki 250 moottoripyörä, joka oli kiinnitettynä peräkärryn sisälle pystyasentoon kiristysremmien avulla. Heino ajoi moottoripyörän alas peräkärrystä ja siirsi autonsa peräkärryn viereen. Heino nakkeli risukasan uudestaan peräkärryn ja auton päälle. Autosta ja peräkärrystä hän irrotti rekisterikilvet. Helsingissä tyttären luota lähtiessä

Heino oli sotkenut auton rekisterikilven niin, että kilvestä ei näkynyt ensimmäistä kirjainta. Heino istui hetkeksi läheisen metsän siimekseen ja otti repustaan eväät ja termospullon, aamun aikana hän ei ollut ehtinyt syömään mitään. Aamulla tyttärensä luona hän teki eväät valmiiksi kotimatkaansa varten. Heino söi rauhassa eväät ja kuunteli läheisen maatilan arkisia ääniä. Leikkuupuimurin hurina kantautui läheiseltä pellolta. Häntä ei ole vielä takaa- ajettu, kaikki oli toistaiseksi vielä hyvin, Heino mietti laittaessa termospulloa reppuun, ja käynnisti vanhan moottoripyöränsä. Epätasaisella metsätiellä Heino pyrki ajamaan isojen ja raskaiden koneiden renkaanjälkiä pitkin kohti valtatie neljää, jos traktori ja leikkuupuimuri ajaisi uudestaan metsätiellä Heinon moottoripyörän renkaiden jättämiä jälkiä ei jäisi näköisälle.

Poliisin johtokeskus oli tehnyt hartiavoimin töitä ja vaikka oli jo myöhäinen perjantai- iltapäivä, niin kaikki oli komennettu töihin, tuleva viikonloppu menisi ilman vapaita. Poliisi oli saanut valvontakamerat kaikilta tahoilta ja onneksi pienen ruokakaupan valvontakamera oli tavoittanut ja ottanut epäillyn ampujan autosta kuvan, koska juuri siihen autoon oli noussut tuntomerkkejä muistuttava henkilö. Pahaksi onneksi rekisterikilpi ei näkynyt kuvassa, niin että henkilön nimi olisi saatu heti selville rekisterikilven tietojen kautta, tai jos autoa ei olisi erikseen varastettu pakomatkaa varten. Liikennekameroiden avulla poliisi sai kuitenkin selville, että epäilty oli mahdollisesti ajanut kohti pohjoista valtatie neljää pitkin. Poliisin johtoryhmä ajatteli edelleen, että nyt saisimme hänet kiinni ennen perjantai-illan työvuorojen päättymistä ja sen jälkeen pääsisimme kaikki kotiin yöksi nukkumaan ja viikonlopun viettoon. Poliisit seurasivat liikennekameroita ja asettivat Jyväskylän alueelle tiesulut. Kaikille poliisiyksiköille annettiin henkilön ja auton tuntomerkit. Epäilty käytti punaista Toyota Avensis autoa, joka oli vuosimallia 2005. Jokainen Jyväskylää kohti ajava auto pysäytettiin ja jokaiselta kuljettajalta kysyttiin vielä erikseen, olisivatko he nähneet vanhaa punaista Toyota Avensista tien päällä. Mutta, vaikka silmukka kiristyi epäillyn ympärillä, niin siitä huolimatta auto oli kuitenkin kadonnut jäljettömiin. Poliisit olivat taas neuvottomia. Yksi autoilija oli mahdollisesti Jämsän ja Jyväskylän välillä nähnyt auton, mutta hän ei muistanut tarkkaa paikkaa, missä hän näki kyseisen Toyotan. Poliisin johtokeskuksen oli käännyttävä uudestaan yleisön puoleen ja etsintäkuulutti nyt auton tuntomerkkien perusteella ja lupasivat taas pienen vihjepalkkion ajoneuvon löytäjälle.

Kätkö

Maanviljelijä Sampo Rannetie oli entisen Korpilahden kunnan alueella syyspeltotöissä. Sampo oikaisi oman metsätien kautta seuraavalle peltoalueelle. Viljan puintiin oli saapunut leikkuupuimuri Sampo Rannetien omistamalle viljapellolle. Ajaessaan takimmaiselle peltolohkolle Sampo katsoi omistamaansa synkkää kuusimetsäänsä, joka alkaisi olla jo harvennusiässä, niin sakea se oli, että läpi siitä metsästä ei näe kunnolla tällä hetkellä. Sampo katsoi metsätien reunalla olevaa risukasaa, joka näytti hyvin erikoiselta. Sampo ajatteli ääneen risukasaa ohittaessa.

– En muista tuossa olevan risukasaa. Olisiko risuja kasattu kiven päälle, omituista? Olisiko meidän omat lapset täällä asti leikkineet?

Sampo pysäytti traktorin, nousi traktorista ja käveli risukasan viereen. Sampo otti yhden koivunrangan ja nakkasi sen sivummalle.

- Täällähän on auto ja kuomullinen peräkärry! Mitä ihmettä tämä tarkoittaa? Onkohan tässä autossa rekisterikilpiä ollenkaan?

Sampo oli ihmeissään, mutta jatkoi kuitenkin matkaa eteenpäin, koska leikkuupuimuri oli juuri hänen viljapellolla ja leikkuupuimurin säiliö alkaisi olla täynnä, hänen pitäisi mennä hakemaan viljakuorma pois, joka tyhjennettäisiin leikkuupuimurista traktorin peräkärryyn. Ajaessaan viljapellolle leikkuupuimurin viereen leikkuupuimurin kuljettaja aukaisi oven, koska hänen piti käydä tarpeellaan viljapellon reunalla. Samalla, kun leikkuupuimuri tyhjensi ohranjyvät traktorin peräkärryyn, hän kysyi leikkuupuimurin kuljettajalta.

- Mitä tänne kuuluu?
- Eipä tänne mitään ihmeellistä, pellot ovat niin kuivia, että puiminen sujuu nyt hyvin.
- Niin, nyt sentään, jokin asia on meillä maanviljelijöillä kunnossa, Sampo totesi.
- Luonto auttaa maanviljelijää.
- No, pitää tässä lähteä viemään kuorma kuivaamolle. Niin, muuten, oli aika erikoinen juttu, kun ajelin tänne, että tuolla metsätien varrella oli auto ja peräkärry risuilla peiteltynä, olisiko nuoriso ollut asialla? Autossa ei ollut rekisterikilpiä ollenkaan.

– Jaaha, mutta odotapas, radiossa oli jokin poliisitiedote, että he etsivät punaista Toyotaa. He lupasivat jopa rahallisen korvauksen auton löytymisestä.

– Ihanko tosi? Sampo ihmetteli.

Sampo lähti ajamaan takaisin viljakuivaamolle. Ajettuaan saman metsätien kautta, hän pysähtyi piilotetun auton kohdalle ja soitti samalla yleiseen hätänumeroon, joka yhdisti puhelun Helsingin poliisin johtokeskukseen.

– Haloo, onko poliisin johtokeskuksessa? Sampo kysyi.

– Hei, kyllä on, ylikonstaapeli Tuula Savolainen vastasi.

– Te ilmeisesti etsitte punaista Toyotaa, vai kuinka?

– Kyllä.

– Täällä on yksi sellainen ja se on peitetty risuilla ja sen lisäksi auton vieressä on peräkärry.

– Vai niin, saisinko teidän osoitteen ja nimenne sekä puhelinnumeronne?

– Toki. Sampo Rannetie ja Korpilahdentie 173 ja puhelinnumero on 042 7364346

– Kiitos kovasti tiedosta, me palaamme asiaan pikaisesti. Teille on vihjepalkkio tiedossa.

- Kiitos. Hei, sellainen toive minulla olisi, että metsätie olisi koko ajan auki, koska meillä on viljanpuintiaika menossa.
- Yritämme välttää häiriötä.
- Kiitos.

Tuula siirtyi poliisin johtokeskuksen tilannehuoneeseen ja kertoi saamansa vihjeen.

- Nyt tuli uusi vihje. Mahdollinen rikoksen tekijän auto olisi löytynyt ja sen lisäksi vielä löytyi peräkärry.
- Peräkärry, mitä se tarkoittaa? Varma kysyi ihmeissään.
- Lähdemme kiireesti sinne. Martti lähdetään heti matkaan, Varma hoputti.

Martti huikkasi.

- Tullaan, tullaan.

Martti survoi viimeisiä pizzan palasia suuhunsa ja nappasi virvoitusjuoman mukaansa.

Paikallinen poliisi eristi alueen, ennen kuin Helsingin poliisi saapui paikalle, ainoastaan Sampo ja leikkuupuimurin kuljettaja sai luvan liikkua metsätiellä. Helsingin poliisin rikoskomisariot Varma Erätuli ja Martti Kotkanniemi saapuivat paikalle kahden tunnin kuluttua ja he aloittivat auton ja peräkärryn tutkinnan. Martti Kotkanniemi selvitti nopeasti tärkeimmät asiat.

- Peräkärryssä on ollut jotakin, mutta emme tiedä mitä? Pari öljytahraa on peräkärryn levyn pinnassa, ne pitää nopeasti analysoida, voisitteko te paikalliset konstaapelit viedä näytteet Jyväskylän poliisin laboratorioon?

Martti ojensi näytteet lähimmälle konstaapelille.

– Onnistuu, lähden heti matkaan, vanhempi konstaapeli vastasi.

– Autosta ja peräkärrystä on poistettu rekisterikilvet, tievalvontakameroissa näkyy sama auto, mutta rekisterikilvet oli selvästi sotkettu, niin että tievalvontakameroiden valokuvissa ei näy rekisterikilven tietoja, Martti kertasi asioita.

– Tämähän on vallan erikoista, hänen suunnitelmansa oli näköjään tehty huolella. Olisiko kyseessä kuitenkin vieraan vallan alainen teko? Varma hämmästeli.

– Saattaa olla, Martti pohti.

– Pitäisikö ilmoittaa vielä suojelupoliisille ja Suomen armeijan edustajalle sekä NATON-edustajalle? Varma mietti ääneen.

– Näyttää siltä, että olemme koko ajan askeleen jäljessä hänestä, Martti jatkoi.

Mitään muita jälkiä ei löytynyt tapahtumapaikalta. Traktorin ja leikkuupuimurin leveät ja raskaat renkaanjäljet olivat peittäneet jäljet perusteellisesti. Jyväskylän poliisin laboratorion tutkimustuloksia odoteltiin kuumeisesti. Rikospaikkatutkija Jyväskylän poliisiasemalta oli lähtenyt omalle kesämökilleen ja oli ehtinyt ottamaan muutaman saunaoluen, mutta hänet haettiin ja raahattiin takaisin poliisiasemalle töihin, tutkijan vaimon estelystä huolimatta. Nousuhumalassa oleva rikostutkija sai poliisiasemalla eteensä öljypisaran.

– Tämänkö vaivaisen öljypisaran takia minut raahattiin poliisiasemalle? Rikospaikkatutkija Atso Keinonen jyrisi.

– Kyllä. Anteeksi, vanhempi konstaapeli pyyteli anteeksi.

– Minkä ihmeen takia?

– Käsky tuli suoraan Helsingin poliisin johtokeskuksesta? Tämä liittynee siihen Suomen pääministerin murhayritykseen.

– Jaa, no siinä tapauksessa katsotaan sitten tätä öljyläikkää.

Atso otti vielä taskumatistaan leikattua konjakkia, ennen öljyläikän tutkimisen aloittamista. Konstaapeli avusti tutkijalle takin päälle, sillä hieman tutkija horjahteli liikkuessaan. Mutta, toimeen ryhdyttiin kuitenkin.

– Tämä on selvästi moottoriöljyä ja vaikuttaa siltä, että tämä on vanhan mopon tai moottoripyörän öljyä. Öljynvaihto olisi syytä suorittaa kohta eli viipymättä, sillä aika mustaa on tämä tavara.

– Kenelle tämä asia tiedotetaan? Tutkija kysyi samalla, kun otti konjakkipullosta ryypyn.

- Tämä tieto riittää, minä ilmoitan eteenpäin.
- Asia selvä, kait te viette minut takaisin mökille, vaimoni oli pahalla tuulella, kun lähdin kesken saunomisen takaisin töihin.
- Toki, se onnistuu.

Matkalla kesämökille konstaapeli soitti heti johtoryhmälle. Konstaapeli kertoi, että peräkärryssä oli todennäköisesti ollut vanha mopo tai moottoripyörä.

- Moottoripyörä! Sillä tämä murhaepäilty pääsi Jyväskylän tiesulkujen ohi. Tämä kaveri on todella ärsyttävän heppu, mihin hän on menossa ja kuka hän on? Varma kertasi tiedot johtoryhmän jäsenille.
- Saiko niistä auton runkonumeroista mitään selvää? Varma kysyi Martilta.
- Juu, mutta en ole saanut vielä varmistusta, kun on viikonloppu, tämä on ilmeisesti rahoitusyhtiön auto, entinen haltija on myös selvillä, mutta kaikki hänen liikennevälineet ovat pakkolunastuksen alla.
- Vihdoinkin! Kuka hän on? Varma kysyi malttamattomana.
- Heino Karjalainen, Martti kertoi.
- Soittakaa ylikonstaapeli Tuula Savolaiselle, että kaivaa Heino Karjalaisesta kaikki tiedot ylös. Me muut lähdemme kohti pohjoista.

Ja nyt kaikki mopot ja moottoripyörät pysäytetään.

Heinolla oli noin neljän tunnin etumatka poliisiin. Nyt Oulun poliisi oli asettanut Oulun eteläpuolelle tiesulkuja. Kaikki kaksipyöräiset kulkuneuvot tarkistettiin ja kuljettajat haastateltiin. Oulun poliisille oli annettu määräys, että poliisipartioiden voimankäyttöohjeissa oli aseenkäyttörajoitus, ja vaikka oli kyseessä vaarallinen henkilö, hänet haluttiin ottaa elävänä kiinni. Mutta, poliisin tiesulut olivat jälleen hyödyttömiä, sillä Heinosta ei näkynyt merkkiäkään, hän oli jo hetkeä aikaisemmin ohittanut Oulun alueen. Heino oli kääntynyt hieman ennen Oulua kohti Kainuuta sivuten Tyrnävän keskustaa ja hänen tarkoitus oli käydä omassa omakotitalossa ennen matkan jatkumista eteenpäin. Heino ajoi varovasti kohti tuttua omakotialuetta ja ihmetteli talonsa lähellä olevaa väen ja autojen paljoutta. Pankin järjestämä pakkohuutokauppa oli asetettu tälle päivälle ja ihmiset parveilivat omakotitalossa ja sen piha-alueella. Pakkohuutokaupan asettaja paikallisen Osuuspankin pankinjohtaja ja Oulun alueen ulosottomies katsoivat tyytyväisenä suurta ihmisjoukkoa. Vanha omakotitalo ja varsinkin omakotitaloalueen rauhallinen sijainti kiinnostivat ihmisiä. Pankinjohtaja ja ulosottomies olivat kuitenkin hieman ärtyneitä, koska Heinon vanha auto, peräkärry ja moottoripyörä olivat kadonneet jonnekin, niiden olisi pitänyt olla tietenkin paikalla, asiasta oli tiedotettu erikseen Heino Karjalaista. Toki vanhat moottoriajoneuvot olivat lähes arvottomia, mutta silti ne kuuluivat nyt pankille. Pankinjohtaja ja ulosottomies keskustelivat nyt olisiko syytä kutsua paikallinen poliisiviranomainen paikalle, kadonneiden ajoneuvojen takia. Heino katsoi etäältä omakotitaloansa ja haaskalintujen liikkumista omalla rakkaalla omakotitalolla, jossa lapset oli kasvatettu ja leikitetty piha-alueella, heidän ollessaan pieniä lapsia ja nuoria. Heinoa pelotti, että joku naapureista tunnistaisi hänet ja hän käynnisti uudestaan moottoripyöränsä. Heinon matka jatkui kohti vanhaa suvun autiota maatilaa, jospa siellä saisi nukkua edes yhden yön rauhassa ja levähtää hetken.

Pakkohuutokauppa

16.8.2024 Helsingin poliisi ajoi kohti Oulua. Päivä oli edennyt jo alkuiltaan. Päämisterin ampujaa ei ollut vieläkään tavoitettu. Poliisi ajatteli edelleen positiivisesti, että kyllä me saamme tämän episodin päätökseen nopeasti, ei yksi mies voi olla niin vaikea tavoitettava. Tuula Savolainen soitti työkavereilleen ja Heino Karjalaisen takaa- ajajille ja lähetti samalla heidän sähköpostiin pääministerin ampujasta kaiken tiedon, jonka hän sai näin nopeasti kasattua.

- Tuula tässä hei, missä te olette menossa?
- Me olemme kohta Oulussa, Varma vastasi puhelimeen.
- Tässä on nyt teille tietoja hänestä, laitoin samat asiat teidän sähköpostiinne. Heino Karjalainen on 60- vuotias mies, hän on

eronnut ja hänellä on kaksi aikuista lasta. Nykyinen naisystävä asuu myös Oulun lähialueella. Toinen epäillyn lapsista asuu Helsingissä ja toinen Oulussa. Heino on syntynyt Lapissa. Hän on metsästänyt liki viisikymmentä vuotta ja harrastanut kilpa-ammuntaa kivääri- ja haulikkolajeilla. Hän on työelämässä ollut metsästysalalla, maataloustöissä, rakennustöissä, metsätöissä ja käynyt rajavartioston varusmiespalveluksen.

- Jaaha, tämäkin selittääkin paljon. Mitä muuta löytyi?
- Se tuttu tarina pitkäaikaistyöttömyydestä. Hänellä on vanha omakotitalo, vanha auto, peräkärry sekä vanha moottoripyörä. Itse asiassa omakotitalo on nyt asetettu pakkohuutokaupan alaisuuteen ja olisiko peräti tänään siellä menossa sellainen tilaisuus. Osoite on Onnenkuja 100 Ylikiiminki.
- Siispä me menemme sinne, kiitos Tuula tiedoista.
- Ja muuten vielä, en tiedä onko tällä tiedolla merkitystä, hän on käynyt Venäjällä joka vuosi, siihen asti, kun rajat ovat olleet auki.
- Tämä muuttaa hieman asiaa. Voisitko ottaa yhteyden rajavartioston, puolustusvoimien, suojelupoliisin ja Naton

Suomen yksikköön. Pidämme puhelinpalaverin klo 18, sanot vain, että nyt on kysymys kansallisesta turvallisuudesta.

– Selvä on, yritän järjestää kokouksen silloin, Tuula vastasi.

Helsingin rikospoliisin ryhmä ajoi poliisin pakettiautolla kohti Ylikiimingin Onnenkujaa. Poliisin sininen pakettiauto pysähtyi pitkän autoletkan äärimmäiseen päähän. Varma ja Martti kävelivät omakotitalon pihalle ja he katselivat hetken aikaa sakean ihmisjoukon päätöntä juoksua. Piha- alueen reunalla oli pakkohuutokaupasta osoittava kyltti ja kyltin vieressä seisoi paikallisen Osuuspankin pankin pankinjohtaja Erik Mynttinen ja Oulun alueen ulosottomies Hannu Vetomies.

– Päivää, Varma aloitti keskustelun.

– Päivää, pankinjohtaja Erik Mynttinen vastasi.

– Ei muuta kuin sinne sekaan vain, pankinjohtaja kehotti.

– Valitettavasti tämä pakkohuutokauppatilaisuus tulee nyt välittömästi lopettaa, Varma jatkoi.

– Se ei käy, meillä on lakien mukainen oikeus tähän.

– Tässä näette virkamerkkini, Varma ojensi virkamerkkiä.

- Siitä huolimatta, me jatkamme pakkohuutokauppaa, haluamme rahamme pois tästä kiinteistöstä.
- Uskokaa nyt jo hyvä mies! Meillä ei ole aikaa tällaiseen keskusteluun. Nyt on kysymys kansallisesta turvallisuudesta. Haluatteko, että pidätämme teidät virkavallan vastustamisesta?
- Tämä on ennen kuulumatonta, minä teen teistä valituksen! pankinjohtaja kimpaantui.
- Aivan vapaasti.
- Ja nyt paikalliset konstaapelit tyhjentäkää alue ja vetäkää poliisin merkkinauhat tontin ympärille.

Paikalliset konstaapelit ajoivat kaikki pakkohuutokaupan ihmiset pois omakotialueen alueelta.

- Katsotko Martti mitä tässä omakotitalossa ja autotallissa olisi mielenkiintoista. Minä haastattelen naapuria sillä aikaa.

Varma näki viereisen omakotitalon pihalla noin seitsemänkymmentävuotiaan miehen, joka katsoi rauhallisesti alkuillan tapahtumia omalla kuistilla istuen ja juoden iltakahvia. Varma käveli miehen luokse ja näytti virkamerkkiä.

- Iltaa, minä olen rikosylikomisario Varma Erätuli.
- Iltaa.

- Tunnetteko te naapurianne Heino Karjalaista?
- Tunnen, olemme asuneet vierekkäin useita vuosikymmeniä.
- Onko hän aiheuttanut koskaan häiriötä?
- Häiriötä, mitä te oikein puhutte? Ei suinkaan, hän on tämän alueen mukavin mies.
- Vai niin, onko hän kertonut Venäjän reissuista mitään?
- Eipä isommin, hän kävi siellä naisia naurattamassa ja vieraili esi-isien mailla. Jos ymmärrät mitä tarkoitan. Tosin viime aikoina hänellä oli oma mussukka täältä Suomesta.
- Ymmärrän kyllä.
- Epäilläänkö häntä jostakin rikoksesta, pakkohuutokaupan lisäksi? Kyllähän te poliisina ymmärrätte, kuinka vaikeaa on Suomessa tulla toimeen pienellä palkalla, eläkkeellä tai työttömyyskorvauksella? Tämänkin alueen vanhojen omakotitalojen omistajilta on vaadittu lisävakuuksia asuntolainojen lisävakuudeksi, sekin koitui Heinon kohtaloksi ja hän ei ole ainoa tällä alueella, koska asuntojen hinnat ovat laskeneet ja pankit ryöväävät ihmisiltä asunnot ilmaiseksi, niiltä, jotka eivät pysty lisävakuuksia hankkimaan.

- Totta kai ymmärrän, kaikki yhteiskunnan ongelmat tulevat poliisien silmien eteen. Mitä suomalainen eliitti, poliitikot ja viranomaiset sekä virkamiehet eivät ymmärrä, me yritämme selvittää heidän sotkujaan, mutta sehän ei onnistu koskaan jälkikäteen, me vain teemme lopputyöt, lääkäreiden, vanginvartioiden, hoitajien, pappien ja haudankaivajan kanssa yhdessä.
- Korkea- arvoinen herra poliisi on näköjään ajatellut asioita itsekin, näinhän se on. Jokainen huolehtikoon itsestänsä Suomessa. Tämä meno on jatkunut jo useita kymmeniä vuosia. Suomalainen on suomalaiselle susi. Jos venäläinen ei arvosta venäläisen fyysistä koskemattomuutta, niin suomalainen ei arvosta suomalaisen kansalaisen taloudellista ja henkistä hyvinvointia.
- Todella hyvin sanottu, se on juuri näin. Kiitos tiedoista ja näkemiin.
- Näkemiin.

Kyllä Varma tiesi vallan hyvin, että he hoitavat Suomen yhteiskunnan mätäpaiseet ja epäkohdat, suomalaisten ihmisten ihmisarvo ja kunnioitus oli rapautunut ja pahasti. Samassa Varma Erätulen puhelin soi ja ylikonstaapeli Tuula Savolainen kertoi, että puhelinneuvottelu alkaisi kohta.

– Selvä on, kiitos Tuula, siirryn autoon keskustelemaan.

Varma Erätuli nousi autoon ja avasi puhelimensa.

– Hei kaikille, täällä on Helsingin poliisin johtava rikosylikomisario Varma Erätuli.

– Ja täällä on Suojelupoliisin päällikkö Veli Tarkka

– Ja täällä on Puolustusvoimien komentaja Keijo Kellokas

– Ja täällä on Rajavartiolaitoksen päällikkö Heikki Suksimaa

– Ja täällä on Suomen NATO joukkojen komentaja Frans Ylhäinen

– No niin, kaikki tietävät varmaankin perusasian, että Suomen päämisteriä on ammuttu Helsingissä eduskuntatalon portaille ja hän on onneksemme selvinnyt siitä hengissä. Olemme muutaman tunnin ajaneet takaa ja etsineet päämisterin ampujaa. Nyt me vihdoinkin tiedämme, kuka hän on, mutta me emme ole saaneet häntä vielä kiinni. Kyseessä on varsin taitava henkilö liikkumaan maastossa ja hän on erityisen taitava ampumaan aseilla. Lisäksi hän on käynyt usein Venäjällä, joten emme voi olla varmoja, olisiko tässä taustalla vieraan vallan aiheuttama tapaus, terroriteko tai poliittinen asia. Esittäisin teille nyt seuraavaa, että jos te voisitte lähettää pienen ryhmän tai yksittäisen henkilön avustamaan poliisia. Miltä tämä asia kuulostaa? Varma kysyi.

– Totta kai onnistuu, minä lähetän parhaan miehen avuksi ja hän voisi mennä Helsingin tiloihin tekemään henkilökuvaa, vastasi Suojelupoliisin päällikkö

– Puolustusvoimat lähettää parhaan ryhmänsä laskuvarjojääkäreiden valiojoukkueen muodossa. Ja sen lisäksi parhaan sotilaskoiran ja koiranohjaajan.

– Rajavartiolaitos lähettää yhden miehen avuksi ja koska nyt ei vielä liikuta Venäjän rajalla, lähetän jonkun siltä alueella kotoisin olevan vanhemman rajavartijan antamaan asiantuntija- apua teille. Ja tarvittaessa saatte helikopterin, jossa on lämpökamera asennettuna.

– NATO- joukot lähettävät kaksi parasta amerikkalaista tiedusteluhenkilöä parhaalla teknisellä kalustolla varustettuna teidän avuksi.

– Hienoa, kiitos teille. Eiköhän me nyt saada yksi tavallinen maalaisukko kiinni. Kiitos ja näkemiin. Miehet ja kalustot voi lähettää aluksi, Oulun vanhalle Hiukkavaaran kasarmille.

Päämisterin murhayrityksen rikostutkimuksen johtoryhmä perusti illalla väliaikaisen toimiston Oulun Hiukkavaaran vanhalle kasarmille. Oulun poliisi ja Kainuun Prikaatin sotilaspiiri avusti johtoryhmää tilojen perustamisessa. Varma kokosi ryhmänsä ja kutsui illalla kaikki kaupungille syömään, sillä koko päivänä ei kukaan ollut ehtinyt syömään kunnolla. Syönnin jälkeen Varma piti lyhyen tilannepalaverin, jonka jälkeen ryhmälle luvattiin kahdeksan tunnin lepoaika.

– Kiitos teille kaikille tämän päivän työskentelystä. Pääministeri on nyt leikattu ja tietojeni mukaan hän on kohtalaisessa kunnossa, luoti oli mennyt reisilihaksesta läpi ja kun kyseessä oli lintukivääri, kokovaippaluodin tekemä käytävä reisilihaksessa oli varsin siisti. Huomenna heti aamulla seitsemän aikaan aloitamme epäillyn kiinniottamisen, uskoisin meidän siihen pystyvän, koska saamme lisävahvistuksia ja parhaat poliisi- ja sotilasvoimat ovat käytössämme. Epäilty henkilö on käynyt usein Venäjällä, joten emme sulje pois vaihtoehtoa, että hän voi yrittää mennä Venäjän valtion alueelle. Heino Karjalainen on taitava maastossa kulkija ja hän on erittäin hyvä ampuja. Hänen motiiveista emme ole tietoisia. Että tällaista tietoa meillä on tällä hetkellä

kasassa. Lähdetään nyt nukkumaan. Hyvää
yötä kaikille.

Heinon päätös

Aikaisemmin tapahtunut. Keskiviikko 7.8.2024 Pohjois- Norja. Heino Karjalainen katseli surullisena ääretöntä Jäämerta. Sinisen meren silmät katsoivat kirkasta taivasta. Jäämeri hohkasi kylmää, pohjoistuuli toi Jäämeren takaa muistutuksen tulevasta talvesta. Turisteja ei näkynyt maisemissa. Saksalaisia turisteja kuljettavat linja- autot pysähtyivät Jäämeren reunalla ainoastaan yhdessä paikassa, viipyvät siellä vain hetken. Saksalaiset ottivat hätäisesti muutaman valokuvan ja palasivat takaisin etelään. Kylmä pohjoistuuli tunkeutui vaatteiden läpi, mutta ulkotöissä karaistunut Heino ei antanut sen häiritä. Heinolla oli mukana iso reppu ja kantamus, muoviin oli kääritty tarvikepaketti, joka odotti hautaamista ja piilottamista Jäämeren korkealle törmälle. Hetken katseltuaan oikeaa paikkaa, hän pysähtyi kiviröykkiön viereen, josta hän käänsi jäntevillä kourillaan painavan kiven syrjään, ja asetti alla olevaan koloon mukana olleen tarvikepaketin. Tähän samaan paikkaan Heino palaisi muutaman päivän tai viikon päästä, jos luoja sen suo, jos hän saisi asiansa hoidettua. Heino oli tehnyt päätöksen, voisihan hän toimia kuten kaikki suomalaiset tekevät jokaisena arkipäivänä. Nöyrtyminen ja alistuminen kaiken paineen alla. Kaikki oli nyt menetetty. Epäsuomalainen tapa oli yleistynyt, mutta se ei ole vielä tullut esille median nostattamana, asiat vaietaan edelleen Suomessa, painetaan alas.

Jäämeri oli vielä rauhallinen merenkulkijoille, mutta kenties muutaman vuoden päästä tämäkin syrjäinen kolkka olisi täynnä rahtilaivoja ja niiden mukana kulkevia sotalaivoja ja pinnan alla liikkuvia ydinsukellusveneitä, jotka suojaisivat muita kulkijoita. Ristiriidat odottivat tulevaisuudessa, kuka saisi kulkea ja hyödyntää arktista pohjoista ja niiden luonnonvaroja. Huvittavinta oli, että ihmiset hakeutuivat pohjoiseen hakemaan luonnonvaroja, jotka oli aikaisemmin etelästä ryövätty loppuun. Ihmisten kaksinaismoralismia oli myös vaikea ymmärtää, kun Keski- Euroopasta ei löytynyt enää laskettelu- ja hiihtomahdollisuutta ja sen takia ihmiset Euroopasta ja Aasiasta matkustivat lentokoneilla Pohjois- Eurooppaan Suomeen, Ruotsiin ja Norjaan, koska täällä oli vielä lunta. Vielä. Suomessa tietenkin iloittiin sadoista ja tuhansista turistilennoista, jotka laskeutuivat pohjoisen Suomen lentokentille. Väliaikainen luontoturismi toi tietenkin rahaa ja työpaikkoja Pohjois-Suomeen. Mutta, mikä on tämän kaiken hinta? Lentokoneet, jotka saastuttivat entistä enemmän ilmakehää ja arktinen luonto pakeni entistä kauemmaksi. Ja erityisesti Heinoa ihmetytti, että suomalainen eliitti ja hyvätuloiset luonnonsuojelijat heristivät sormiansa, että miksi vähävaraiset suomalaiset eivät ostaneetkaan sähköautoa, koska se suojelisi ilmakehää saasteilta. Mutta, sen lisäksi samalla he eivät ymmärtäneet, että maaseudulle olisi pakko perustaa sähköautoteollisuuden tarvitsemia kaivoksia sähköakkujen raaka- aineiden kaivamiseksi maaperästä, juuri samoille alueille, joissa matkailijat nauttivat puhtaasta talviluonnosta. Ja suomalaisiin kaupunkeihin rakennetaan kiinalaiselle autoteollisuudelle välttämättömiä sähköakkuja työstäviä tehtaita.

Raha ja valta muokkaavat mielipiteitä, valtaapitävien eliitti hallitsee julkista mediaa, jonka mukaisesti toimittajat tanssivat heidän pillin mukaisesti, toimittajat, jotka eivät ole näkevinään valtaapitävien lopullisia tarkoitusperiä, miksi nyt tehdään suuria päätöksiä ja muutoksia, kuka niistä hyötyy ja pitääkö kukaan suurista kansanryhmistä huolta? Tapahtumat ovat kuin toisinto sadan vuoden takaisista asioista. Juuri nyt, kun olemme saattaneet viimeiset ihmiset Toisen maailmansodan jälkeisiin sankarihautoihin, voidaan nyt kysyä, minkä takia he taistelivat puolestamme ja miksi nyt tehdään uudestaan samat virheet, astutaan samat askeleet. Eliitti ei joudu nyt kärsimään, kuten tavalliset kansalaiset. Vastuuta ei ole kellään, niin suurta vastuuta ei kukaan pysty maan päällä kantamaan, joka sovittaisi tulevienkin energiasotien satojen tuhansien ja miljoonien ihmisten kärsimykset ja kuolemat. Mutta, olisiko niin, että suomalainen eliitti ei välitä mitä Suomessakin tapahtuu, koska vastuuta ei ole ja huonoista päätöksistä ei kukaan heitä rankaise jälkikäteen, ja etukäteen kukaan ei ymmärrä, mitä juuri nyt Suomessa tapahtuu. Kelloa ei voi koskaan kääntää taaksepäin.

Heino istui vielä Jäämeren rannalle ja pohti omaa kansaansa. Miksi suomalaiset ovat maailman onnellisin kansa? Miksi suomalaiset valehtelevat itselleen? Pienen kansan joukosta löytyy suuri joukko mielenterveyden kanssa painivia suomalaisia ja poliitikot myöntävät sen ongelman, mutta odotuttavat kymmeniä vuosia, että mitähän me tehtäisiin näiden mielenterveysasioiden kanssa. Me menetämme suuren joukon ihmisiä, jotka voisivat olla mukana rakentamassa tätä isovanhempien suurella vaivalla rakentamaa yhteiskuntaa, jonka perustuksia olemme jo nyt murentamassa. Suomessa on vähäosaisia ja huonosti toimeen tulevia useita satojatuhansia ihmisiä reilun viiden miljoonan kansasta, sekin on ongelma, jota ei ole ratkaistu, vuosikymmeniä on vain puhuttu siinä onnistumatta. Nuorten huumeongelmat ovat vaikeimmat koko Euroopassa ja me vain suljemme silmämme. Suomi maailman onnellisin kansa. Suomalainen on onnellinen, kun joku kysyy. Vaikka puukolla iskettäisiin selkään suomalainen ajattelisi, että onneksi ei osunut puukko keuhkoon. Jos naapurilla menee huonosti, niin pääasia on, että omalla perheellä menisi kuitenkin hyvin ja tietenkin omilla lapsilla. Ulkokultainen Suomi. Mielestäni ennen oli päinvastoin, ennen olimme terveen ylpeitä, emme välittäneet mitä muut ajattelivat meistä. Nyt meille on tärkeintä vain ulkokultaiset seinät, paperille kirjattu hyvyys ja maine. Pisa- tulokset ovat olleet joskus kunnossa, mutta ei nykyään, eliitti ei välitä, miten suomalaiset nuoret henkisesti voivat.

Suomea verrataan usein Ruotsiin, miten asiat ovat. Lähi- menneisyydessä Suomessa naurettiin kansan keskuudessa ja virkamiesten, jopa politikoiden äänellä, että Ruotsi ei osaisi näköjään hoitaa korona- aikaa kunnolla, mutta Suomessa ei ajateltu epidemian aikana suomalaisten henkistä hyvinvointia ja taloudellista ahdinkoa, nähtiin asiat vain siinä nykyisessä hetkessä. Mutta, kun epidemia- aika vihdoin päättyi, niin ongelmat tulivat esille ja silmille. Suomalaisten kokema henkinen ahdistus ja taloudellinen hätä jäi päälle, ihmisten hätä, jota saamme selvittää ja selittää vielä pitkään. Ruotsalaiset eivät ajattele hiukkaakaan mitä muut ajattelevat heistä. Suomalaiset säälittelevät ruotsalaisten NATO- hakemusta, mutta en yllättyisi, että he vähät välittävät siitäkin, sillä heillä on terve itseluottamus, kaikki ei ole myytävänä, kuten Suomessa, sananvapaus voidaan myydä, kuten Suomessa ajatellaan, sananvapaus ei ole Suomessa niin hyvällä tasolla, kuin eliitti ja poliitikot tuovat sen esille. NATO päätös ei ole Ruotsissa ole selvä, vaikka liittymine tapahtuisi, sillä vastakkainasettelu tuo mittavia ongelmia tulevaisuuteen, rauhanturvaaminen on entistä vaikeampaa tulevaisuudessa. Kansalaisten tehtävä on kansakunnista riippumatta, noustava vastustamaan epädemokraattista yhteiskuntaa vastaa oli kyseessä länsimainen tai itäeurooppalainen yhteiskunta. On olemassa taloudellinen ja sananvapauden diktatuuri ja sitä esiintyy myös länsimaisissa yhteiskunnissa.

Piilopaikka

Heino lähti paluumatkalle. Paluumatkalla Heino poimisi taas Lapin hillaa, kuten tänne tullessa hän teki. Pohjois- Pohjanmaan suoalueet hän oli kolunnut jo alkumatkalla, jotta saisi bensarahaa Lapin matkalle. Hillojen kilohinta oli tänä vuonna ihan kohtuullinen, koska ihmisillä ei ollut varaa enää ajaa hillojen perässä, hillan poimijoita ei ollut enää kovinkaan paljon Lapissa, eikä myöskään Kainuussa ja Pohjois- Pohjanmaalla, paikalliset ikäihmiset eivät jaksaneet enää tarpoa hillasoilla ja nuoret eivät ole marjanpoiminnasta enää riittävästi kiinnostuneet. Ylä- Lapin hillat olivat nyt osin kypsiä ja Heino poimi saavillisen parin päivän aikana. Rovaniemen torilla Heino sai ne myytyään viidensadan euron setelin kouraansa, sillä hetkellä se tuntui isolta rahalta, mutta hetkessä pensa-asemalla auton tankkiin sukelsi sadan euron edestä hillarahoja. Viereinen ruokakauppa sai mitättömistä ostoksista toisen satasen kauppaketjun pohjattomaan kassaan.

Heino jatkoi matkaansa kohti etelää. Pieni asuntovaunu kulki kevyesti vanhan auton perässä, isoissa vaaranrinteissä auto vaati lisää kierroksia moottoriin ja pienempää vaihdetta. Matka jatkui omaan tahtiin, kukaan ei hoputtanut ja majoittua Heino pystyi oman aikataulun mukaisesti asuntovaunussa. Varovainen silti pitää olla nykyään, Suomessakin oli jo tunkeuduttu asuntovaunuihin, jopa lomalaisten nukkuessa vaunun sisällä. Heino ei sitä pelkää, asuntovaunusta lähtee isompikin mies, sellaiset voimat hänellä kourissa on, vaikka painoa Heinolla ei ole, ahavoituneet kasvot ja jäntevä olemus varoittaa päälle tunkeutujan ajattelemaan kahdesti, ennen kuin tunkeutuja lähtee tulemaan ahtaasta ja kapeasta ovesta asuntovaunun sisälle. Heinolla oli aina turva asuntovaunussa, jos kuitenkin hän jäisi alakynteen, vanha metsästyskivääri oli varalta piilotettu asuntovaunun istuinpenkin alle.

Heino oli karskista ulkomuodostaan huolimatta umpirehellinen ja rauhaa rakastava mies. Perheellinen mies, jonka aikuiset lapset elivät jo omillaan. Heino oli aikoinaan eronnut, kuten lähes puolet suomalaisista ovat päätyneet avioeroon, oli avioliittoaika ollut pitkä tai lyhyt. Heinon pitkä avioliitto oli tullut päätökseen ja avioerosta oli kulunut jo useampi vuosi. Muutama vuosi oli siitä avioerosta kestänyt toipua, koville se otti. Nyt Heinolla oli kuitenkin uusi rakas, hän oli tyytyväinen elämäänsä ja lapsiin. Heinon ulkoinen olemus oli rauhallinen. Heino oli nuorempana käynyt läpi kaikki Suomen maaseutuammatit, mikään työ maaseudulla ei ollut hänelle tuntematonta ja harrastukset olivat maalaisukon mukaiset. Maaseutuammatit olivat antaneet sitkeyttä Heinolle. Lapsena maataloustyöt antoivat ensikosketuksen raskaisiin töihin. Metsätyöt ja metsurin työt eivät nuorena miehenä tuntuneet kovakuntoiselle Heinolle koskaan liian raskailta. Rajavartioston varusmiespalvelus oli fyysisesti helppoa ja armeijakokemus antoi uusia ajatuksia metsässä liikkumiseen, taitoja, joita oli myös pystynyt arvostamaan aikuisena. Tosiasiassa jokaiselle ajattelevalle ihmiselle varusmiespalvelus tarkoittaa aina perusajatukseltaan, kuinka tapetaan toinen ihminen ja yritetään pysyä itse hengissä toisen ihmisen tai vihollisen hyökkäyksiltä. Sotaharjoitukset ja ampumaradalla harjoittelu on tietysti mukavaa, mutta nykyihminen ei voi käsittää sitä tilannetta, kun ammutaan takaisin, ampumaradalla harjoittelu on vain leikkimistä sen rinnalla. Hirsirakennusten rakentaminen oli lama-aikaan oma raskas kokemus, josta ei kertynyt rahallista omaisuutta, mutta sekin toi sitkeyttä Heinolle. Yli neljänkymmenen vuoden kokemus metsästyksestä oli antanut sellaisen kokemuksen, jota ei saa kirjoista.

Heino tuntee olevansa osa luontoa ja luonnonvaroja pitää osata hyödyntää, ilman että tarpeettomasti tuhoaa sitä, se on viisautta. Suuri joukko ihmisiä "niin sanotusti" suojelee luontoa, mutta he eivät osaa ajatella aikaisempien sukupolvien tavoin, miten luonnosta saamme ruokaa ja toimeentuloa, koska se ei heitä omakohtaisesti kosketa, he saavat elannon muualta ja asuvat kaupungissa. Nykyajan luonnonsuojelija asuu kaupungissa ja käy vain vapaa- ajalla pistäytymässä luonnossa ja moittii maaseudulla asuvia ja maataloudesta toimeentulonsa saavien elämää, jonka jälkeen he palaavat kaupunkiin ja nostavat palkkaa, johon ei vaikuta luonnon ikiaikaiset vaikutukset heidän omakohtaiseen elintasoon, kuten on esimerkiksi käynyt maaseudun ihmisille ylisuuren susikannan kanssa. Samoin toimivat maaseudun asioista päättävät viranomaiset ja virkamiehet, heillä on liian suuri valta päättää maaseudun ihmisten toimeentulosta, ja he eivät huomaa heidän ahdinkoa, koska he saavat oman toimeentulon riippumatta ulkoisista tekijöistä. Useat vuodet Heino teki töitä metsässä ja lisäksi viikonloput hän vielä kävi metsästämässä, ne vuodet ovat kasvattaneet tuntemuksia luonnosta, jota ei saa muusta, kuin olemalla maastossa ja luonnossa. Vaikka Heino on elänyt terveellisesti ja kaikki terveysoppaat kertovat ikuisesta nuoruudesta ja terveydestä, jos harrastaa liikuntaa tai raskasta työtä tai syö terveellisesti, ei sekään ole auttanut Heinoa. Luojalla on sormensa pelissä, hänellä oli oma tahtonsa ja suunnitelmansa, siihen me ihmiset emme voi vaikuttaa. Heinokin oli kokenut omalta kohdalta syövän, ja varsin erikoisen, vaikka hän ei ollut tupakoinut koskaan. Erikoisesta tapauksesta oli kulunut nyt yli kaksikymmentä vuotta. Silti Heino oli pysynyt hyvässä kunnossa, vaikka isot leikkaukset muistuttivat välillä arpikudosten särkyjen kautta. Pitkä kokemus maastossa liikkumisesta antoi Heinolle lisäapuja, sillä monta askelta säästyi, kun hän aina lähti suon ylitykseen, katseella ja kokemuksen tuomalla opilla ei yleensä paluuperiä tarvinnut tehdä suolla, turha hosuminen ei kannattanut koskaan.

Aikaisemmilla Lapin matkoillaan eräässä pohjoissuomalaisessa kunnassa hän oli huomannut, että Lemmenjoen yläjuoksun jokivarren maastossa oli vanha tervanpolttajien korsu, jossa oli asuttu viimeksi vuosikymmeniä sitten, joka oli yllättäen säilynyt kuivassa hiekkarinteessä lähes täydellisenä. Katon tukipuista oli vain pari puuta katkennut ja kamiina oli syöpynyt rikki. Aikoinaan puusta valmistettiin puutervaa, jota käytettiin puulaivojen pintakäsittelyyn, kunnes puutervan korvasi kivihiiliterva. Myöhemmin puumateriaalin korvasi metallilevyistä valmistetut laivat. Pohjois- Suomen erämaissa, paikkoihin mihin helposti pääsi jokisuistoja pitkin veneillä hakemaan tervatynnyreitä, paikalliset polttivat jokirinteissä ja niiden lähialueilla hautatervaa. Tervanpolttajat asuivat useita viikkoja hiekkarinteeseen kaivetuissa korsuissa, missä heillä oli suojaa ja lämpöä ja he pystyivät lepäämään rakentaessaan tervahautoja ja tehdessään pilkkeitä, jotka ladottiin huolellisesti tervahautaan ennen niiden polttoa.

Heino oli varautunut ennakkoon korsun korjaukseen takia, sillä hän mahdollisesti tarvitsi korsua alkusyksyn toiselle matkalle. Heino oli suunnitellut, että hän majoittuisi piilokorsulle ainakin yhdeksi yöksi ja mahdollisesti useammaksi, jos siihen hänelle tarjoutuisi vain tilaisuus. Heino kantoi selässään uuden kamiinan korsulle. Päästyään korsulle hän asetti tavaransa korsun ulkopuolelle ja kaatoi pokasahalla muutaman suoran männyn ja halkaisi ne kirveellä. Vanhanajan puu eli malkakatto syntyi hetkessä, ilman nykyajan rakennustarvikkeita, metsä oli ollut aina suomalaisille valmis rakennustarvikevarasto, jonka hyödyntäminen oli vain unohtunut ajansaatossa meiltä suomalaisilta. Heino naamioi korsun katon jäkälä- ja sammalmatolla, jäkälää ei vain löydy kovin paljon Lapista, koska porot tarvitsevat sitä ruuakseen. Moottorisahaa ei pystynyt nyt rakennustöissä käyttämään, ettei kukaan vain kuulisi Heinon puuhastelua ja lähtisi uteliaana katsomaan, kuka tekisi metsätöitä kesällä. Heino katsoi ylpeänä lopputulosta. Korsun katto oli niin tukeva, että ihminen, poro, mönkijä ja moottorikelkka menisi katon yli, niin että korsua ei huomaisi maan pinnan alapuolella. Saatuaan korjaukset valmiiksi, hän vietti yhden yön korsun laverilla miettien ja suunnitellen tulevaa uutta Lapin reissuansa. Loppukesän yön asettuessa korsun ympäristön suoalueille, tunsi Heino pienen syksyn aavistuksen. Iltayöstä vanha ukkoteeri suhautti syyssoitimen aloitukseksi, kuin keväthangilla kiimaansa akkateerelle laulaen. Heino sytytti korsun kamiinaan tulet, korsun kamiina loimutti punahehkuisena lempeää lämpöänsä hiekkaseinäisen majapaikan sisälle. Aamulla Heino vielä hetken puuhasteli korsun ympärillä, lähtiessä Heino jätti muutaman säilykepurkin ja suljetun vesiastian korsun sisälle odottamaan seuraavaa Lapin matkaa. Pienen konjakkipullon Heino piilotti huolellisesti korsun hiekkaseinän uumeniin, ehkä sillekin olisi käyttöä myöhemmin. Heino jatkoi matkaa kohti autoaan ja poimi mennessään hilloja läheiseltä suolta, missä ukkoteeri lauloi vielä aamukiimaansa.

Illansuussa Heino mietti asuntovaunussa tulevaisuuttaan, että miten hän pystyisi oikeassa ajankohdassa kertomaan lähimmille ihmisille tulevat ja tapahtuneet asiat ja erityisesti rakkaalle mussukalle ja lapsille. Kaiken hän oli tähän asti salannut heiltä ja tarkoitus oli kertoa kaikki viestillä, kun sen aika koittaisi, jotta kaikki menisi suunnitelmien mukaisesti, hän ei halunnut huolestuttaa heitä tai paljastaa kenellekään ennakkoon suunnitelmaansa. Heino ajatteli ensin hoitaa asiat oikeaan järjestykseen ja kertoa sitten omalla tavallaan ja oikeassa hetkessä. Heino asettui nukkumaan asuntovaunuun, sillä huomenna hän olisi taas kotona Pohjanmaalla ajettuaan ensin pitkän päivän kohti etelää. Aamulla Heino jatkoi matkaansa, tulossa oli taas yksi loppukesän tukala hellepäivä ja koska vanhan auton ilmastointi ei toiminut enää, edessä oli tukala paluumatka kohti kotia. Pohjanmaalta ei taida enää löytyä hyvälaatuisia hilloja, korpihillatkin taitavat olla ylikypsiä ajatteli Heino ajaessaan kohti Torniota.

Yksinhuoltaja

Perjantai 9.8.2024. Heino katseli naapurin pihalle ja odotti autossaan rauhallisesti, että hän voisi ohittaa edessä olevan kuorma- auton. Asuntovaunun kanssa ohittaminen kapealla pihatiellä olisi haastavaa. Muuttoauton kuljettaja käänteli kuorma- auton keulaa naapurin ahtaalla pihatiellä ja kuusiaitojen kupeessa. Hetken päästä kuorma- auton takanostolava sojotti naapuritalon ulko- oven lähellä. Heino pohti mielessään, että tälläkin alueella muuttoautot olivat usein tuttu näky. Joskus muuttoauton näkeminen tarkoitti onnen hetkeä, kun lapsiperhe muuttaa uuteen kotiin. Tai joillekin sitä vastoin muuttaminen tarkoittaa haikeutta, jos rakkaasta kodista joutuisi luopumaan. Vanhukset luopuvat kodistaan, koska he eivät jaksa pitää huolta omasta talosta. Avioerot tarkoittavat usein, että perheen koti myydään pois, jos toinen vanhemmista ei lunasta toista ulos ja toinen osapuolista ei ota loppuja asuntolainoja maksettavaksi. Ikäihmisten matkatessa taivaan kotiin, lapset myös luopuvat vanhempien asunnosta, koska lapset ovat muuttaneet jo kauas kotiseuduiltaan ja heidän omat lapset ovat jo juurtuneet toiselle paikkakunnalle.

Heino ajoi naapurin kujan ohi. Kaksi raavasta miestä könysi muutto- auton hytistä ulos. Toinen heistä venytteli perinteiseen tapaan haukottelemalla ja nostelemalla käsiään ylöspäin. Toinen taas seisoi kuorma- auton edessä ja tupakoi, katsellen tylsänä vanhan omakotialueen monipolvista ja värikästä talorivistöä. Ehkä hän ajatteli, että tällä omakotialueella ei ravintolasta kotiin palaava tai häntä kuljettava taksikuski erehtyisi talosta, koska niin erilaisia ovat tämän alueen omakotitalot, että niistä ei voi erehtyä. Uusilla omakotialueilla taas erehtymisen vaara on aina olemassa, koska samannäköiset talotkin pitää usein maalata samalla värillä kaupunkien rakennusohjeiden mukaisesti.

Omakotialueen vanhin asukas työnteli potkupyöräänsä kohti postilaatikkoa ja hän ei huomannut tai halunnut huomata muuttoauton kuljettajaa, joka tupakoi muutaman metrin etäisyydellä. Talon ulko- ovesta tuli ulos noin neljäkymmentävuotias nainen, joka tervehti lyhytsanaisesti muuttomiehiä.

– Hei.

– Hei, vastasivat molemmat miehet hänelle.

– Oliko teillä pianoa tai flyygeliä, kysyi tupakkaa polttava mies.

– Ei ole.

Muuttoauton miehet selvästi rentoutuivat ja heidän hartiat valahtivat alaspäin.

– Oletteko ehtineet pakata kaikki pientavarat, kun meillä on odotustunnin veloitustaksat.

– Olen ehtinyt jo pakata lähes kaiken, lasten lelut vain puuttuvat pahvilaatikoista.

Muuttoauton tilannut Lea Makkonen käveli sisälle ja jatkoi lasten lelujen pakkaamista ja tavaroiden siirtelyä kohti ulko- ovea. Perheen vanha omakotitalo oli sisältä kuin myrsky merkki, pahvilaatikoita lojui huoneiden nurkissa isot pinot, osaan laatikoista oli kirjoitettu jotakin. Ilmastointiteippiä oli kulunut. Lasten lelut ja tavarat olivat vielä hieman levällään, koska lapset eivät olleet suostuneet kaikkia leluja heittelemään pahvilaatikoihin. Vaikka lapsille oli kerrottu kuukausia sitten, että muuttopäivä tulee kesän lopussa, niin silti muuttopäivä yllätti heidät. Tänään oli alkanut uusi kouluvuosi ja lapset olivat koulussa. Tunnin päästä he tulisivat kotiin, sitä hetkeä Lea pelkäsi. Mutta onneksi lapset saisivat jatkaa vanhassa koulussa. Aluksi kunta siirsi heidät toiseen kouluun, mutta valituksen jälkeen Lea sai lautakunnan tekemään päätökseen muutoksen, jos Lea huolehtii lasten kuljetuksesta itse. Lealla oli nyt aikaa lasten kuljetukseen ja kohta lapset kuitenkin siirtyvät yläasteelle. Lean lapset olivat nyt kuudennella ja viidennellä luokalla.

Lea keitti vielä kahvit itselle ja muuttomiehille. Lea katseli ympärilleen ja muisteli sitä päivä, kun hän miehensä kanssa muutti tähän vanhaan omakotitaloon. Heitä viehätti tämä vanha omakotitalo, jossa oli iso piha koiralle ja lapsille. Ja omakotitaloalueen keskellä oli vanha leikkikenttä, johon oli helppo päästää lapset turvallisesti leikkimään. Mutta, kohtalo päätti muutaman vuoden jälkeen toisin. Vanhan omakotitalon remontti ja epävarmat ansiotyöt sekä ruuhkavuodet tekivät sen minkä usein saamme lukea tilastoista, että avioliitto päättyi avioeroon. Kasvetaan erilleen, ne samat sanat, jotka Lea oli kuullut lukemattomia kertoja ennenkin. Vaikka sen tiesi eron hetkellä, että tämä tuleva päivä olisi raskas, niin silti se yllätti Lean. Olisihan hän tämän talon mielellään pitänyt, tämän talon myyminen oli Lealle ja lapsille vastentahtoinen tehtävä. Oikeastaan korona- ajasta kaikki ongelmat lähtivät vyörymään. Lean työt katosivat alta eivätkä ne koskaan palautuneet ennalleen. Lea teki ennen korona- aikaa kahta työtä ja niin hän oli tehnyt jo yli kymmenen vuoden ajan. Ravintola- alaan korona- aika kosketti kovasti, löi oikein isolla nyrkillä. Pahimpaan aikaan kaikki lähialueen ravintolat olivat kiinni ja siitä johtuen Lean tienestit toisesta työstä katosivat lopullisesti. Vaikka paikallinen ravintola olisi voinut korona- ajan päättyessä jatkaa toimintaansa, niin yrittäjän kassavarallisuus ja asiakkaiden ostokyky oli heikentynyt niin radikaalisti, että ravintola meni kuitenkin konkurssiin. Lean toinen työ paikallisen kaupan kassalla oli pelastanut jonkin aikaa hänen toimeentulonsa, mutta kaupan- alan normaali nollatuntisopimus näytti, kuinka haastava tilanne oli, kun kaupan alalle virtasi koko ajan uusia opiskelijoita ja muita työntekijöitä ravintola- ja tapahtuma- alan hiipumisen johdosta. Korona-ajan jälkeen iski vielä taloudellinen taantuma ja tulevat eduskuntavaalit muuttivat kaiken lopullisesti, kansalaisten ostovoima romahti lopullisesti.

Viimeinen naula Lean perheen arkkuun iskettiin, kun lapsiperheisiin kohdistui uuden hallituksen säästötoimet, työttömän lapsikorotuksien poistot ja asumistuen leikkaus sekä työttömän suojaosan poisto. Eikä ansiosidonnaisen työttömyysturvan muutokset olleet kovinkaan kannustavia työttömälle, kun Lea mietti omakotitalon pitämistä edelleen itsellään, jos vaikka sinnittelisi. Edellisien hallitusten päätökset olivat rikkana rokassa, valtion veronmaksajien rahat oli heitetty taivaan tuuliin, rahat olivat loppu valtiollakin. Nyt Lean perheen osalta kaikki kivet oli käännetty, oli tullut päätepiste omistusasunnon pitämiselle. Asuntolainan kaikki vapaakuukaudet oli pidetty ja asuntolainan kuukausieräkin oli painettu niin alas kuin mahdollista. Autolainan kolmen kuukauden vapaakuukausi oli käytetty loppuun. Luottokortin luoton maksimimäärä oli aivan tapissa, luottokorttia ei pystynyt käyttämään. Vanhemmilta Lea oli lainannut kaiken minkä kehtasi pyytää. Lasten lapsilisät menivät suoraan lainanlyhennykseen, Leaa pisti vihaksi ne lehtijutut, kun osa vanhemmista laittoi lapsilisät säästötilille, sekö oli lapsilisien tarkoitus, olisiko heiltä syytä ottaa lapsilisät pois, lapsilisät olkoon vain pienituloisten vanhempien lapsille. Marjoja ja sieniä oli syöty ja myytykin, vaikka niistä ei saanut juurikaan mitään, puolukoista alle euron kilo, kun marjatuloista vähensi pensarahat, eväät ja muut menot, niin pientä oli rahapalkka, mitä niistä sai. Perustoimeentuloa oli pakko anoa, onneksi sitä sentään sai vielä jonkin verran. Lean tukala tilanne ei ollut Lean oma syy, vaan isot herrat ja rouvat oli tämänkin aiheuttanut, mutta heille itselle henkilökohtaisesti tämä nykyinen tilanne ei vaikuttanut mitenkään. Kansanedustajien suuret tulot eivät pudota heitä köyhyysloukkuun, kuten Lealle kävi. Eikä Leaa hävetä toimeentulon hakeminen, koska nykyinen tilanne ei ole hänen oma syy, no ehkä avioero voidaan hänelle syyksi sysätä, jos sellainen selitys voidaan hakea hänen kontolleen. Tulot ja menot olivat nyt tasan, mistään ei ollut enää varaa leikata. Lea oli aivan poikki. Ihmeen kaupalla hän oli säästynyt terveysmurheilta ja henkiseltä romahdukselta.

Lapset sen varmaan aiheutti, hänen oli pakko jaksaa eteenpäin. Entinen aviomies ja lasten isä oli ihan kunnon mies, mutta rakkaus vain loppui. Äiti jankutti aina, että rakkaus muuttaa muotoaan, ehkä hän oli siinä oikeassa tai sitten ei. Eksä muutti pari vuotta sitten omaan vuokrakaksioon. Hän ja lapset muuttavat tänään pieneen vuokrakolmioon, siihen hänellä oli varaa ainakin toistaiseksi. Talon realistinen myyntihinta iski silmille. Vanhojen omakotitalojen arvot olivat suorastaan romahtaneet. Loput lainat ja talosta saatava hinta oli mennyt aivan päittäin, vaivaiset kaksituhatta euroa jäi vain ylimääräistä ja sillä summalla Lea sai maksettua ainoastaan visakortin lainan pois, muuta hänelle ei jäänyt omakotitalosta käteen. Muistoja vain.

Lea kuuli, kun ulko- ovi pamahti ja hän odotti muuttomiesten rientävän kahville. Heino seisoi tuulikaapissa ja huhuili naapuriaan.

- Onko Lea kotona?
- Heino tule sisälle, Lea kutsui.
- No hei Lea.
- Hei.
- Nytkö on se päivä?
- Nyt, Lea purskahti itkuun.
- Ikävä päivä, mutta jospa tämä ikävä päätös helpottaa rahallisesti.
- Kiitos Heino.
- Kerro, jos vielä voin jotenkin auttaa teitä.

- Sinusta on ollut iso apu, remonttineuvonnassa ja lasten katsomisessa.
- No, pientä se on kuitenkin ollut.
- Ihan tosi, sinusta on ollut iso apu meille.
- Kiitos.
- Jos vain vielä voit auttaa yhdessä pienessä asiassa, niin se on viimeinen asia mitä pyydän sinulta.
- Kerro vaan.
- Jos voitaisiin yhdessä nostaa muutama monivuotinen kukka sinun pihalle, niin voisin hakea ne sitten joskus myöhemmin pois.
- Se sopii, minulla onkin pieni alue, mihin ne voidaan istuttaa väliaikaisesti.
- Kiitos, käydään katsomassa ne heti, niin voin jatkaa kuorman tekemistä, ja lapsetkin tulevat kohta koulusta.
- Tehdään niin.

Kotona

Ajaessaan kotipihalle, naapuri nosti komeasti kättänsä. Vanha omakotitalo seisoi ryhdikkäänä tavallisen pohjoissuomalaisen omakotialueen keskellä. Läheisen jokivarren rannalta kuului lokkiparven kirskuntaa. Moottoriveneen vaimea hurina tarkoitti kalamiesten olevan liikkeellä, kuha- kalat etsivät ahnaasti saaliksi pientä ahventa. Autotallin seinustalla odotti tulevan talven pakkasia suora rivi halkoja, jotka Heino oli lasten ja mussukan kanssa tehneet kevättalvella valmiiksi. Pitkä ruohikko odotti leikkaajaansa, Heino ei viitsinyt pyytää ketään leikkaamaan nurmikkoa ja loppukesän helteet eivät onneksi venyttäneet ruohikkoa kovinkaan nopeasti. Naapuri oli nostanut Heinon vähäiset postit takapihan laatikkoon. Tällä vanhalla asutusalueella vanhan tavan mukaisesti huolehdittiin naapureista ja tervehdittiin kaikkia tienvarren asukkaita. Nykyaikana ei kuulemma tutustuttu enää naapureihin uusilla omakotialueilla, koska ihmiset muuttivat nykyään niin usein, että juurettomuus oli uusi maan tapa, kuten kerros- ja rivitaloalueilla oli käynyt jo vuosikymmeniä aikaisemmin, naapuria ei tunnettu. Usein me saimme lukea lehdistä, että ihmiset kuolivat kotiinsa, kun kukaan ei osannut kaivata ja pahat hajut vasta ilmoittivat naapurin kuolleen. Heino kiitteli naapureita talon valvomisesta ja postin keräämisestä, istuttiin hetkeksi alas ja kahviteltiin, kerrottiin kuulumiset. Heino antoi naapureille tulijaisiksi litran verran Pohjois- Lapin hilloja.

Heino otti naapurilta tullessaan pihaltansa sylillisen halkoja, kun hän asettui omaan taloonsa, ehkä kotiin palamisen kunniaksi, tänään voisi lämmittää pihasaunan. Halkojen kantaminen oli tullut tutuksi viime vuosina, koska se oli välttämätön pakko. Suomalaisen tavan mukaan Suomi oli eturivissä syöksymässä kohti vihreää siirtymää, mutta kukaan ei muistanut kysyä tavallisilta kansalaisilta, kuinka he selviäisivät nopeasta siirtymästä taloudellisesti. Moni vähävarainen joutui luopumaan autosta, omakotitalosta ja kesämökistä. Monelle kesämökistä luopuminen oli kova paikka, joka oli ollut useita vuosikymmeniä suvun hallussa ja kesämökki oli rakennettu suvun maille. Pienituloisilla loppuivat yksinkertaisesti rahat. Poliitikkojen, luonnonsuojelujärjestöjen ja viranomaisten päitä ei käännetty. Vihreä siirtymä kosketti kaikkia, oli siihen varaa tai ei. Kaikki tehtiin nopeasti, jotta suomalainen poliitikko voisi katsoa muiden kansalaisten politikkoja silmiin, kaiken piti ehdottomasti näyttää ulkoapäin hyvältä, kaikki vanha ja toimiva energiatoiminto ajettiin alas, vaikka se oli Suomessa taloudellinen katastrofi. Heino katsoi omakotitaloansa. Syksyllä talo mahdollisesti pakkohuutokaupataan. Ilmeisesti talo puretaan ja siihen rakennetaan uusi talo nykyisten ympäristönormien mukaisesti. Mikähän vanhan purkamisen hiilijalanjälki lienee olisi, mutta sitä ei liene lasketa mukaan, vaikka silläkin olisi merkitystä kokonaisuuden kanssa. Heinon talossa, kaikki oli korjattu ja käyty uudestaan läpi. Vesikatto oli uusittu ja lämpöeristystä oli parannettu jo ennen viherhysteriaa, mutta sekään ei kuulemma riittänyt. Talossa oli ollut jo yli kaksikymmentä vuotta puupellettilämmitys, sitäkään ei kukaan arvostanut, eikä sitä korvattu koskaan vihreän siirtymän rahastosta, Heino teki sen valtiolle edullisesti omilla rahoillaan, ilman valtion nykyisiä energia- avustuksia. Nykyään myös tuotetaan lämpöenergiaa italialaisella sekajätteellä, maalaismiehen ajatus ei taivu jätteenpolton ympäristöystävällisyydestä ja sen kannattavuudesta.

Poika

Aamupäivällä Heinon poika Kalle ajeli tuttuun ja vanhaan lapsuuden kotiinsa. Oli yhdessä sovittu, että käytäisiin kalastamassa, koska kuhat olivat loppukesällä syönnillään ja illalla saunottaisiin pihasaunassa. Mutta, ennen illan kalastusreissua etsittiin tavanomaisesti hukassa olleita kalastusvälineitä ja valmistauduttiin illan kalastusreissua varten. Kalle oli vihdoinkin saanut opiskelututkinnon vastaista työtä, muutaman vuoden tavanomaisen työelämässä tapahtuvan nuorten hyväksikäytön jälkeen, sillä olihan maassamme tapana, että nuorille maksettiin alussa vähemmän palkkaa ja heille annettiin vain toisarvoisia työtehtäviä. Näin oli Suomessa toimittu vuosikymmeniä ja siihen oli nuorten edelleen tyydyttävä. Onneksi Kalle oli opiskellut koodaamista, koodareista oli huutava pula työmarkkinoilla, eikä hänen tarvinnut lähteä Etelä-Suomeen, kuten hänen siskonsa. Opiskeluajat menivät tavanomaisen nuoren tapaisesti, normaali kolme ja puolivuotinen opiskeluaika ylittyi hieman, kun valmistuminen viivästyi muutaman tehtävän ja opinnäytetyön puuttumisen takia.

Vihdoinkin päästiin kalastamaan, toki kuhat liikkuivat parhaiten vasta illalla auringon laskiessa. Loppukesän lämmin sää antoi yllättävän hyvän kalasaaliin, vetouistelun tuloksena isällä ja pojalla oli useampi kuha kylmälaukussa, heidän palatessa kotiinsa. Ennen saunomista Kalle laittoi merisuolaa kalojen sisälle ja huomenna kalat sitten laitettaisiin päiväruuaksi, ennen kuin Kalle palaisi takaisin Ouluun. Saunomisen aikana otettiin yhdet saunaoluet ja keskusteltiin Kallen asioista ja nuorten miesten haasteista nykyajan Suomessa. Suomessa, jossa työterveyden asiantuntijat olivat hämmentyneinä seuranneet nuorten aikuisten fyysisen ja henkisen hyvinvoinnin jatkuvasta heikkenemistä. Asiantuntijoiden varoituksista huolimatta politikoiden ja työnantajien ratkaisut olivat olleet varsin vaatimattomia, ja siitä johtuen nuorten ikäluokkista merkittävä osa ei enää kykene nykyään täyttämään yhteiskunnan yhä tiukkenevia työelämän vaatimuksia, vaan he uupuivat sairauslomille ja työkyvyttömäksi nuorena aikuisena. Heinon ohje pojalle oli vain, että työ ei ole ihmisen tärkein tehtävä tässä maailmassa. On huolehdittava itsestä ja muista. Ja ei pidä suostua ja nöyrtyä ihan kaikkeen, kuten meidän vanhempien sukupolvien tapana oli tehdä. Jonkin verran oli kuitenkin nähtävissä, että nuoret eivät onneksi suostu kaikkeen epäasialliseen kohteluun työelämässä, vaan he onneksi vaihtavat nykyään työpaikkoja herkemmin, kuin me aikaisemmat sukupolvet, mutta rahan merkitys on edelleen valitettavasti kasvanut jokapäiväisessä elämässä, jotta voisi täyttää yhteiskunnan asettamia tavoitteita.

Saunan ulkopuolella pystyi jo vilvoittelemaan, koska kesän helleaalto oli tappanut sikiävät hyönteiset, ojat olivat kuivuneet omakotialueen läheisyydestä. Heino kertoi lähtevänsä tapaamaan Terhiä ja sen jälkeen hän lähtisi käymään Kiian luona Helsingissä. Kalle kuunteli isänsä turinointia saunan jälkeen.

– Pitäkää huolta toisistanne, kuin sisko ja veli tekee, muistakaa tavata toisianne ja huolehtia elämän karikoissa, tukea pitää antaa silloin, kun tarve on suurin.

Kalle jäi miettimään isän sanoja, harvoin isä sanoo ja muistuttaa sisarusten huolenpidosta. Aamulla Kalle palasi takaisin Ouluun ja lähtiessään hän pyysi kertomaan siskolleen terveisiä.

Mussukka

Pojan lähtiessä Ouluun, Heino teki itsekin lähtöään Terhin luokse. Lapin matkan jälkeen Heino halusi tavata vielä rakkaansa, oman mussukan. Loppukesän viimeiset helteet tarjosivat heille vielä mahdollisuuden viettää yhdessä vapaapäivää meren rannalla. Heino katsoi rannalla rakasta naistaan. Aikuinen nainen katsoi miestään, omaa maalaisukkoaan. Kahden aikuisen sanomaton yhteys antoi rakastaville rauhan, heillä ei ollut nyt kiire mihinkään. Aikuiset lapset elivät jo omillaan, joskus lapsillekin tuli haastavia aikoja, mutta yhdessä olimme päättäneet, että neuvoja ei heille anneta, jos he eivät sitä erikseen pyydä. Kaikki tarpeellinen oli nyt tässä hetkessä. Terhi vaistosi kuitenkin, että jokin painoi Heinon mieltä, mutta mikä asia se olisi, siihen hän ei saanut muuta vastausta, kuin raha. Raha- asiat olivat Heinoa vaivanneet jo pitkään, mutta Terhi tiesi, että aitona maalaisukkona Heino osasi tulla vähällä toimeen, hän oli mestari venyttämään euroa. Heinon ja hänen pakasteet olivat täynnä hilloja, mustikoita, puolukoita ja karpaloita. Pakasteissa oli myös teeripaisteja, riekkoja, isoja metsoja ja muuta riistalihaa sekä kalaa. Autotallin ulkoseinämillä oli suora pino kuivia mänty- ja koivuhalkoja.

Jokin silti oli muuttunut, vuosikausien rahahuolet eivät olleet helpottuneet Heinon osalta eikä muidenkaan pienituloisten tilanne ollut parantunut nykyhetken Suomessa. Suomen hallituksen suunnittelemat sosiaaliturvaleikkaukset ja edellisien hallitusten löysä rahan käyttö olivat nyt aiheuttaneet pienituloisten hartioille käsittämättömän paineen. Vähävaraisten suomalaisten toimeentulon ymmärtämättömyys aiheutti uusia sosiaaliturvaleikkauksia, aivan kuin politikkojen ja eliitin virheet paikattaisiin liki miljoonan ihmisen sosiaaliturvan lisäleikkauksilla, otetaan pois niiltä ihmisiltä, joilla ei ollut enää mitään leikattavaa.

Terhi, Heinon mussukka osasi kuitenkin kääntää ajatukset toisaalle, ja Terhi halasi Heinoa, sillä nyt oli kaikki hyvin. Heinon kädet tarttuvat Terhin olkapäille, kädet laskeutuivat aikuisen naisen lantiolle, syrjäisellä rannalla ei ollut nyt muita ihmisiä, lokkien kesäinen lähes hypnotisoiva ääni antoivat yhdessä aaltojen tasaisen rytmin ja sävelen rakastavaisille antautumaan kesän viimeisille helteille. Iltapäivän paahtava helle ja lämmin merivesi saivat antautumaan kahden aikuisen kiihkeään syleilyyn. Hetkessä ei ollut mitään rajua, vaan kaikki se mitä tapahtui, oli lempeä yhtyminen kahdesta ihmisestä yhdeksi. Herkkä kahden ihmisen yhteinen hetki raukesi puolen tunnin päästä halaukseen ja naisen pää asettautui harmaan rintakehän päälle, tavallisen suomalaisen aidon maalaisukon päälle. Pariskunta nukahti kevyeen uneen, vain lämmin ilma ja lempeä merituuli liikkui hiekkarannalla, vaimean lintujen musiikin soidessa taustalla.

Iltapäivän paahtava aurinko ja loppukesän helle sai ukkosrintaman purkautumaan. Merituuli nosti merenaallot entistä korkeammalle ja aaltojen iskiessä rantaan Terhi ja Heino heräsivät kevyestä unesta. Aluksi satoi vain hieman lämmintä kesäsadetta ja rakastavaiset keräsivät viltin ja kevyet rantaeväät ja he riensivät kohti uimarannan pukukoppeja ja rantaravintolaa. Parkkipaikan lähellä olevan kalaravintolan huumaava tuoksu muutti heidän suunnitelmia, kotiin ei ollutkaan vielä palava kiire. Rannan kevyet retkieväät synnyttivät uimisen ja rakastelun jälkeen uuden pohjattoman ruokahalun, jonka voisi tyydyttää rantaravintolassa ennen heidän kotiin paluutansa. Ravintolan kesäterassin vaaleat ahvenfileet uusien perunoiden kera tuotiin höyryävinä annoksina rakastavaisten eteen. Sanattomana, hymyillen ja onnellisena pariskunta ruokaili rantaravintolan suojassa, ukkospilvet iskivät merenrantaan ja vaahtopäiset aallot ja tumma taivas antoivat maalauksellisen taustan ikiaikaiselle luonnonnäytelmälle, kirkkaan keltaisen valomeren aaltoillessa ravintolan yläpuolella, rakastavaiset katsoivat hiljaisina käsi kädessä myrskyävää luonnonnäytelmää. Heidän juostessa rajun ukkoskuuron saattelemana autonsa suojaan, Heino kertoi rakkaalleen, että hän viettäisi vielä yhden yön hänen luonaan ja sen jälkeen hän lähtisi käymään tyttärensä luona Helsingissä. Illalla Terhin touhutessa kotonansa kotiasioitaan, Heino jätti salassa Terhille kirjeen paikkaan, mistä hän oletti Terhin löytävän kirjeen varmuudella muutaman päivän jälkeen. Hänen rakkaansa tehtävänä oli kertoa lapsille mitä tulisi tapahtumaan. Kenties me emme enää tapaisi koskaan. Seuraavana päivänä Heino palasi takaisin kotiinsa valmistelemaan Helsingin matkaansa.

Matka Helsinkiin

Päivällä Heinon hyvästeltyään rakkaansa, mussukan, hän palasi takaisin kotiinsa ja pakkasi illalla tavarat valmiiksi autoonsa ja peräkärryynsä. Seuraavana aamuna herätyskellon soidessa Heino söi tavanomaista tukevamman aamupalan ja hän teki yhdet kunnon eväät pitkälle ajomatkalle Helsinkiin. Tytär muistutteli isäänsä tekstiviestillä, että muistathan tuoda hillat ja mustikat Helsinkiin. Tokihan Heino muistaisi tuoda marjat, mutta haasteena oli saada marjat pysymään jäätyneenä perille asti, koska Heinolla ei nyt ollut mukana asuntovaunua, jossa hänellä olisi ollut pakastin mukana. Aamulla katseltuaan vielä hetken omakotitaloaan, hän antoi ajatuksen lentää niihin onnellisiin perhehetkiin, jolloin lapset olivat pieniä. Tuossakin kohtaa poika juoksi innoissaan ojanpientaretta ylittäen naapurista pleikkaria pelaamasta, hän teloi polvensa ojan yli hypätessään ja tuli itkien kotiinsa. Ja tuohon vanhaan pihlajaan tytär kiipesi jatkuvasti uudestaan ja uudestaan ja vaati isäänsä rakentamaan pihalle puumajan. Ehkä viimeisen kerran hän näkisi tämän paikan, ehkä viimeisen kerran hän kävisi täällä kotona. Vielä kerran Heino katsoi postilaatikon sisuksen ja ennen kuin hän lähtisi liikkeelle, muistoihin nousi läheisen naapurin yksihuoltajan kohtalo elokuun alussa.

Heino ajoi pitkän, maisemiltaan tylsän ja puuduttavan matkan Ylikiimingistä Jyväskylän lähettyville. Yhden pienen pakollisen pysähdyksen hän teki Jyväskylän jälkeen Korpilahdella rauhallisessa paikassa, metsätien varrella. Heinon jo aikuinen tytär Kiia odotti malttamattomana isäänsä Helsinkiin, kellon ollessa jo illalla kahdeksantoista, Heino saapui vihdoin Helsinkiin. Heino kantoi heti sisälle tullessaan hilloja ja mustikoita tyttären pakasteeseen, marjat olivat säilyneet jäätyneenä autossa, mukana olleen sähkökäyttöisen kylmäastian avulla. Tytärkin oli jo alkanut käyttämään marjoja uudestaan, kun hänelle oli tullut hieman lisää ikää, teini- iässä Kiia ei tietenkään käyttänyt marjoja totuttuun tapaan, nuoret haluavat usein unohtaa lapsena opitut maaseudun tavat muutamaksi vuodeksi, mutta jossain vaiheessa opitut tavat palaavat väistämättä takaisin arkielämään. Heinon tytär oli muuttanut Helsingin seudulle opiskelemaan ja sen jälkeen Kiia joutui jäämään töihin Etelä- Suomeen, koska pohjoisessa ei ollut töitä tarjolla. Perinteiseen suomalaiseen tapaan pohjoisen pienillä paikkakunnilla työpaikat annettiin ja jaettiin suhteilla. Työpaikat annettiin sukulaisille, lapsille ja usein poliittinen taustakin merkitsi, kenet pienten kuntien vakituisiin suhteisiin palkattaisiin. Pohjois- Suomen ja Itä- Suomen kuntien väkiluvun yhä pienentyessä sukulais- suhteilla oli yhä suurempi merkitys työpaikkoja jaettaessa. Tytär oli mielissään, koska sai isänsä vierailulle pitkästä aikaa, hän halusi kuulla kaikki kuulumiset. Kiia oli jo varttunut nuoreksi aikuiseksi naiseksi. Ikääntyessä Kiia oli jo hieman enemmän kiinnostunut pohjoisen asioista, tekemisistä ja sukulaisista. Mutta, vielä ei ollut hänen aikansa palata juurilleen. Isän ja tyttären istuessa iltaa he muistelivat yhteistä urheiluharrastusta, joka toi useita mukavia muistoja mieleen ja käytiin vielä seuraavana päivänä katsomassa yhdessä yksi urheilutapahtuma. Lähtiessään tyttärensä luota Heino halasi pitkään ja sanoi tyttärelleen.

– Pidä huolta itsestäsi ja veljestäsi, tapahtui mitä hyvänsä.

Kiia mietti pitkään isän lähdettyä aamulla takaisin pohjoiseen, että miksi isä sanoi niin lähtiessään. Ehkä isä oli hieman hiljaisempi kuin normaalisti.

Työvoimatoimisto

Pakomatkalla 16.8 alkuiltana. Heinon sydäntä kouraisi syvältä, kun hän lähti ajamaan pois hänen omalta omakotitaloltaan. Pakkohuutokauppa ja haaskalintujen parveilu hänen rakkaassa omassa omakotitalossa söi sielua syvältä, Heinon teki mieli rynnätä paikalle ja ajaa pois kaikki ihmiset omasta talosta. Kuitenkin hän käänsi moottoripyöränsä kohti Pudasjärven, Utajärven ja Ylikiimingin syrjäseutuja ja vanhaa sukutilaa. Hieman hänen jälkeensä, aivan kuin kohtalon oikusta, samassa risteyksessä liikkui sininen poliisin siviilipakettiauto, jossa istui rikoskomisariot Varma Erätuli ja Martti Kotkanniemi. Heinon ajaessa moottoripyörällä kohti vanhaa sukutilaa, hänelle tuli vahvasti mieleen viime kevät, ja kuinka hänen itseluottamusta ja ylpeyttä murennettiin. Työvoimatoimistolla oli loppukeväällä palaveri, johon Heino oli kutsuttu. Lähipalaverit olivat raskaita käydä. Heino, joka oli usean alan ammattilainen ja useita koulutuksia käynyt ammattilainen, hän istui taas paikallisen työvoimatoimiston kokoushuoneessa. Heinoa vastapäätä istui nuori nainen, joka oli hänen tytärtäänkin nuorempi, hän oli työvoimatoimiston virkailija. Virkailijan vieressä istui nuori nainen, arvioilta Heinon pojan ikäinen, noin kolmekymmentävuotias sosiaalialan työntekijä, hän oli hyvinvointialueen palkkalistoilla. Heino katseli heitä ja hän vastaili heidän kysymyksiin.

- Mitä teille kuulu? työvoimavirkailija kysyi.
- Hyvää, Heino vastasi.
- Onko teillä mitään terveydellisiä huolia? sosiaalityöntekijä kysyi.
- Ei ole.
- Teillä on näköjään hyvä koulutuspohja ja työkokemus.
- Kyllä.
- Haluaisitteko te lähteä uudelleenkoulutukseen?
- Ettekö te muista, se on minulta kielletty, koska olen jo saanut uudelleenkoulutuksen, minulla on nyt yhtä hyvä koulutus kuin teillä.
- Aivan, se on kyllä totta.
- Niin on ja ne asiat näkyvät siellä teidän papereissa ja sivustolla.
- Entä nämä teidän vanhemmat ammatit?
- No, fysiikkani ei kestä enää näitä nuoruuden ammatteja, jos teen niitä jokaisena arkipäivänä.

- Kuinka olette henkisesti pärjännyt?
- Hyvin, mutta rahapula on ollut kova.
- Aivan, ymmärrän.
- Nyt on tosiaan tällä hetkellä menossa taantuma työmarkkinoilla ja te olette kuitenkin hakeneet oikeaoppisesti neljää työpaikkaa kuukaudessa ja olette käyneet muutamassa työhaastattelussa.
- Kyllä.
- Mistä johtuu, että te ette ole saaneet niitä työpaikkoja?
- Mistäkö se johtuu, eiköhän se ole selvää, että ikärasismista johtuen. Kyllä teidän pitäisi se asia tietää aivan yhtä hyvin. Puheet ikärasismista on puheita, käytäntö osoittaa aivan toisin.
- Aivan se on kyllä totta, sitä on olemassa, mutta sille me emme voi mitään.
- Esittäisin, että lähtisitte rekrytointikurssille, jossa koulutetaan provisio palkkauksen mukaiseen myyntityöhön.
- Ei kiitos, olen jo tehnyt sellaista ja jouduin hakemaan toimeentulotukea sen lisäksi, laskuni maksamiset myöhästyivät ja erityisesti asuntolainan maksaminen oli haasteellista.
- Entä myyjän työt, olette tehneet sellaistakin, jonkin verran.

- Sama juttu, myyjän työt olivat lähes aina nollatuntisopimuksella eli kutsuttuna mentiin töihin. Toimeentulotukea piti silloinkin hakea ja laskujeni maksut menivät vaikeaksi.
- Tämä työttömyys on teidän kannalta todella haasteellinen tilanne.
- Jospa lähtisitte puukäsityökurssille, meillä olisi linnunpönttökurssi, joka alkaa ensi kuussa.
- Minä teen linnunpönttöjä vapaaehtoisesti vapaa- ajalla, ei kiitos. Eiköhän tämä palaveri ole tässä, jos te ette saa täällä järjestettyä oikeita töitä ja ikärasismiin ette voi puuttua, niin hyvää kevään jatkoja teille ja näkemiin, Heino lopetti.
- Mutta, meillä on määräykset ja säännöt, että näin pitää toimia. Älkää menkö vielä!

Heino poistui palaverista, hänen kunniaansa, omanarvontuntoa ja itseluottamusta koeteltiin. Mutta, hänen piti säilyttää ehdottomasti rauhallisuus ja asiallisuus, helppoa se ei ollut, meni useampi päivä, että pystyi toipumaan tästäkin palaverista. Suomalainen ei ole terveen ylpeä vaan nöyrtyy ja taipuu helposti, mutta Heino ei ole koskaan taipunut nöyryyttävään kohteluun, siitäkin hän on joutunut kärsimään monesti, hänelle ei kannata vittuilla, hän kuuntelee vittuilua, mutta toimii sen mukaan, toisin kuin suomalainen yleensä. Kun kumartaa ja nöyrtyy, saa jotakin, mutta se syö sielusta aina palasen. Heinon hakiessa kymmeniä ja satoja eri työpaikkoja useilta eri aloilta ja useilta eri työnantajilta, Heino huomasi kuinka vaikeaa oli vanhemmalla iällä hakea työpaikkaa. Heinon hakiessaan julkisen sektorin ja valtion paikallisiin tehtäviin, kaikki valintapäätökset päättyivät sähköpostissa olevaan lauseeseen.

"Valitettavasti teitä ei valittu avoimena olevaan työtehtävään. Toivomme teidän hakevan uudelleen seuraaviin avoimena oleviin tehtäviimme".

Työnantajan eli valtion työnhakusivustoilla kirjoitettiin seuraavasti.

"Toivomme hakijoiksi eritaustaisia henkilöitä, kuten eri- ikäisiä, eri sukupuolia olevia ja eri kieli-, kulttuuri- tai vähemmistöryhmiin kuuluvia".

Kyseessä oli lause, joka ei pitänyt paikkansa, valehdellaan suoraan ihmisille, valikoidaan ihmiset, mutta sitä ei sanota ääneen eikä kirjoiteta esille. Suomalainen tapa eli maan tapana oli, että vaietaan asiat unohduksiin, ei puhuta totta. Heino muisteli ajaessaan viimeaikojen työnhakemuksiaan. Kirjoitin sähköpostin välityksellä eräälle johtajalle, joka päätti Suomen valtion alueellisen viranomaisen eli meidän itsemme omistaman veronmaksajien rahoittaman

valtio-   omisteisen   työnantajan
työntekijävalinnoista.

"Että millä perusteella teidän työntekijät
valitaan, harjoitetaanko teillä ikärasismia?".

Hän soitti välittömästi ja oli puhelimessa
hätääntyneen oloineni, hän kielsi ehdottomasti ikä-
rasismin olemassaolon, sellaista ei ole olemassa.
Lisäksi hän pyysi uudelleen hakemaan seuraaviin
avoimiin työpaikkoihin. Mutta, siitäkään
yhteydenotosta ei ollut mitään hyötyä,
koulutuksesta tai työkokemuksesta huolimatta
Heinoa ei koskaan valittu, yhteydenotosta ei ollut
mitään hyötyä, vaikka Heino oli virallisesti pätevä.
Ei haluttu henkilöä, jolla oli kokemusta, ikää ja
näkemystä sekä omia mielipiteitä luovaan
työntekomalliin, omia ajatuksia ei Suomessa sallita,
oli helpompi palkata nöyrä, alistunut ja nuori
henkilö, kuin kokenut ja osaava, joka tuo esille
omia ja uusia ajatuksia.

Sukutila

Työvoimatoimiston tapaus karisi mielestä, kun tutut maisemat tulivat eteen. Heino oli ajanut moottoripyörällä vanhan sukutilan lähelle ja katseli kiikareilla useita minuutteja, näkyisikö talon ja sen välittömässä läheisyydessä mitään ylimääräistä liikettä. Hiljaista näkyi olevan vanhan sukutalon ympärillä, ilmeisesti olin vielä askeleen edellä poliisia. Lähimpään naapuriin oli matkaa kaksi kilometriä ja sielläkin asui vain vanhoja ihmisiä kesäaikaan, talvella naapuritalot olivat kaikki autioina ja asumattomina, kuten heidänkin talonsa. Heino ajoi moottoripyöränsä vanhan ja lähes luhistuneen heinäladon sisälle. Katseltuaan vielä uudestaan kiikarilla talon luokse ja talon sisälle, hän uskaltautui mennä taloon. Oven aukaistuaan, Heino näki, että kukaan ei ollut käynyt pitkään aikaan täällä, sisarukset alkoivat olla jo iäkkäitä, he eivät jaksaneet enää olla täällä kovinkaan usein. Vanhan sukutilan seinäkello oli pysähtynyt, aivan kuin se kertoisi, että ajalla ei ollut mitään merkitystä tässä paikassa. Heino otti vanhan talon kaapista hirvenlihapurkin, avasi sen ja laittoi hirvenlihat kattilaan. Perunat hän haki vanhasta maakellarista ja kuori muutaman perunan kattilaan. Odotellessaan ruoan valmistumista, Heino sytytti pihasaunan tulipesään tulet, pihalla olevasta kaivosta hän pumppasi pesuvedet ja kantoi ne vanhaan muuripataan.

Heino katseli vanhaa saunaa ja mietti, olikohan tässä viimeinen kerta, kun tätäkin saunaa lämmitän. Lapseniko tässä saunassa kylpevät seuraavan kerran. Heinoa väsytti, mutta Heino sinnitteli hetken ja söi tukevan lautasellisen hirvenlihakeittoa ja lähti sen jälkeen saunalle kylpemään, onneksi kaapista löytyi vielä yksi oluttölkki, nyt se oli tarpeen. Heino saunoi pitkään ja antaumuksella. Kieltämättä häntä hiukan väsytti saunomisen ja ruokailun jälkeen, aamun jälkeen oli tapahtunut paljon asioita, Helsingistä tyttären luota lähtö ja ajo Vantaan Korsoon ja sieltä takaisin linja- autolla Helsingin keskustaan ja taas takaisin linja- autolla Vantaan Korsoon, autolla ajo Jyväskylään ja moottoripyörällä ajo kotiin ja sitten vanhalle sukutilalle syömään ja saunomaan. Heinoa ei huolettanut kiinnijääminen, sillä vanha sukutila ei ollut hänen nimissään, vaan perikunnan nimissä, mutta kohta poliisit sen varmaan ymmärtäisivät ja he tulisivat tarkistamaan olisinko asettunut vanhalle sukutilalle. Heino uskoi, että vielä tämän yön hän saisi olla rauhassa. Varalta Heino oli asettanut ohuen rautalangan kujan poikki ja asettanut rautalangan päähän pienen sytytyspanoksen, hän kyllä siihen pamaukseen heräisi, ja pakotien varrella olisi moottoripyörä valmiina lähtöön. Pistettyään makuulle, hän otti kiväärin viereensä ja vaipui pitkästä päivästä väsyneenä levottomaan uneen. Unessa hän näki unta lapsista ja rakkaasta mussukasta.

Heino näki unta mussukasta, joka oli sosiaali- ja terveysalalla töissä, monien suomalaisnaisten tavoin. Kymmeniä vuosia suomalaiset naiset tekivät alipalkattua työtä, suurella sydämellä, mutta heidän hätähuutoaan ei suomalaisen tavan mukaan kuultu, vaiettiin totuttuun tapaan ongelmat hiljaiseksi. Ei arvostettu heidän työtään. Ja, kun ei arvostettu heidän työtään, niin samalla ei arvostettu ikäihmisiä, niitä ihmisiä, jotka rakensivat tämän hyvinvointiyhteiskunnan, heidän omille lapsille oli rakennettu hyvinvointi, ja nyt murennettiin yhteiskunnan kivijalkaa, jokainen tulkoon tästä lähtien toimeen omillaan ja jokainen puolustakoon omia etujaan. Lapset puolustakoon omien vanhempien arvokasta vanhuutta ja heidän hoivaansa, kuka huutaa kovimmin ja uskaltaa vaatia, niin heidän vanhempia hoidetaan tai sitten niitä vanhempia, jotka olivat olleet arvostetussa asemassa pienessä kunnassa, suhteilla oli merkitystä tässäkin asiassa. Ei arvostettu sosiaalija terveysalan työntekijöiden ammattitaitoa, vaan heistä tuli nyt pelinappuloita työmarkkinoilla. Pelattiin peliä ihmishengillä, niin hoitajien kuin potilaiden. Moni uupui henkisesti lopullisesti, osa palasi töihin vajaakuntoisina. Pienellä työvoimalla tehtiin töitä useita vuosia ja vuosikymmeniä, ja sitten huomattiin, että osa ei jaksanut myöskään fyysisesti jatkaa nykyisessä työssään. Eduskuntavaalien alla, kaikki puolueet kertoivat, että nyt he laittavat sosiaali- ja terveysalan palkkauksen ja työolot kuntoon. Sitten tapahtui kaikista pahin ja hoitajilta kiellettiin hallituksen päätöksellä lakko- oikeus, oikeus, jolla jokainen työntekijä yhdessä muiden kanssa, pystyisivät puolustamaan omia oikeuksiaan, kuten muilla ammattialoilla tehdään. Nyt kaikki nuoret, jotka pystyivät lähtemään pois Suomesta, lähtivät muihin pohjoismaihin töihin, koska työolot ja palkkaus olivat parempia kuin Suomessa. Vuosikymmeniä oli valmisteltu sosiaali- ja terveysuudistusta, joka ei tuonutkaan ratkaisua alan ongelmiin, vaan nyt työntekijät katosivat jonnekin tai hakivat uutta paikkaa koko ajan ja osa työnantajista huomasivat, että heillä ei ollut tarpeeksi työntekijöitä, joka oli seurausta huhujen ja epävarmuuden ajasta. Hyvinvointialueet käyttivät myöhemmin palvelujen alasajon perusteina, että heillä ei ollut syrjäseuduille tarpeeksi työvoimaa, aikaisemmat päätökset olivat syy- seuraus suhteessa nykyiseen tilanteeseen ja niitä päätöksiä käytettiin häikäilemättömästi hyväksi. Kaikista suurin asia oli, että potilaat ja heidän omaiset huomasivat, että heidän omalle paikkakunnalle ei jäänyt enää mitään palveluja. Lupaus, että kaikille luvataan tasapuoliset palvelut asuinpaikasta huolimatta, ei toteutunutkaan, nyt kävikin juuri päinvastoin. Heinon yöunet olivat varsin levottomat, sillä usein hän mietti näitä suomalaisia yhteiskunnallisia ongelmia ja niiden perussyynä oli, että käytännössä Suomessa jokainen huolehtikoon itsestään, se on nykyisin maan tapa. Teoria ja käytäntö ovat eri asia, valehdella voi aina, suomalainenkin siihen kykenee.

17.8.2025 Heino heräsi aamulla ennen auringonnousua ja hän keitti vahvat aamukahvit ja valutti termospulloon loput. Heino teki isot voileivät reppuunsa ja laittoi mukaan pienen kaasuretkikeittimen sekä hirvenlihasäilykkeitä. Heino ajatteli, että nyt alkaisi toinen vaikea päivä, joten nyt olisi syytä lähteä nopeasti liikkeelle. Heino laittoi navetan karjakeittiössä olevasta pensa- astiasta lisää polttoainetta moottoripyöräänsä ja laittoi sen lisäksi pienen pensakanisterin moottoripyörän istuimen taakse kiinni nahkaremmeillä. Selkäänsä hän nosti repun, johon hän asetti nyt rihlakon, jos hän tarvitsisi pakomatkallaan haulikonpiippua luotipiipun lisäksi, lintukiväärin hän jätti sukutilan asekaappiin. Rihlakosta hän irrotti tukin irti, että ase mahtuisi piiloon repun sisälle. Panoksia hän otti lisää asekaapista, kiväärin panoksia ja haulikonpanoksia. Alueen metsätiet olivat tuttuja metsästyksen, kalastuksen ja marjastuksen takia. Niitä metsäteitä pitkin hän pääsisi turvallisesti kohti pohjoista ja itää. Aurinko oli juuri nousemassa, ja punainen auringonkehrä nousi idästä, sieltä mistä alun perin Heinon suku oli kotoisin ja jonne ei enää ollut paluuta.

Heino käynnisti vanhan moottoripyöränsä. Sininen savu täytti vanhan jo osittain luhistuneen heinäladon. Heino katsoi hetken vanhaa sukutilaa, joka oli ollut kolme sukupolvea samalla paikalla, sukutila, joka oli antanut turvaa kaikissa vaikeissa tilanteissa, osa oli sinne majoittunut tartuntatautien aikana ja osa oli siellä kalliin sähkön aikana majoittunut, koska heillä ei ollut varaa maksaa suomalaisten vihreän puhalluksen seurauksena sähkön hinnan nousun tuomia suuria sähkölaskuja. Suomalaiset ajoivat sähkökiimassa alas kaikki monipuoliset turve ja puupolttoaineen sähköntuotantotavat ja lämmitysmuodot. Suomalaiseen tapaan tehtiin päätöksiä, jotka murensivat suomalaisten omat luonnonvarojen hyödyntämisvahvuudet ja heittäydyttiin tyhjänpäälle yhden kortin varaan, sähkökortin. Suuret valtionyhtiöt tekivät suuria tappioita ja suomalaiset veronmaksajat maksoivat ne tappiot tietenkin itse. Syyllistä ei tietenkään saatu vastuuseen, tässäkin toteutui suomalainen tapa toimia, kukaan ei ole syyllinen, jos valtio tai valtionyhtiö toimii väärin veronmaksajia kohtaan. Suuret energia- alalla toimivat yhtiöt, jotka saavat valtioilta eli meiltä veronmaksajilta rahaa, tekevät investointeja ja päätöksiä nojaten kansalaisten ja veronmaksajien pitkämielisyyteen. Kuvitellaan sinisilmäisesti, että kaikki sijoittajat ja rahavirrat kohdistuvat vain Suomeen, ei ymmärretä, että Pohjois- Euroopassa on muitakin valtioita, jotka panostavat vihreään siirtymään ja myös katsotaan vielä nykyisen tilanteen yli, mitä tulisi sen jälkeen, kun sähkökiima laukeaa, katsotaan siis tulevaisuuteen ja käytetään omia kansallisia vahvuuksia.

Sillä välin, kun Heino käynnisti moottoripyöränsä, ja jatkoi matkaansa. Oulussa poliisin johtoryhmä kokoontui aamulla. Ryhmä oli vahvistunut neljällä henkilöllä, mukana oli nyt poliisikoiranohjaaja ja poliisikoira sekä sotilaskoiranohjaaja ja sotilaskoira. Lisäksi mukana oli myös kaksi Nato- sotilasta, joiden tehtävänä varmistaa koko ajan, olisiko tässä tapauksessa kyseessä vieraan vallan aiheuttama ampumistapaus, lisäksi toinen heistä oli sotilasdroneohjaaja. Varma Erätuli aloitti palaverin klo 7.15

- Huomenta kaikille. Meillä on siis henkilön nimi tiedossa. Heimo Karjalainen on erittäin taitava liikkumaan maantiellä ja maastossa ja sen lisäksi hän on erittäin taitava ampuja. Vieraan vallan mukana olo tässä tapauksessa on vielä epävarmaa, mutta se on tietenkin edelleen mahdollista. Olemme saaneet selville, että Ylikiimingin, Pudasjärven ja Utajärven rajalla on epäillyllä ja hänen lähimmillä sukulaisilla omistuksessaan vanha autiona oleva sukutila ja aavistamme, että epäilty on yöpynyt siellä viime yönä. Nyt aamulla me lähdemme sinne ja tarkistamme aluksi sen paikan. NATON erikoisjoukkojen droneohjaaja tarkistaa alueen ensin sotilasdronella, ennen kuin ryntäämme sinne, jonka jälkeen laskuvarjojoukot valtaavat ympäristön. Lähdetään liikkeelle.
- Hetkinen, odottakaa hieman, Suojelupoliisista soitetaan, Martti Kotkanniemi huomautti.
- Jaaha, annatko minulle sen puhelimen.
- Tero Karppanen Suojelupoliisin Venäjän asiantuntija tässä soittelee.
- Hei, mitä on selvinnyt?
- Aika huolestuttavaa aineistoa on nyt saatu selville.
- Ihanko tosi?

- Kyllä, Heino Karjalaisen isoisä oli epäiltynä ennen Suomen sotia vakoilusta ja salakuljetuksesta Suomen Karjalassa. Heino Karjalaisen isovanhemmat olivat kotoisin Laatokan Karjalasta. Mitään todisteita vakoiluun liittyen ei koskaan saatu hänen isoisästä selville, mutta epäilty hän oli kuitenkin. VALPO 1, eli sen aikainen valkoinen valtiollinen poliisi kuulusteli ja kovisteli häntä vankilassa, jopa kidutti häntä jonkin verran. Heino Karjalaisen isoisä palveli kuitenkin menestyksellisesti ja urhoollisesti Suomen Armeijassa ja hänet palkittiin Mannerheimin Ristin mitalilla, vaikka VALPO vastusti hänen palkitsemista, niin hänen ansiot olivat niin merkittävät, että sitä ei voitu estää, siis hän oli kuitenkin epäilty vakoojatapaus. Suomessa se tarkoittaa, jos oli epäilty, niin siitä eteenpäin sukulaiset olivat epäiltyjä useassa sukupolvessa eteenpäin, jos sittenkin olisi ollut jotakin perää niissä jutuissa. Kerran vakooja oli aina vakooja, vaikka Suomessa syyttömäksi todetaan, niin juorut ovat vahvempia kuin tosiasiat. Lisäksi Heino Karjalaisen isä oli kommunisti ja Heino Karjalainen oli ollut

105

sosiaalidemokraattisen puolueen jäsen, ainakin jonkin aikaa.

– Olittepa te saaneet Suojelupoliisissa vahvoja argumentteja selville.

– Kyllä, nyt emme voi olla aivan varmoja, liittyykö tähän tapaukseen sota- ajan aikainen Venäjän valtion turvallisuuskansankomissariaatti eli NKGB asiat. Ja tämä tarkoittaa, että hänet pitää saada ehdottomasti elävänä kiinni, jotta voimme kuulustella häntä. SUPO eli me Suojelupoliisista olemme hänestä erittäin kiinnostunut.

– Tämä on selvä, jos ja kun saamme hänet kiinni, niin totta kai saatte häntä haastatella.

– Kiitos.

Heino Karjalaisen takaa- ajajien joukko lähestyi vanhaa sukutilaa ja he pysähtyivät muutaman kilometrin päähän autiosta sukutilasta. NATON erikoisjoukkojen droneohjaaja nosti sotilasdronen yläilmoihin ja haravoi dronella huolellisesti koko alueen. Drone lähestyi autiotilan päärakennusta ja jäi talon yläpuolelle odottamaan. Dronen ohjaaja kertoi hetken päästä kaikille, että tilalla ei ole todennäköisesti ketään, mutta saunan piipusta nousee hieman lämpöväreilyä, mistä se lämpöväreily johtuu, on vielä epäselvää. Laskuvarjojääkäreiden joukkoa kuljettava lentokone nousi Oulunsalon lentokentältä ilmaan.

Hetken päästä joukkueellinen laskuvarjojääkäreitä hyppäsi koneesta ja laskeutui tilan ympäristöön ja ryhmä jäi odottamaan maastoon seuraavaa lähestymiskäskyä, sisälle taloon ei saanut mennä rynnäköllä. Käskyn saatuaan laskuvarjojääkärijoukko saartoi koko piha- alueen ja kiristi pikkuhiljaa saartorengasta. Poliisin etsintäryhmä ajoi autiotalon kujalle, kunnes poliisiauton vieressä räjähti pommi. Koko etsintäryhmä ja ryhmää tukeva laskuvarjojääkäreiden sotilasjoukkue säikähti pientä, mutta yllättävää räjähdystä ja hetkessä kaikki maastoutuivat piha- alueelle. Etsintäryhmä ja laskuvarjojääkärit odottivat kuumeisina lisäkäskyjä Varma Erätulelta.

Vanhempi rajavartija Esa Kaikkonen nousi ylös ja käveli kujaa pitkin räjähdyspaikalle ja huusi kainuulaisella murteella.

– Mitäpä se hyvejää makkoilla. Heino Karjalainen se vain pelleilee!

Varma Erätuli syöksyi paikalle ja ihmetteli rajavartijan tyhmän rohkeaa temppua.

– Mitä te tarkoitatte? Kuinka te uskallatte toimia käskyjä vastaan!

– No, kun pojat aina varastivat näitä kotiinsa, näitä merkkipanoksia, kun harjoiteltiin kaukopartiohommia, me laitettiin näitä polunvarteen ansalankojen kera, että kuultaisiin tulevatko venäläiset perässä.

- Jaa, vai niin. Oletteko aivan varma?
- Tämä Heino taitaa olla huumorimiehiä ja varsin älykäs aito maalaisukko.
- NATON erikoisjoukkojen droneohjaaja ja toinen etsijäryhmään liittynyt katselivat naureskellen alkeellista rautalanka viritystä ja ihmettelivät suuresti, mitä hyötyä tuommoisesta muka on.
- No totta kait näistä on hyötyä, nähdään ja kuullaan heti, onko joku meidän perässä ja takaa- ajajat ovat entistä varovaisempia. Tekin amerikkalaiset hyppäsitte vadelmikkoon, että heilahti, Esa selosti rallienglannilla amerikkalaisille.
- Taas oli tähänkin omituiseen hetkeen tuhrautunut kallisarvoinen tunti, Varma Erätuli tupisi ärtyneenä.

Martti katseli talon sisällä olevaa asekaappia ja aukaisi sen väkivalloin. Kaapissa oli lintukivääri, jolla oli mahdollisesti ammuttu pääministeriä.

- Olisiko epäilty nyt ilman asetta? Martti kertoi Varmalle omia ajatuksiaan.

Esa Kaikkonen Kainuun rajavartioston rajavartija katsoi pihamaan vanhaa koirankoppia ja totesi ääneen.

- Nyt taitaa olla Heinolla toinen ase mukana, sillä pystykorvan eli haukkuvan lintukoiran avulla metsästävällä miehellä on yleensä rihlakko aseena.

- Niinkö luulet? Varma ihmetteli rajavartijan mielipidettä.
- Jaahas, mitäs me tiedämme muuta kuin, että hän pitää meitä pilkkanaan.

Varma kyseli ryhmältä, mitä muuta oli selvinnyt tästä autiotalosta

- Sauna oli lämmitetty ja olutta oli juotu, eräs konstaapeli kertoi.
- Heinäladossa oli moottoripyörän jäljet, laskuvarjojääkäreiden ryhmänjohtaja ilmoitti.
- Soratiellä oli kahdet moottoripyörän jäljet, toiset tulivat Ylikiimingistä päin ja toiset lähtivät Pudasjärven suuntaan.
- Asia selvä ja me olemme taas kaksi tuntia häntä jäljessä, Varma kertasi tilannetta tuskastunut ilme naamalla.

Heino ajoi poliiseista mitään tietämättä kohti pohjoista. Pudasjärven Heino ohitti keskustan itäpuolelta. Poliiseja ei onneksi näkynyt missään, liikennevalvonta tolppia ei tietenkään ollut syrjäseutujen pikkuteillä ja ihmisiä ei näkynyt syksyllä muutenkaan missään, mitä nyt muutama metsuri ja metsästäjä sekä thaimaalaisia marjanpoimintaryhmiä. Seuraavaksi Heinon pitäisi päästä Rovaniemen ohi, siellä varmasti olisi taas paikallispoliisi vastassa tiesulkuineen.

Varma Erätuli mietti kuumeisesti, että miten me löydettäisiin yksi vaivainen maalaisukko, eihän tämä näin vaikeaa voi olla. Varma antoi uudet käskyt ryhmälleen.

– Nyt tehdään niin, että laitetaan poliisipartiot jokaiselle pohjoiseen menevälle metsätielle ja kylätielle eli Rovaniemen poliisi laittaa kaikki liikenevät yksiköt töihin ja armeijan yksiköt avustavat heitä. Tämä mies pitää pysäyttää ennen Rovaniemeä. Olisiko sotilas- satelliitista mitään apua? Varma kysyi NATON porukalta.

– Totta kai on, amerikkalaiset vastasivat itsevarmasti.

Heinon vanha moottoripyörä nieli ahnaasti pikkuteiden kilometrejä. Pudasjärven itäpuolen ohitettuaan, hän suuntasi kohti Rytingin kylää ja Syötteen Kansallispuiston länsipuolta, Heino vältteli vilkkaita tiealueita. Saapuessaan Ranuan läheisyyteen hän ohitti Ranuan keskustan Kuhan kylän kautta ja jatkoi kohti Rovaniemeä. Ranuan jälkeen Heino ajatteli, että ehkä nyt olisi parasta luopua tästä moottoripyörästä, varakanisteristakin bensa alkoi olla jo vähissä. Narkauksen kylä alkoi jo häämöttämään, ja samassa Heino näki edessään thaimaalaisen marjanpoimintaryhmän, joka oli juuri lähdössä pois metsästä, marjasaavit olivat ääriään myöten täynnä. Heino ajoi heidän autonsa viereensä ja kysyi englanniksi, että saisiko hän kyydin Rovaniemelle. Thaimaalaiset suostuivat, kun Heino selitti, että hänen moottoripyöräänsä tuli tullut paha vika ja hän haluaisi hakea moottoripyöräänsä varaosia kaupungista. Heino nousi thaimaalaisten kyytiin ja piilotti moottoripyöränsä suonreunan pajukkoon. Heino matkasi thaimaalaisten kyydissä Rovaniemen laitamille, thaimaalaiset näyttivät missä olisi lähin kauppa, missä he itse kävivät ostoksilla. Heino täydensi läheisessä kaupassa ruokavarastojaan. Päästyään Rovaniemelle Heino nousi Sodankylään lähtevään linja- autoon. Rovaniemen poliisit eivät luonnollisesti tarkistaneet Rovaniemen kauppoja ja linja- autoasemia, koska häntä etsivät olivat niin varmoja, että hän liikkuisi edelleen moottoripyörällä. Linja- auton kuljettaja ihmetteli, kun sotilaiden lisäksi autoon nousi maalaisukko reppuineen, aivan kuin ennen vanhaan linja-autossa matkasi maalaisemäntiä ja maalaisukkoja Sodankylän ja Rovaniemen kaupungin välillä. Linja -autossa Heino torkahti hetkeksi, sillä hän tunsi olevansa turvassa. Varusmiehiä oli menossa Sodankylän kasarmille, jotka myös nukkuivat linja- autossa, viikonlopun yövalvomiset tyttö- ja poikakavereiden kanssa olivat tehneet tehtävänsä. Heino mietti, että ehkä hänen olisi syytä nyt liikkua jalkapatikassa kohti pohjoista. Kukaan ei nykyään ihmettele yksinäistä kulkijaa patikkapoluilla, koska olemme menossa kohti pohjoista Lappia. Sodankylässä Heino nousi linja- autosta, mutta muutti suunnitelmaansa, koska poliiseja ei näkynyt Sodankylässä, ilmeisesti kaikki liikenevät poliisit oli käsketty Rovaniemen tienoille, Heino aavisteli.

Hollantilaiset

Heino lähti kävelemään Sodankylän keskustasta kohti Ivaloa, matka olisi patikkamiehelle pitkä. Heino näki paikallisella huoltoasemalla pari hollantilaista turistia, kun he tekivät lähtöä kohti pohjoista. Hollantilaiset olivat liikkeellä uudella maastoautolla. Hetken mielijohteesta Heino kysyi kyytiä hollantilaisilta, vaikka Heinon englannin kielen taito ei ollut mitenkään erikoisen hyvä.

– Hei, mihin te olette matkalla?

– Me olemme menossa Inarijärvelle. Mihin te olette matkalla?

– Olen menossa metsähanhimetsälle. Voisinko saada teiltä kyydin jonkin matkaa? Heino kysyi.

– Kyllä se sopii.

Heino nousi hollantilaisten kyytiin, takapenkillä oli vielä istuinpaikka vapaana, muuten auto oli survottu täyteen varusteita.

– Pariskunta jäi keskenään keskustelemaan, mikä ihme on metsähanhi?

Heino kuuli keskustelun ja kertoi hollantilaisille.

– Metsähanhi pesii Suomessa ja se talvehtii pääosin Itämerellä, missä on sulaa vettä ja peltoalueita, missä on syötävää.

Hollantilaiset kysyivät Heinolta.

– Miksi suomalaiset ovat onnellisia, ainakin tilastojen mukaan?

– Onnellisia?

– Niin, voisitteko selittää?

– Se on vain tilastoharhaa. Jos hollantilaisilta kysytään sama kysymys, kuin suomalaisilta, niin suomalaisten vastaustapa, on erilainen. Me tyydytään kohtaloomme tai me ajatellaan vain omalta kohdaltamme asioita, me emme osaa enää ajatella naapurin, sukulaisen tai ystävän kohdalta tai laajemmin. Me suomalaiset olemme yksilö ja perhekeskeinen kansa.

– Ahaa. Mielenkiintoista.

– Esimerkiksi, jos vaikka Suomeen perustetaan johonkin paikkaan kaivos, ja jos vaikka suomalainen radiotoimittaja tekee haastattelun lähialueen asukkaille, mitä mieltä he ovat siitä asiasta, koska kaivoksesta aina tulee ympäristöllisiä haasteita ympäröivälle luonnolle. Niin seuraavan tyyppinen vastaus toimittajalle ei ole mitenkään epätavallista, että vesistöalueen yläjuoksulla asuva sanoisi.

"Että ei kaivos haittaa mitään, koska se ei häntä kosketa, ja sitä vastoin, alajuoksulla asuva sanoisi, että hän ei hyväksy missään nimessä kaivoksen jätevesien aiheuttamaa ympäristöriskiä".

Tai toisin sanoin suomalaiset ajattelevat, että sähköautot ovat todella hyvä asia, mutta Suomesta ei missään nimessä saa kaivaa akkumateriaalia, koska se aiheuttaa ympäristön saastumista, tuodaan vaikka akkumateriaalit, jostakin köyhistä maista eli silloinhan on kysymys kolonialismista. Tämä ajatusmalli tarkoittaa, että meillä harjoitetaan kaksinaismoralismia. Kaikki ei ole sitä miltä se näyttää ja kuulostaa, hollantilaisilla on taas oma tapa ajatella asioista ja omat luonteenpiirteet, vai kuinka?

– Kyllä.

– Mitä muuta suomalaisissa on mitä me emme tiedä tai ymmärrä?

– Jos Venäjän eliitti valehtelee kansalaisille ja venäläiset kansalaiset itse tietävät, että heille valehdellaan, eli molemmat osapuolet tietävät, että valheellisuus onkin totta. Suomalainen on samanlainen, eli puhutaan asioista, jonka tiedetään olevan valhetta, mutta kukaan ei sitä myönnä valheeksi.

– Mitä tarkoitatte?

– Suomessa on tapana sanoa asiat ensin ääneen esimerkiksi lehdissä ja muussa

115

mediassa, että me teemme jonkun asian ja kaikki luulevat, että asia on siltä osin kunnossa ja kyseinen asia päätetään vielä poliittisesti ja virkamiestasolla. Ajatellaan, että asia varmasti toteutuu, asiaa tietenkin markkinoidaan vielä massiivisesti, vaikka toteutuminen on epävarmaa. Kukaan ei myönnä, että siinä vaiheessa jo valehdellaan, suomalaiselle riittää, että asian on päättänyt poliitikko tai virkamies, sitten vaan odotetaan asioiden tapahtuvaksi itsestään. Sitten ehkä myöhemmin aloitetaan hanke tai projekti. Asiaa vatvotaan useita vuosia tai vuosikymmeniä. Hankitaan rahoitus EU-tasolta ja ajatellaan, että sekin raha on ilmaista rahaa, tosiasiassa se on samaa rahaa, jota me itse maksetaan Europan-Unionille. Kun päätöksen teko ja virkamiesarmeijan vatvominen on hidasta, niin me huomaamme, että naapurivaltiot ovat jo toteuttaneet asian. Kunnes vihdoin suomalaiset saavat toteutettua omalta osalta asian, huomataan, että toiset valtiot ovat jo seuraavalla kehitystasolla menossa eteenpäin. Olemme aina askeleen jäljessä.

- Miksi suomalaiset toimivat niin?
- Suomessa on päätetty tai on ajauduttu siihen, että julkisen sektorin valta on niin

merkittävä, että virkamiehet ja viranomaiset hallitsevat pääosin Suomen kehittämistä poliittisesti ja yksityisen sektorin talouden ohjailua myöten. Ja se tarkoittaa, että toisinajattelijoita ei kuunnella. Esimerkiksi kaiken vanhan kehittämisen edellytys on julkinen keskustelu, kuten Ruotsissa tehdään ennen päätöksiä. Suomessa päätökset tehdään pienellä porukalla ennen keskustelua eli "valmistellaan päätöstä". Suomessa riittää, että päätöksen teon yhteydessä asian puolesta on 51% ja vastaan on 49%. Muistatte varmaan Nokian tarinan, kun ei katsottu riittävän nopeasti tulevaisuuteen, ei uskottu toisinajattelijoita, jotka esittivät matkapuhelintekniikan kehittämistä ja muuttamista, vaan tyydyttiin turvalliseen nykytilanteeseen.

- Mitä muuta tapauksia tulee mieleen?
- Tuulivoimakiima.
- Anteeksi.
- Suomalainen tekee asiat niin, että päätöksen jälkeen sivuille ei vilkuilla, kun vihdoinkin tarvittavat päätökset saadaan tehtyä. Tuulivoimaloita rakennetaan niin paljon, että sähkön siirtokapasiteetti ei riitä Suomessa, joten rakentaminen pysähtyy sen takia tai säätövoimaan tarvittavat

voimalaitokset lakkautetaan, niin että tuulivoimakapasiteettiä ei voida käyttää maksimaallisesti. Asiaa vasta kehitellään, hiilivoimalat ja turvevoimalat on nyt ajettu alas, vaikka meillä ei ole vielä tilalle mitään muuta valmista. Suomessa on jopa esitetty puuenergian kieltämistä ja siitä on keskusteltu myös meidän yhteisessä rakkaassa Euroopan Unionissa, kuten varmaan tiedätte. Suomelle metsät ja turve ovat luontainen raaka- aine, kuten Norjalle öljy- ja vesivoima. Ja Suomessa kansalaiset kärsivät kalliista sähköstä, sillä sitä sähköä tarvitaan, koska täällä Suomessa on talvella kylmä, kuten olette huomannut. Lisäksi muut maat ovat luopumassa ydinvoimasta, mutta Suomessa päinvastoin rakennetaan lisää tai ainakin keskustellaan siitä jatkuvasti, meillä ei nähdä ydinvoiman turvallisuusriskiä, kuten muissa maissa ja ydinvoiman rakentaminen on sen lisäksi erittäin kallista, toki pienydinvoimalan rakentaminen on asia erikseen, mutta onko siitä keskusteltu, mikä on niiden turvallisuus sotilaallisessa mielessä ja tässä ajassa ajateltuna?

– Kyllä, nyt syksyllä on todella kylmä.
– Tulkaapas talvella Suomeen, silloin vasta kylmä onkin.

- Mitä muuta vielä?
- Onhan niitä. Mielenterveysongelmat, nuorten huumekuolemat ja PISA- tuloksien laskukäyrä. Maaseudun susiongelmat, jotka koskettavat maaseudun asukkaita ja yrittäjiä, eli taas se Suomen ongelma, että kun asia ei kosketa henkilökohtaisesti kaupunkilaisia, niin ongelmaa ei ole olemassa. Ampumarata- verkoston alasajo kaksikymmentä vuotta sitten, joka nyt epävarmoina aikoina on iskenyt vasten kasvoja, kukaan ei huomannut 2000-luvulla mitään ongelmaa ampumaratojen suhteen, meillä on Suomessa 300 000 metsästäjää ja aseita heillä on noin 1,5 miljoonaa. Emmehän me osaisi ajaa autoakaan, jos emme harjoittelisi käytännössä autolla ajoa. Suomessakin on ongelmia, josta te ette Keski- Euroopassa tiedä yhtään mitään, koska asioista vaietaan Suomessakin, osataan Suomessakin valehdella.
- Ymmärrän.

Heino sai olla rauhassa loppumatkan, kunnes oltiin, oli Vuotson Poroperän kohdalla, yllättäen hän pyysi hollantilaisia pysäyttämään auton. Heino kiitteli matkasta ja lähti askeltamaan kohti erämaata. Hollantilaispariskunta katsoi ihmeissään, kun yksinäinen suomalainen mies ja heidän mielestään vähäisellä varustuksella, lähti kävelemään kohti erämaata.

Poromies

– Vihdoinkin olen ihmisten ulottumattomissa. Täällä minä saan olla rauhassa, Heino huokaisi ääneen ja nosti rinkan selkäänsä.

Heino lähti vaeltamaan kohti Hammastunturin erämaata. Alkumatkalla metsätiet risteilivät Metsähallituksen mailla kohti Hammastunturia. Heinon kävellessä tiellä, hänen takanansa ajoi vanha punainen Toyota Hiace pakettiauto, joka pysähtyi Heinon viereen. Heino katsoi sivuikkunasta tuijottavaa kuljettajaa, joka huuteli lapinmiehen murteella Heinolle.

– Tuut shie kyytiin?

– Saatampa tullakin.

– Mihin sie olet menossa? Mie olen Aslak.

– Eteenpäin. Minä olen Heino. Mutta, haluan olla rauhassa täällä.

– Sinnehän mieki menen. Etheen päin. Täällä met saamme olla rauhassa, siitä sie voit olla varma. Hanhenpyyntiikö menet?

- Sinne olisi tarkoitus. Hammastunturille päin.
- Kun kävelet siellä, niin kerrotko sitten montako poronraatoa näit matkalla. Sanot vaikka toiselle poromiehelle.
- Kerron toki, jos näen poroja ja poromiehen.
- Se on hyvä, kun meillä on noita petoja niin paljon.
- Niitä on ja etelässä vielä kaksin verroin enemmän.
- Sanoppa muuta, peto on tärkhiämpi kuin ihminen siellä etelässä, on se vaan kumma.
- Minullakaan ei ole enää metsästyskoiraa, kun ei pystynyt pitämään koiraa Oulun ja Kajaanin korkeudella, siellä on susia älyttömästi ja kaikki ylimääräiset sudet nousevat pyyntiin eteläiselle poronhoitoalueelle.
- Sehän on selvä ja Venäjän susi tulee idästä meille lystin pithoon, Aslak lopetteli.

Poromies ei kummastellut, kun Heino jäin Sarviselän metsätien päässä olevan tukkirekan kääntölenkillä pois kyydistä, se on lapinmaan tapa, omituisia kulkijoita oli loppujen lopuksi aika paljon, ja osa jäi sille tielle. Täällä kun ei toimi kännykät ja lääkärit ovat kaukana.

Heino sai lisäaikaa pakomatkalleen. Poromiehen tarjoama kyyti vei Heinoa lähemmäs pohjoista ja päälakea. Kolmekymmentä kilometriä olisi kävelypatikassa kestänyt ainakin päivän, nyt matka kesti autokyydissä kuoppaisella ja kivisellä metsätiellä vain yhden tunnin. Hämärä alkoi laskeutua vaaranrinteille ja Heino alkoi katsella itselle yöksi tulistelupaikkaa. Vaaranrinteessä oli hieman sakeampi kuusennäreikkö ja tervaskantoja oli yli oman tarpeen. Heino katsoi parhaan paikan yöpymiseen. Ehkä olisi parasta omalle tuloreitille saada näköyhteys, jos etsijät saisivat hänet tavoitettua yöllä tai aamulla.

Toisaalla Varma Erätuli oli epätoivoinen, sillä pääministerin murhayrityksestä epäilty oli taas kadonnut, kuin tuhka tuuleen. Rovaniemen poliisi ei ollut nähnyt moottoripyörällä liikkuvaa ja Rovaniemen sotilaspoliisiyksikön varusmiehet eivät myöskään nähneet mitään metsäteillä, vaikka olivat innoissaan ajelleet pitkin ja poikin Etelä-Lapin metsäteitä ja polkuja. Varusmiehet olivat kuitenkin sattumalta löytäneet maastosta huolellisesti piilotetun moottoripyörän. Poliisin johtoryhmä ja heitä avustavat muut ryhmät lähtivät moottoripyörän löytöpaikalle. Poliisikoira ja rajavartioston rajakoira etsivät maastosta hajujälkiä olisiko Heino Karjalainen jäänyt lähistölle, mutta alueella ei näkynyt ja löytynyt mitään muuta kuin moottoripyörä, jonka päälle oli nakeltu risuja.

– Nyt epäilty on ilmeisesti ilman kulkuneuvoa, miten hän nyt matkaa eteenpäin ja minne? Varma Erätuli pohti ääneen.

Samalla hetkellä poliisikoira aloitti haukunnan ja poliisit ryntäsivät paikalle ja he näkivät thaimaalaisen marjanpoimintaryhmän, jotka poimivat lappilaisella kankaalla puolukkaa. Varma yritti haastatella poimijoita englanniksi.

– Hei, tiedättekö, miksi moottoripyörä on tuolla suon reunassa?

– Suomalainen mies pyysi meiltä autokyytiä kaupunkiin, kun hänen moottoripyöränsä meni rikki, kertoi nuorin thaimaalainen marjanpoimija Hui Lai.

– Oliko kyseessä vanhempi mies ja oliko hänellä iso rinkka selässä?

– Kyllä, hän oli vanhempi mies ja pitkä.

– Kiitos tiedosta.

– Voihan paska. Olemme kyllä perässä, mutta aina jäljessä, Varma tuskaili ja soitti Helsinkiin.

– Tuula, laitako taas medialle pyynnön, että haetaan epäiltyä tuntomerkkien perusteella.

– Selvä on, laitan Pohjois- Suomen medioille viestiä menemään.

– Nyt me lähdemme nyt Rovaniemelle ja odotamme hetken tietoa, jos yleisöltä tulisi edes jokin pieni vinkki.

Poliisit lähtivät kohti Rovaniemeä. Vahvistettu johtoryhmä ruokaili Rovaniemen seudulla ja he olivat valmiina seuraavaan siirtoon, kun vain saisivat edes pienen vihjeen, minne epäilty olisi menossa. Ruokailun lopussa Tuula ilmoitti, että Sodankylän ja Rovaniemen välillä liikkuvassa linja- autossa oli ollut varusmiesten lisäksi tuntomerkkejä muistuttava mieshenkilö. Lisäksi linja- auton kuljettaja oli nähnyt, että mieshenkilö nousi mahdollisesti jonkun turistin auton kyytiin, jossa oli hollantilaiset rekisterikilvet.

– Me lähdemme nyt välittömästi Sodankylään, Varma kertoi ryhmälle.

– Nyt meillä olisi syytä olla kaikilla maastovarustus, sillä luulen, että nyt alkaa takaa- ajo jalkapatikassa ja vaikeassa maastossa. Rajavartija Esa Kuivalainen huomautti.

– Aivan, näin tehdään, hyvä huomio, Rovaniemen poliisi voisi hankkia meille maastovarustuksen tai lainata Sodankylän Jääkäriprikaatista sellaiset varusteet.

Etsijäryhmä ajoi nopeasti Sodankylään. Sodankylän varustevaraston vääpeli katseli arvovaltaista joukkoa ja kanteli sopivia varusteita varustetiskille, Sodankylän Jääkäriprikaatin komentaja oli myös käskytetty puolustusvoimien komentajan erikoiskäskyllä palvelemaan poliisin erikoisryhmää, että kaikille saataisiin heti sopivat varusteet. Varustevaraston vääpeli toi heti kaikille sopivat varusteet, ettei niitä tarvitsisi vaihdella, kuten varusmiehet tekevät jatkuvasti, tulevat rutisemaan ja valittamaan varusteista. Varusteet saatuaan erikoisyksikkö lähti ajamaan kohti Ivaloa.

Jokaisella turistipaikalla poliisit kyselivät, olisiko kukaan nähnyt Heino Karjalaisen näköistä henkilöä, poliiseilla oli nyt valokuva Heino Karjalaisesta, he myös kyselivät hollantilaisesta pariskunnasta, jotka mahdollisesti liikkuivat uudella maastoautolla kohti pohjoista. Mutta, oli haastavaa kysyä yksittäisistä turisteista, koska ruska- aikaan turisteja oli liikkeellä erityisen paljon. Poliisi veti usein vesiperän, koska kukaan ei ollut nähnyt hollantilaista pariskuntaa ja Heino Karjalaista. Etsijäryhmä jatkoi matkaansa Porttipahdan ja Vuotson seudulle. Etsijäryhmän onneksi turistirysän pitäjä tunnisti hollantilaiset, mutta kolmatta henkilöä ei ollut heidän mukanaan, ainakaan hänen muistin mukaan. Ivalon poliisille lähetettiin pyyntö pysäyttää hollantilaisten auto. Ajakoon vaikka joku paikallinen konstaapeli hollantilaisia vastaan.

Lapin maalaispoliisi

Ylikonstaapeli Sauli Kairamaa oli parasta- aikaa katsomassa porojen raatoja Ivalon eteläpuolella. Susipari oli tappanut useamman poron ja nyt raatoja laskettiin poromiesten kanssa. Sauli sai puhelun maastoon, puhelu katkesi välillä, mutta toimi taas, kun Sauli nousi vaaranrinnettä ylöspäin.

- Ylikonstaapeli Sauli Kairamaa.
- Täällä on ylikonstaapeli Tuula Savolainen Helsingin poliisista.
- Kappas vaan, kaukaapa te soitatte, mitä sinne etelän ihmisille kuuluu?
- Ihan hyvää tänne kuuluu, itse asiassa olemme Sodankylässä. Me etsimme sitä Suomen pääministerin ampujaa.
- No, onkos se ampuja lähtenyt lohenpyyntiin vai hanhimetsälle?
- Emme tiedä, hän karkaa aina meiltä.
- Täällä pohjoisessa sellainen mies voi mennä, vaikka hukkaan.
- Niin, mutta teiltä tarvittaisiin nyt apua.

- No kerro, miten voin auttaa.
- Eräs hollantilainen pariskunta liikkuu kohti Ivaloa uudella maastoautolla. Maastoauto on Mercedes ja väriltään se on sininen. Heiltä pitäisi kysyä, että missä epäilty jäi pois heidän kyydistään, tietojemme mukaan Heino Karjalainen oli hetken aikaa heidän kyydissä.
- No minäpä menen passiin Ivalon tielle, kunhan saan pestyä veret pois käsistäni.
- Anteeksi kuinka?
- Kun te etelän ihmiset tykkäätte näistä susista, niin nyt poronraatoja on joka puolella Lappia. Venäjältä tulee susia ja sieltä etelästä, kuin liukuovista turisteja, ne sudet eivät lopu uskotko sinä. Koiraeläin tekee joka vuosi pentuja lisää.
- Uskonhan minä.

Sauli huikkasi poromiehille.

- Minun pitää lähteä etsimään hollantilaisia turisteja, Helsingin herrat käskee.
- Onko ne nuoria ja nättejä, ne hollantilaiset, poromies Erik Kulkunen virnisteli.
- Ilman muuta, eivätkä osaa puhua yhtään suomen sanaa, nähdään taas.
- Raadoilla nähdään.

Sauli lähti taivaltamaan autolle, joka oli metsätien varressa. Matkaa autolle oli vain kilometrin verran. Matkalla Sauli kävi pesemässä kädet läheisessä tunturipurossa. Sauli nousi poliisiautoon. Matkaa vielä isolle tielle eli Ivalon tielle oli liki kolmekymmentä kilometriä. Sauli ajoi rauhallisesti, sillä kivinen metsätie hakkasi ilkeän tuntuisesti poliisiauton pohjaan, jousetkin olivat vetelänä, ei taida tämä kottero mennä enää katsastusmiehen seulasta läpi, katsastusmies taitaa vittuilla ensi kerralla. Radiosta ei kuullut oikein mitään, kivien kolina oli sen verran rapsakkaa. Tullessaan ison tien risteykseen hän pysähtyi tielevikkeelle, joka oli risteyksen lähellä. Sauli nousi autosta ja heitti likaisen suojahaalarin takakonttiin, taitavat hollantilaiset ajavat paniikissa ohi, kun poliisi verisessä haalarissa seisoisi tienvarressa ja pyytäisi pysähtymään heitä. Sauli otti termospullon ja voileivät esille, oli päivällisen aika. Sauli otti voileivän, jonka päällä oli kylmäsavustettua poronlihaa. Ei tämä ole mitään raposta, mutta arkiruokaa kumminkin, tähänkin kyllästyy, pitäisikö syödä lääkeaineilla pumpattua norjalaista kassilohta ensi kerralla.

Sauli katseli verkkaista liikennettä, autoja valui viiden minuutin välein kohti pohjoista. Tuossakin menee yksi saksalainen linja- auto, joka ei pysähdy missään, vaan kuljettaja ajaa samoilla silmillä Jäämeren rantaan ja siellä sitten otetaan muutama kuva ja heti työnnetään takaisin etelään, kovin montaa turistieuroa ei lappilaisille jää. Ja tuossakin menee iloinen linja- autollinen keski- ikäisiä naisia jokavuotisella Lapin retkellään kohti Suomen päälakea. Linja-auton kuljettaja oli todella väsyneen näköinen, vain mustat silmänaluset erottuivat tuulilasin läpi, ilmeisesti linja- autossa oli liikaa lämpöä tai sitten oli liian kylmä, sillä naiset olivat neljäkymmenen ja kuudenkymmenen ikävuosien välimaastossa, termostaatti oli rikki niin autossa kuin matkustajillakin. Ja sitten oli paikalliset autoilijat, jotka ajoivat autolla kaasu pohjassa tekemättä yhtään mitään ylimääräistä, heitä ei kiinnostanut pätkän vertaa millaista väriloistoa oli minäkin päivänä tunturissa.

Sen iloisen linja- auton ja naisryhmän takaa tuli hitaasti kiiruhtaen poronsarvet katolla keikkuen uudenkarhea sininen maastoauto. Sen auton huomasi jo kaukaa, sillä varsinkin heidän kädet viittoilivat vuoroin oikealle ja vuoroin vasemmalle, suu kävi kuin ompelukoneen neulan liike, sanat sinkoilivat auton sisällä, kuin vain keskieurooppalaisen vilkkaudella voimme kuvitella, heillä menisi ainakin viisi vuotta Lapissa asuen, että he oppisivat olemaan paikallisten tavoin hosumatta ja puhumatta ajaessaan, oppisivat vaipumaan synkkyyteen odottaen rauhassa loppusyksyä ja talven kaamosta. Sauli nosti käden pystyyn ja viittoili hollantilaiset tien sivuun. Aluksi he eivät ymmärtäneet komentoa, koska he eivät olleet nähneet koko matkalla suomalaista poliisia, he jopa ajattelivat Etelä-

Suomessa, että Suomi on väkivallaton maa. Viime hetkellä auto jarrutti terävästi, niin että poronsarvet lensivät tienposkeen, huonosti ne olikin kiinnitetty. Ensin Sauli rauhallisesti käveli ojanpohjalle ja nosti poronsarvet vetisestä ojasta ja käveli auton viereen.

– Päivää, Sauli väänsi rallienglantia hollantilaisille.

– Päivää. Hollantilaiset puhuivat takaisin Saulille sujuvalla englannin kielellä.

– Oletteko nähneet suomalaista vanhempaa miestä, jolla oli rinkka selässä? Sauli näytti kännykästään juuri saamaansa Heino Karjalaisen valokuvaa.

– Olemme nähneet hänet, hän oli meidän kyydissä Porttipahdan ja Vuotson pohjoiselle puolelle asti. Hän jäi sinne tienvarteen ja lähti kävelemään erämaata kohti.

– Voitteko te näyttää kartalta tarkemman paikan.

– Totta kai. Tuossa kohden, he osoittivat sormella erästä metsätien risteystä.

Sauli nosti poronsarvet katolle ja kiinnitti ne pariskunnan avustamana paremmin kiinni.

– Kiitoksia teille ja hyvää matkaa, Sauli kiitteli hollantilaisia.

– Kiitos ja hyvää matkaa myös teille.

Hollantilaiset jatkoivat matkaa. Hollantilaiset olivat yllättyneitä, koska heillä päin autoilijoilta tarkistetaan ajokortit ja varalta otettaisiin vielä huumetestit.

Sauli soitti heti ylikonstaapeli Tuula Savolaiselle.

- Hei Tuula, minä täällä.
- Anteeksi, kuka minä?
- No Saulihan tässä on, Ivalon poliisista.
- Ai niin Sauli.
- No nyt löytyi murhaaja.
- Anteeksi?
- Pysäytin hollantilaiset ja he näyttivät kartasta sormella osoittaen, että missä kohdassa Heino Karjalainen jäi pois.
- Sehän on hienoa, suurkiitokset sinulle Sauli, me jatkamme tästä.
- Eipä mitään. Kiitos, kun sain olla avuksi.

Tuula kertoi Varmalle huojentavan tiedon.

- Kaikki kuulolle! Varma huudahti.
- Nyt me tiedämme, että epäilty oli jäänyt pois hollantilaisten autokyydistä tässä kohden ja oletettavasti Heino Karjalainen oli jatkanut tätä soratietä pitkin jalan tai jollain muulla kyydillä kohti mitä, se selviää sitten myöhemmin. Mutta, nyt laitamme rajavartioston helikopterin liikkeelle, jossa on lämpökamera, eiköhän me nyt onnistuta tavoittamaan Heino

Karjalainen, Varma Erätuli selosti taas uutta suunnitelmaa ryhmälle.

Helikopterin kohtalo

Rovaniemeltä nousi rajavartioston helikopteri ilmaan, joka suuntasi kohti Vuotson ja Porttipahdan takaista erämaata. Aluksi helikopteri laskeutui Vuotson Poroperälle, josta helikopterin kyytiin nousi Martti Kotkanniemi. Nyt helikopterissa mukana olevan Martti Kotkanniemen tehtävänä oli katsoa ohjaajan apuna koneen alla olevaa maastoa. Jos helikopterin alla olisi maastossa poromies, retkeilijä tai metsästäjä, jokainen heistä tarkistettaisiin maastopartion toimesta. Usein porot, hirvi, karhu, susi, ilves ja ahma sekoittivat alla olevien tutkittavien määrää, koska lämpökamera reagoi heti, kun jokin elävä olento siellä liikkuisi. Helikopteri aloitti Porttipahdan tekoaltaan pohjoispuolen alueen haravoinnin.

Heino oli edennyt jo Hammastunturin reunamille. Alueella ei näkynyt muita ihmisiä, sillä täällä ei ollut kovinkaan paljon merkittyjä vaelluspolkuja ja turisteille tarkoitettuja autiotupia. Hiljaista oli. Kanalinnunmetsästys ei ollut vielä alkanut, mutta kyyhkysen metsästys, sorsastus ja metsähanhen metsästys oli jo alkanut. Nykyaikana ei metsästäjiä kiinnostanut alkusyksyn linnustukset ja Lapin alueella metsästäjiä oli vuosi vuodelta entistä vähemmän, koska väestö ikääntyi ja Lapin väestö väheni nopeasti. Heino makoili maastossa ja keitti iltakahveja pienen kynsitulen äärellä. Makuupussi odotti kutsuvana väsynyttä Heinoa, nyt olisi hyvä hieman levähtää, sillä päivän kulkemiset Pudasjärven, Utajärven ja Ylikiimingin rajamailta asti olivat olleet raskaita kilometrejä ja jatkuva varuillaan olo verotti voimia. Erämaan hiljaisuuden keskeytti lähestyvän moottorin ääni, maanteitä tai metsäteitä ei alueella ollut ja Heino katseli huolestuneena taivaalle. Olisiko poromiehet tai riistantutkijat lähteneet laiskuutaan liikkeelle helikopterilla vai vietäisiinkö nyt äveriäitä kalamiehiä kaukaisille tunturipuroille, Heino ajatteli. Helikopteri lähestyi Heinon nuotiopaikkaa. Mitähän he hakevat täältä? Heino katsoi kiikarilla kopteria ja huomasi heti sen olevan vihreä rajavartioston helikopteri, joka lähestyi Heinon nuotiota määrätietoisesti. Heino ajatteli heti, että nyt tuli lähtö. Hieman ennen, kuin helikopteri saapui nuotiolle, Heino sai kerättyä kaikki tavaransa rinkkaansa, nuotiota hän ei ehtinyt sammuttamaan kunnolla. Heino juoksi lähellä olevaan kuusennäreikköön. Mutta, helikopterin ohjaaja ja Martti Kotkanniemi olivat nähneet jo kaukaa nuotion loimun ja saaneet helikopterin lämpökameraan nuotion lämpöpulssin ja ihmisestä lähtevän lämpöväreilyn. Heino ymmärsi heti tulleensa paljastetuksi.

Martti Kotkanniemi soitti heti Varma Erätulelle, että mahdollisesti nyt Heino Karjalainen oli löytynyt maastosta.

– Oletteko aivan varmoja?

– Olisi aika epätodennäköistä, että tulilla yöpyvä piiloutuu, kun olemme nuotion yläpuolella.

– Aivan, se on kyllä totta, me lähdemme tulemaan sinne päin. Ajamme maastoautoilla niin pitkälle, kuin vain pääsemme ja jatkamme siitä sitten mönkijöillä eteenpäin. Seuratkaa häntä ja kertokaa, minne hän liikkuu ja piiloutuu.

– Selvä on, me voimme seurata häntä lämpökameran avulla, Martti vastasi lopuksi.

Etsijäryhmä lähti Porttipahdan tekoaltaan pohjoispuolelta kohden Hammastunturia. Matka oli myös maastoautoille haastava. Väki sulloutui kolmeen isoon maastoautoon. Rynkyttävä ajoreitti alkoi kohti Hammastunturia. Rajavartioston helikopteri seurasi helposti Heinoa maastossa. Heino ajatteli, että tietenkin kohta tulee maastopartiot perässä ja helikopteri ohjailee heitä oikeaan paikkaan. Heino mietti pitkään mitä hänen pitäisi tässä tilanteessa tehdä, kohta olisi säkkipimeää, mutta sekään ei auttaisi häntä, sillä hän oli myös itse katsellut varusmiesaikaan rajavartioston helikopterin kyydistä alas maastoon, pimeällä hän olisi yhtä helppo saalis, kuin päivällä. Heino katseli rajavartioston helikopteria, joka oli pysähtynyt parin sadan metrin päähän ja pysytteli viidenkymmenen metrin korkeudessa paikoillaan. Heino katsoi kiikarilla helikopteria ja hän näki selvästi kaksi hahmoa helikopterin etulasin läpi, molemmat katsoivat suoraan Heinon suuntaan. Heino teki vaikean päätöksen, koska hänellä ei ollut mitään menetettävää tässä tilanteessa. Heino otti rinkan pystytaskusta aseen ja katseli hetken asettaan, joka oli palvellut häntä kanalintumetsällä silloin, kun hänellä oli suomenpystykorva metsästyskaverina. Heino laittoi rihlakkoon pikakiikarin ja asettautui vaaranrinteen kanervikkoon makaamaan, hän asetti aseen rinkan päälle ja katsoi kiikarin takaa paikoillaan pysyvää helikopteria, välillä kopteri liikkui, mutta pääosin helikopteri pysyi paikoillaan. Heino katsoi helikopterin sisälle aseen kiikarin kautta. Helikopterin sisällä poliisin varusteissa oleva keskusteli rajavartioston lentäjän kanssa. Heino pisti panoksen rihlakon luotipiippuun ja taittoi aseen kiinni. Heino harkitsi vielä hetken.

Heino painoi liipaisinta. Vaaran rinteessä kuului vaimea laukaus, helikopterin lapojen säksätys vaimensi aseen ääntä, laukaus suuntautui kohti helikopteria. Laukaus osui sinne mihin sen pitikin osua, vaikka Heino ei ollut koskaan ampunut helikopteria kohti. Luoti osui helikopterin etulasin yläosaan. Helikopterin ohjaaja säikähti luodin kilahdusta, sillä koskaan ei hänen konetta ollut ammuttu. Helikopteri kaartoi vasemmalle ja viime hetkellä ohjaaja sai nostettua helikopterin ylemmäs, ettei helikopteri iskeytyisi puiden latvaan ja alla olevaan kivikkoon. Helikopterin ohjaaja ja Martti Kotkanniemi olivat hämmentyneitä, oliko heitä oikeasti ammuttu aseella. Hetken aikaa heidän rauhoittuessa, he huomasivat, että kaikki helikopterissa toimi normaalisti. Katseltuaan ympärilleen ohjaaja huomasi kuitenkin etulasissa pitkän railon, johon oli osunut ilmeisesti kiväärin luoti, luoti oli kimmonnut siitä ylöspäin. Martti otti yhteyttä Varma Erätuleen.

– Meitä ammutaan! Martti huudahti Varmalle.

– Mitä helvettiä! Varma karjui takaisin puhelimeen.

– Meitä ammuttiin ja helikopterin etulasissa eli tuulilasissa on nyt selvä halkeama! Martti huusi radiopuhelimeen.

– Voi helvetin helvetti!

– Mitä nyt tehdään? Helikopterin ohjaaja ei aikonut jatkaa seuraamista. Hänen pitää palata heti Rovaniemelle, etulasin vauriot pitäisi tarkistaa, tuulilasi voi särkyä kokonaan milloin tahansa, Martti selosti.

– Tulkaa pois vaan, me jatkamme tästä. Pyydä ohjaajaa jättämään sinut alas, jää odottamaan metsätien päähän, niin me otamme sinut sieltä kyytiin.

– Selvä on.

Heino katsoi tyytyväisenä laukauksen jälkeistä tilannetta. Kiväärin luoti osui, minne oli tarkoituskin, luodin kestävä helikopterin etulasi toimi juuri, niin kuin pitikin, luoti suuntautui lasista ylöspäin eikä lävistänyt tuulilasia. Heinoa huolestutti ainoastaan, kuinka taitava ohjaaja helikopterissa olisi, murskaantuisiko helikopteri puiden latvoihin tai tunturinrinteen kivikkoon. Heino nosti aseen takaisin rinkan takana olevaan asepussiin. Hetken Heino katsoi helikopterin loittonevaa liikettä ja kuunteli, olisiko se palaamassa vai tuliko sittenkin ohjaajalle käsky poistua Hammastunturin alueelta. Heino lähti jatkamaan matkaa. Onneksi Heino oli ehtinyt syödä, nukkua hän ehtii myöhemminkin.

Kolme maastoautoa ajoi metsätien päähän, tämän lähemmäs Hammastunturin erämaata he eivät päässeet maastoautoilla. Metsätien päässä odotti helikopteri, joka oli laskeutunut viereiselle hakkuuaukealle. Martti Kotkanniemi odotti ja istui kannon päässä, ohjaaja söi eväitään toisella kannolla. Etsijäjoukko käveli helikopterin luokse ja he katselivat ihmeissään luodin tekemää vahinkoa. Läheisellä alueella oli liikkunut poromies Aslak Nilakka, joka oli juuri tarjonnut kyydin Heino Karjalaiselle, hän ihmetteli hiljaisen tunturin ylimääräistä meteliä. Aslak näki myös helikopterin, joka laskeutui lähelle hänen autoaan. Aslak ajoi katsomaan, kuka ihme täällä tunturissa metelöi niin, että hänen porotokkansa liikkui levottomana pois alueelta.

- En muista, että Suomessa olisi joku siviili ampunut helikopteria sotien jälkeen, Varma Erätuli tokaisi.
- Tämä mies ei halua jäädä elävänä kiinni ja joko te uskotte, että tämä ei ole helppoa, rajavartija Esa Kuivalainen muistutti.
- Kyllä me nyt yksi maalaisukko saadaan kiinni, se on sanomattakin selvää! Varma vastasi rajavartijalle ärtyneenä.

Esa Kuivalainen oli eri mieltä, mutta piti suunsa kiinni.

- Jatketaan mönkijöillä matkaa ainakin aluksi. Onko NATO- joukon sotilailla mitään ideaa? Varma kysyi.
- Meillä on erittäin hyvä ja uusinta mallia oleva sotilasdrone, vastasi Donald Thorne englanniksi.
- Selvä laitetaan se ilmaan, koska helikopterilla emme pysty Heino

Karjalaista seuraamaan. Lähdetään matkaan, pimeää nyt on jo, mutta onhan meillä valot mönkijöissä. Otammeko sotilaskoiran ja poliisikoiran peräkärryjen kyytiin, niin eivät väsähdä ennen etsittävän pidätystä, Varma kysyi koirien ohjaajilta.

- Kyllä se sopii, koiranohjaajat vastasivat.
- Mitäs täällä korvessa metelöidään? Aslak kysyi isolta joukolta, jotka tekivät lähtöä mönkijöillä.
- Me etsimme erästä miestä, oletteko nähnyt tämän näköistä miestä, Varma kysyi ja näytti valokuvaa.
- Eipä täällä ketään ole näkynyt, yksin täällä saa taivaltaa, Aslak vastasi.
- Onko tämä mies paha? Aslak kysyi.
- Hän ampui Suomen pääministeriä.
- Kuoliko se ukko?
- Ei kuollut, luoti osui vain jalkaan.
- Eipä hän ole sitten kovin paha mies.
- Oletteko aivan varma, että häntä ei ole näkynyt täällä? Helikopteria on myös ammuttu.
- Aivan varma, täällä saa vapaasti taivaltaa, kuka vaan.

Rajavartioston helikopteri nousi ilmaan ja kääntyi kohti Rovaniemeä. Kolme mönkijää lähti jatkamaan matkaa kohti helikopterin viimeistä sijaintipaikkaa, jossa helikopteria ammuttiin.

Mönkijöiden perässä oli peräkärryt, joissa istuivat ne, jotka eivät mahtuneet mönkijöiden kyytiin istumaan. Mönkijät liikkuivat kohti Heinon viimeistä sijaintia, mönkijöiden kuljettajat eivät olleet tottuneita kuljettajia tällaisessa kivisessä maastossa, ainoastaan poromiehet pystyisivät ajamaan kivirakan rikkomassa maastossa kyllin nopeasti, mutta silti tottumaton kuljettaja liikkui nopeammin kuin jalkapatikassa etenevä ihminen. Heino oli saanut tunnin etumatkan, ja hän liikkui kohti länttä ja pohjoista. Hammastunturin laki olisi Heinolle liian avaraa maastoa, siellä hänet huomattaisiin helposti. Heino kiersi Hammastunturin lakipisteen alapuolella vaarojen ja tuntureiden alapuolella, missä hänelle oli hieman puustoa suojana. Porotokka vaelsi samaan suuntaan kuin Heino. Porojen rykimäaika oli alkamassa ja Heino vältteli hirvaita, jotta hän ei joutuisi ampumaan niitä säikytysmielessä, poroista voisi silti olla apua. Heino kuunteli pimeässä vaimeaa surinaa, joka välillä lähestyi ja loittoni, kunnes tajusi, että omituinen ääni oli tietysti dronesta lähtöisin, jolla takaa- ajajat hakivat häntä maastosta. Ukrainan sodan myötä, dronen käyttö lisääntyi huomattavasti siviili- ja sotilaskäytössä. Pimeässä drone huomasi myös ihmisen helposti, mutta Heinolla oli nyt etua porotokasta, joka liikkui hänen vieressä. Koko lauantai ja sunnuntain välisen yön Heino liikkui kohti pohjoista. Drone haki ihmistä Hammastunturin eteläpuoliselta alueelta, mutta etsijäjoukko ei voinut olla aivan varma Heinon tarkasta sijainnista. Etsijäjoukon pitäisi odottaa aamua, jotta he saisivat tarkan sijainnin ja varmuuden Heinosta. Takaa-ajajien mukana olleet kaksi koiraa pystyivät välillä seuraamaan Heinon hajujälkeä, mutta porotokka ja kiimaiset hirvaat mylläsivät hajuillaan Hammastunturin erämaan kanervikot muhkeiden hajujen sekamelskaksi. Aamuyön pieni vesisade pudotti koirat Heinon jäljiltä hetkeksi, jolloin hän sai taas jatkoaikaa pakomatkalleen. Myös dronea piti välillä huoltaa ja siihen piti lisätä uusi virtalähde. Heino huomasi dronen poistuvan paikalta ja pieni vesisade antoi Heinolle tilaisuuden ruokailla, koska koirat eivät erottaneet porotokan ja Heinon jälkiä toisistaan, nopeasti Heino asetti trangian ja lämmitti pussiruokaa ja lisäsi kattilaan hirvenlihasäilykettä. Etsijäjoukko taas ei malttanut ja ehtinyt ruokailla dronen huoltotauosta huolimatta, vaan jatkoi nuoruuden innolla oletettua Heinon kulkemaa matkareittiä pitkin. Ainoastaan vanha rajavartija jäi etsijäjoukon taakse ruokailemaan ja lepäämään. Rajavartija Esa Kuivalainen sanoi, että Heino ei taida antaa ottaa itseään kiinni, mutta muut toruivat vaan hänen laiskottelua.

Drone

Sunnuntai aamuna Heino katsoi idästä päin nousevaa auringonkehrää. Takaa- ajajat olivat taas tavoittamassa häntä. Sotilasdrone ja koirat olivat haastavia, Heino mietti kuumeisesti mitä niille voisi tehdä. Jälleen drone lähestyi Heinoa. Yllättäen Heino käveli suoraan aukiolle ja pysähtyi siihen odottamaan sotilasdronea, asetta hän piilotteli vartalonsa takana. Drone lähestyi ja laskeutui alaspäin kohti Heinoa. Takaa- ajajat siirtyivät seuraamaan dronen lennättäjän kamerakuvaa. Nyt poliisin kokoama ryhmä katsoi ensimmäistä kertaa Heinoa lähikuvasta. Heino seisoi aukealla päässään kauhtunut vanha Hankkijan lippalakki ja yllään hänellä oli vanha maastopuvun takki ja maastopuvun housut ja jalassa hänellä oli vanhat Nokian maastokumisaappaat. Heinolla oli selässä rinkka ja rinkan sisällä oli myös aseelle kolo eli hänellä oli helppokantoinen asereppu. Drone kierteli Heinon ympärillä ilmassa, mutta pysyi liikkeessä. Drone lähestyi jo alle neljäkymmenen metrin päähän ja liikkui edestakaisin Heinon ympärillä. Heino seisoi rauhallisesti paikallaan, kunnes yhtäkkiä hän nosti aseen poskelle ja hän ampui aseen haulikkopiipulla lähestyvää dronea. Vaikka dronen ohjaaja oli ammattimies, hän ei ehtinyt tehdä yhtään mitään, estääkseen dronen ampumista. Heino ampui aseen haulikkopiipulla dronea, joka tipahti heti maahan. Kukaan ei ymmärtänyt, että Heinolla oli rihlakko, jossa oli molemmat aseet samassa, luotipiippu ja haulipiippu, jota käyttävät varsinkin haukkuvan lintukoiran omistajat, koska heille tulee välillä tilanteita, että lintu on välillä lähempänä ja kauempana metsästäjää. Heino, joka oli ampunut kilpaa useita vuosia ja ampunut harjoituslaukauksia kymmeniä tuhansia kertoja haulikolla, pudotti dronen helposti alas. Heino katsoi hetken dronea, joka oli maassa ja murskasi sen lopullisesti isolla kivellä ja jonka jälkeen hän piilotti dronen jätteet sammalpeitteen alle. Heino jatkoi matkaansa.

Takaa- ajajat ja juuri etsijäjoukon tavoittanut rajavartija katsoi ryhmää, joka sadatteli tapahtunutta. Vanha rajavartija sanoi sen totuuden ääneen.

– Ettekö te vihdoin jo usko, että Heino on vanha maalaisukko, hän jätti lintukiväärin autiotalolle ja otti rihlakon tilalle, koska siinä on luodikko ja haulikko samassa paketissa, se on kevyempi kantaa ja sillä voi tehdä enemmän tuhoa. Ja eikös hän ole ampunut kilpaa haulikolla, jotakin sporting- ammuntaa tai jotain sellaista.

- Uskotaan, uskotaan! Varma ärsyyntyi vanhan rajavartijan totuudesta.
- Lähdetään sinne tapahtumapaikalle, Varma käskytti joukkoa.
- Milloin me voidaan ruokailla? kysyi toinen NATO- sotilaista.
- Nyt ei ehdi, me jatkamme matkaa!

Takaa- ajajat liikkuivat kohti sotilasdronen putoamispaikkaa. Dronen etsimisessä tuhraantui ainakin puoli tuntia, koska Heino oli piilotanut dronen jäänteet sammalikkoon ja peitellyt ne huolella. Heinolla oli taas hieman etumatkaa ja etsijäjoukon oli nyt pakko pysähtyä ruokailemaan. Lapin vaaramaisemien ylämäet söivät jalkaisin liikkuvien energiaa ja takaa- ajajien ruokahalu oli nyt armottoman kova. Nato- sotilaat eivät olleet tottuneet näin viileään ilmaan ja tulemaan toimeen näin vähällä ravinnolla. Sotilailla ja poliiseilla olivat oikeat varusteet mukana, mutta pussiruokien ituhippipakkaukset eivät antaneet energiaa kovinkaan paljon. Takaa- ajajat olivat löytäneet Heino Karjalaisen taukopaikan ja siellä olevan hirvenlihapurkin jäänteet, sekään ei kannustanut eteenpäin, maalaisukko oli varustautunut heitä huomattavasti paremmin.

Koirat

Heino oli taas nopeasti edennyt kohti tavoitettaan, sillä välin kun takaa- ajajat ruokailivat dronen raadon äärellä. Heinon matkavauhti oli tasaisen tappavaa menoa, siinä ei ollut mitään ylimääräistä säntäilyä sinne tänne, vaan määrätietoisesti Heino eteni kohti pohjoista. Heino vältteli teitä ja turisteja, joita toki ei ollut täällä Hammastunturin alueella kovinkaan paljon. Heino tiesi, että koirat kyllä löytävät hänet ennen pitkään, jotakin uutta pitäisi niidenkin varalle keksiä. Heino oli noussut vaaranrinteen päälle, mutta varoi nousemasta liian avoimelle paikalle. Heino katsoi vaaranrinteen alapuolella olevaa poliisien ja sotilaiden joukkoa, jotka olivat taas tavoittamassa häntä, mutta vielä he olivat usean sadan metrin päässä. Hirvipään vaaranrinteen kivipaasit antoivat hyvän näkösuojan Heinolle. Heino katsoi tarkemmin kiikarilla alarinteeseen. Etsijäjoukko piti juuri neuvottelua keskenään. Kaksi mukana olevaa koiraa olivat saaneet vahvan hajumerkin Heinosta. Koirat odottivat käskyjä, jos sellainen heille vihdoinkin tulisi. Johtava rikoskomisario Varma Erätuli teki päätöksen.

– Nyt me voimme päästää poliisikoiran liikkeelle. Katsotaan mitä sitten tapahtuu, jos vaikka koira saisi hänet antautumaan. Me seuraamme koiran etenemistä, jos koira saisi Heinon toimintakyvyttömäksi.

Vanhempi konstaapeli koiranohjaaja Seppo Terho päästi poliisikoiran liikkeelle. Paras poliisikoira mitä Suomesta löytyi, syöksyi itsevarmasti matkaan. Saksanpaimenkoira, joka totteli nimeä Urho, lähti määrätietoisesti kohti yläpuolella olevia vaaranrinteen kivipaaseja. Matkaa Heinon luokse oli kaksi sataa metriä. Poliisikoira lähestyi nopeasti ja haki kirsullaan Heinon jättämää hikistä ja mehevää hajujälkeä. Koiran ollessa sadan metrin päässä, Heino otti aseen esille ja odotti valmiina poliisikoiraa kivipaasien takana. Heino mietti, että olen minä ampunut joskus oman koiran, mutta se oli ollut oma vanha ja sairas metsästyskoira, oman koiran ampuminen on surullista ja vaikeaa, yleensä metsästyskaveri tekee sen asian. Nyt hän kohtaisi poliisikoiran. Saksanpaimenkoira oli edennyt alle kolmenkymmenen metrin päähän hänestä. Heino nosti aseen olkapäälle ja vislasi kevyesti. Poliisikoira pysähtyi ja kuunteli hetken, vaikka ääni ei ollut koiranohjaajan, koira mietti hetken, nyt vieraan tuntematon miehen vislausääni tuli suoraan edestä kivipaasien takaa. Heino ampui haulipiipulla koiran ja poliisikoira jäi siihen paikkaan ja niille sijoille. Kivipaasit korostivat laukauksen ääntä. Etsijäryhmä oli hämmentynyt ja koko ryhmä pysähtyi sadan metrin päähän kuolleesta koirasta. Heino siirsi piipunvaihtajan toiseen kohtaan ja ampui nopeasti luotipiipulla sotilaskoiran sotilaspoliisin pitämän remmin päähän. Sotilaskoira kuoli heti siihen paikkaan. Etsijäryhmä oli paniikissa, ampuisiko Heino Karjalainen vielä heidätkin, olisiko hän niin epätoivoinen.

– Menkää nyt saatana piiloon jokainen! Varma komensi.

– Ei vittu, sehän ampui molemmat koirat, tuo mies on aivan hullu, se pitää ottaa kiinni heti, raivosi sotilaskoiran ohjaaja.

– Meille on tullut käsky, että hänet pitää ottaa elävänä kiinni. Tämä on poliisijohdon ja Suomen hallituksen käsky!

– Voi helvetti teidän kanssanne, kommentoi koirapoliisi.

Heino katsoi alarinteessä olevaa etsijäjoukkoa, vieläkö sieltä tulisi joku tyhmänrohkea esille. Hetken aikaa vaaranrinteellä oli hiljaista. Heino katsoi tarkasti, että kiertäisikö, joku hänen sivulleen ja rinnettä ylöspäin. Varma Erätuli nousi ylös ja huusi Heinolle ylärinteeseen.

- Heino Karjalainen, teidän olisi nyt syytä vihdoinkin antautua, te ette pääse kuitenkaan pakoon, laskekaa asenne ja tulkaa alas, olisi aivan turha jatkaa eteenpäin. Olette ampuneet pääministeriä, helikopteria ja nyt olette ampuneet kaksi koiraa, eikö tämä jo teille riitä!

Heino kuunteli Varma Erätulen huutoa ja ajatteli, että ehkä he eivät ymmärtäneet häntä vieläkään. Heino ampui Varma Erätulen viereen kiväärillä, luoti kimposi ilkeän kimakasti isosta kivestä. Vaikka Varma Erätuli oli kokenut poliisi ja hän oli osallistunut useamman kerran ampumavälikohtauksiin, niin Heinon ampuma laukaus kylmäsi hänen rohkeuttaan. Varma Erätuli rauhoitti mieltään ja tasoitti sydämen hakkaavaa lyöntiä muutaman minuutin. Ja sitten hän teki päätöksen.

- No niin, annetaan hänelle etäisyyttä ja seurataan, minne hän menee, en halua, että hän ampuu enää yhtään koiraa tai ihmistä. Katsotaan mihin hän menee, eihän hän voi koko ajan paeta. Pidetään tauko.
- Martti, kerrotko vielä uudestaan hänen perustiedot.
- Maataloustyöt, metsätyöt, metsästys, urheiluammunta, varusmiespalvelu rajavartiostolla, marjastus, kalastus, noin kuusikymmentävuotias,

satakahdeksankymmentä senttimetriä pitkä, työttömyyttä ja omakotitalon pakkohuutokauppa menossa, ei mitään rikosrekisteriä, kaksi aikuista lasta ja avopuoliso. Hän on käynyt usein myös Venäjällä.

– Aivan ihme mies, tällainen ammattilaisjoukko ei saa yhtä vaivasta miestä kiinni, Varma sanoi.

– Aito maalaisukko, totesi vanhempi rajavartija Esa Kuivalainen vierestä.

– Aito maalaisukko, Varma toisti vaisusti hänen perässä.

Heino jatkoi matkaansa kohti Ivalo- joen Jäkäläkoskea, sen kosken yli pitäisi päästä kahlaamalla, ja vaikka ottamalla housut pois ja kantamalla tavarat olkapäällä. Virallisella retkipolulla olisi silta, mutta polkua pitkin Heino ei uskalla nyt liikkua. Heino mietti kävellessään, että takaa- ajajat olisivat tyhmiä, jos yrittäisivät ottaa hänet kiinni väkivalloin. Ilmiselvästi käsky oli tullut ylhäältä päin, että hänet pitäisi ottaa kiinni elävänä. Poliitikkojen pitäisi ilmeisesti saada tarkka selitys Heinon käytökseen.

Heino oli asettanut tavoitteeksi, että kävelyreitti suuntautuisi kohti erämaata halkovaa Inarin ja Kittilän välistä maantietä. Kävellessään Heino ajatteli, että milloin rakas mussukka löytäisi hänen viestinsä, uskoisin, että kohta hän sen varmaankin löytää. Läheiset ovat varmaan jo huolissaan hänestä ja samalla hämmentyneitä tilanteesta. Jos rakas mussukka löytäisi viestin, minkä Heino jätti muutama päivä sitten Terhin luokse, hänen tehtävänä olisi se antaa iltapäivälehdille. Silloin asiat selviävät kaikille läheisille ja koko Suomelle, miksi Heino ampui Suomen pääministeriä.

Viesti maailmalle

Heinon rakas Terhi oli hämmentynyt ja hädissään. Useaan päivään hän ei kyennyt kunnolla nukkumaan, kysymykset Heinosta olivat jatkuvasti mielessä. Miksi Heino oli ampunut Suomen pääministeriä? Miksi Heino ei soita hänelle? Missä Heino on? Onko hän kunnossa? Vaikka Heino oli tehnyt kauhistuttavan teon, niin silti Terhi haluaisi tavata Heinon tai edes jutella hänen kanssaan puhelimessa. Poliisi oli käynyt joka päivä hänen ja Heinon lasten luona, niin hän oli lapsilta myös kuullut. Poliisi oli hakenut motiivia ja selitystä teolle ja tiedusteli mahdollisia Heinon piiloutumispaikkoja. Näitä samoja kysymyksiä Terhi mietti itsekin, kuten myös kaikki iltapäivälehdet ja koko Suomen media. Pääministerin murhayritys oli valtakunnan ykkösuutinen ja ulkomaillakin se oli ollut ampumispäivänä koko maailman kärkiuutinen, sillä terrorismi tai erikoiset väkivaltateot, olivat olleet viime aikojen yleisin puheenaihe maailmalla. Terhi mietti Heinon kanssa vietettyjä viimeisiä onnellisia päiviä. Heino oli hiukan ajatuksissaan, kun viimeksi hänen kanssa tapasimme, mutta Terhi ajatteli sen johtuvan vain raha- asioista. Terhi katseli Heinon tavaroita. Keittiön lipaston päällä oli Heinon jalkarasvapaketti, jossa oli lukemattomia erilaisia rasva- ja öljytuubeja. Terhin piti komentaa Heinoa aina vähän väliä rasvaamaan jalkoja, kun ne hänen jalat, olivat aina niin kuivat ja halkeilevat, änkyrä mikä änkyrä maalaisukko. Terhi katsoi jalkarasvapaketteja ja huomasi, että nytkään hän ei ollut ottanut yhtään jalkarasvatuubia mukaansa. Tuossa olivat kaikki mahdolliset paksut rasvatuubit jalkoihin ja vähän ohuemmat öljyt ja rasvat käsiin. Terhi katsoi, että lipaston päällä oli jokin uusi paketti. Mikähän tämäkin paketti oikein oli? Heino ei varmasti ostaisi itse jalkarasvoja. Terhi käänteli omituisen näköistä pahvipakettia ja aukaisi sen. Mitä ihmettä, paketin sisällä oli vanha matkapuhelin ja puhelimen laturi oli kiedottu sen ympärille ja kännykkään oli teipattu jokin viestilappu. Mikä kummaa tämä on? Terhi katsoi ihmeissään, kuka tämän paketin oli tähän jättänyt? Terhi katsoi viestilappua ja luki.

"Hei rakas mussukka, sinä tiedät jo varmaan kaiken, olen ampunut Suomen pääministeriä, itse olen kunnossa, mutta en tiedä kuinka pitkään. Kädessäsi on vanha kännykkä ja siinä on prepaid-liittymä, soitan tähän puhelimeen, jos pystyn yleensä soittamaan, jos en kykene, niin laitan tekstiviestin. Kerro lapsille terveiset. Kännykän takana on muistitikku, anna se Iltasanomien toimittajalle tai Iltalehden toimittajalle ja vain hänelle, jotta hän voisi sen julkaista, siinä viestissä on kerrottu miksi minä ammuin pääministeriä. Pyytäkää rahaa siitä viestistä 10 000- 20 000 euroa, yrittäkää pelastaa vanha omakotitalo. Sinä tiedät syyn ampumiseen, vaikka et ole vielä viestiä nähnyt tai ainakin ymmärrät, vaikka en ole sinulle kertonut. Rakastan sinua. PS. En muistanut ottaa jalkarasvaa mukaan. Terveisin maalaisukkosi Heino".

Terhi itki. Kyyneleet valuivat viestin päälle. Terhi sanoi ääneen.

– Senkin rontti, änkyrä maalaisukko.

Terhi näki sielunsa silmillään Heinon matkaavan Lapin erämaassa ja nousevan kohti pohjoista, vain menemällä kauemmas hänestä, näenkö enää koskaan häntä. Hetken aikaa Terhi itki, kyyneleet valuivat valtoimenaan, mutta Terhi yritti ryhdistäytyä ja hän soitti heti Heinon lapsille. Tytärkin oli tullut takaisin pohjoiseen, hän oli yrittänyt mennä lapsuudenkotiinsa Ylikiiminkiin, mutta poliisi oli estänyt sen. Tytär sai olla kuitenkin veljensä luona Oulussa. Sisarukset seurasivat isänsä pakomatkaa yhtä hämillään, kuin Terhi. Hän oli hyvä isä, koskaan hän ei ollut lyönyt lapsiaan, vaikka oli korottanut ääntä, heidän

155

tehdessä tuhmuuksia. Rajat ovat rakkautta, vaikka on puhuttu vapaasta kasvatuksesta vuosikymmeniä, vanhempien tulisi opettaa lapsilleen perus- asiat mikä oli oikein ja mikä oli väärin, vanhempien tulisi aiheuttaa lapsille, myös pettymyksiä. Nyt isä oli tehnyt jotakin, mille ei ollut selitystä, miksi juuri hän teki näin hämmentävän ja anteeksiantamattoman ratkaisun, sitä lapset miettivät ajaessaan Terhin luokse.

Terhi avasi olko- oven ja hän halasi itkuisia aikuisia lapsia. Lähes joka päivä he olivat käyneet Terhin luona. Joka päivä poliisit olivat tivanneet lapsiltakin Heinosta, että millainen hän oli, minne hän voisi mennä ja olisiko hän ottanut yhteyttä. Heinon lapset olivat hämmentyneitä, kun Terhi otti yhteyttä, sillä hänellä oli tärkeää kerrottavaa Heinosta. Lapset miettivät mitä uutta Terhillä olisi tiedossa, sillä isästä ei saatu mitään tietoja. Ainostaan uutisissa oli tietoja, että helikopteriin oli tullut jokin tekninen vika, ja kaksi koiraa oli yllättäen kuollut, yksi sotilaskoira ja yksi poliisikoira sekä yksi sotilasdrone oli tipahtanut takaa- ajon aikana. Terhi oli keittänyt valmiiksi kahvia ja teetä, sillä hänkään ei ollut syönyt pitkään aikaan mitään, koska ei ollut kyennyt siihen, ruoka ei hänelle maistunut ja nukuttua ei saanut kunnolla. Lapset katsoivat Terhiä ja ihmettelivät, koska Terhi oli helpottuneen oloinen. Terhi tiesi selvästi jotakin uutta. Mutta mitä. Sen Terhi kertoi nyt lapsille.

- Ajattelin tänään Heinoa ja tehän tiedätte, että Heinolla oli ongelmia jalkojen kanssa.
- Tiedetään, usein mekin ostettiin isälle jalkarasvaa joululahjaksi, Kiia kertoi ja Kalle nyökkäili vieressä.
- Tämä on sitten meidän keskeinen asia, tästä ei saa puhua mitään kenellekään, ymmärrätte varmaan kohta, kun selitän asian. Terhi otti esille vanhan kännykän, laturin, muistitikun, viestilapun ja ojensi ne lapsille.

Lapset katsoivat hämmentyneinä toisiaan ja Terhiä. Kiia ja Kalle lukivat yhtä aikaa viestin ja he sulkivat silmänsä. Kyyneleet valuivat heidän silmistään. Hetken päästä Kalle sai sanottua.

- Valmisteliko isä tätä pitkään, tiesitkö sinä Terhi tästä mitään? Kalle kysyi.
- En tiennyt. Heino taas arvasi, että joku päivä minä katson hänen jalkarasvoja, koska minä nalkutin hänelle jalkojen rasvaamisesta ja rasvasin itsekin puoliväkisin hänen jalkojaan.
- Oletko sinä katsonut tätä muistitikkua, jonka isä pyysi antamaan Iltasanomille tai Iltalehdelle.
- En ole vielä katsonut.

– Olisiko meidän hyvä katsoa se ensin, ennen kuin lähetämme sen eteenpäin isän toiveen mukaisesti.

– Katsotaan vaan.

Kalle aukaisi Terhin tietokoneen ja laittoi muistitikun koneeseen.

– Muistitikulla on vain yksi tiedosto PDF- ja WORD- tiedostona, muuten muistitikku on tyhjä. Tiedoston nimenä ja otsikkona lukee seuraavasti. "Minä ammuin pääministeriä", Kalle luki muistitikun tiedoston otsikkoa.

"Minä Heino Karjalainen olen ampunut Suomen pääministeriä. Minä en ole terroristi. Minä en ole vieraan vallan toimija. Minulla ei ole rikosrekisteriä. Minä en ole koskaan lyönyt ketään. Pyrin ampumaan pääministeriä jalkaan, aikomuksenani ei ole tappaa häntä. Jos luoti osuu häntä kuolettavasti, silloin olen epäonnistunut. Yksi syy tähän päämisterin ampumiseen on keski-ikäisiin kohdistuva ikärasismi, jota virallisesti ei ole Suomessa olemassa, näin kaikki virkamiehet ja viranomaiset sanovat. Ikärasismia on olemassa ja sen tietää jokainen, joka muuta väittää valehtelee. Olen itsekin hyvin koulutettu ja sen lisäksi vahvaa työkemusta minulta löytyy. Olen terve ja ahkera suomalainen mies. Olen esimerkiksi soittanut ELY-keskukseen, johon olen hakenut usein ja siitä huolimatta minua ei ole valittu. ELY- keskuksesta eräs johtaja oli soittanut takaisin, koska syytin ELY-keskusta ikärasismista. Hän vakuutti, että sellaista ei ole olemassakaan ja kaikissa työhakemuksissa on siitä erikseen maininta, että haemme kaiken ikäisiä, eri sukupuolisia ja kansalaisuuksia lukemattomiin eri tehtäviin. Jatkoin hakemista kymmeniin eri työpaikkoihin niin yksityisiin kuin julkisiin avoimiin työpaikkoihin, mutta esimerkiksi ELY- keskuksen kirjaukset olivat vain sanahelinää. Suomen eduskunta, siis edellinen sekä nykyinen hallitus eivät ymmärrä, että kansamme on lopullisesti jakautunut jo kolmeen ihmisryhmään. Hyvin toimeen tuleviin, juuri ja juuri toimeen tuleviin ja kolmas ryhmä on sellainen, mitä poliitikot, suomalainen eliitti ja hyvin toimeen tulevat, eivät ymmärrä ja tiedä edes olevan olemassa. Minä Heino Karjalainen olen kolmannessa ryhmässä. Ylpeyteni ja taloudellinen asemani ei enää kestä tätä häpeää ja nöyryytystä. Ammuin Suomen pääministeriä ja avaan siten kaikkien silmät. Kolmas ihmisryhmä, joita on minun lisäkseni Suomessa liki miljoona, meitä ei ole olemassa poliitikoille ja suomalaisille eliitille, olemme näkymättämiä heille. Meidät on kadotettu jonnekin. Minä ammun kaikkien työttömien ja vähävaraisten puolesta".

Heimo Karjalainen pitkäaikaistyötön ja varaton mies, työkykyinen suomalainen.

Terhi ja Heimon lapset katsoivat sanattomina toisiaan. Kyllä he kaikki tiesivät Heinon ja heidän isänsä tilanteesta. Sen taitavampaa rahankäyttäjää ei Suomesta löytynyt kuin Heino. Hän osasi hoitaa raha- asiansa, neuvoi myös lapsiaan ja rakastaan. Mutta, vanhojen ammattien vaatima, jokapäiväinen fyysinen ponnistus ei enää onnistunut häneltä ja uudelleen koulutuksen jälkeiseen töihin häntä ei huolittu ikärasismin takia. Toimeentuloavustusten leikkaukset olivat viimeinen naula arkkuun.

– Toteutammeko Heinon toiveen ja annamme tämän Iltasanomille? Terhi kysyi.
– Totta kai annamme, Kalle ja Kiia vastasivat yhdessä.
– Minä soitan Iltasanomien toimitukseen, Kalle sanoi.

Kalle katsoi netistä Iltasanomien toimituksen puhelinnumeron. Kalle soitti isänsä jättämällä puhelimella Iltasanomien toimituksen keskusnumeroon. Puhelimeen vastasi Iltasanomien keskus, joka siirsi puhelun jollekin toimittajalle. Jo pitkään Iltasanomien toimituksessa ollut Matti Neuvonen kuunteli hänelle saapuvaa puhelua. Matti ajatteli, että siellä taitaa olla taas joku tusinajulkkis, muusikko tai näyttelijä, joka soittaa ja hänellä taitaa olla akuutti rahapula. Olisiko vaikka käärme ollut koirankopissa...

- Matti Neuvonen Iltasanomien toimituksesta.
- Täällä on Kalle Karjalainen Oulusta.
- Hei, kuinka voin auttaa?

Matti vastasi puhelimeen ja mietti omassa mielessään, että tämä oli varmaan joku tavallinen ihminen ja valmistautui sulkemaan puhelimen. Miksihän keskus ohjasi sen minulle?

- Isäni on jättänyt muistitikun, jossa oli kirje mukana.
- Anteeksi kuinka!
- Isäni, joka on ampunut päämisteriä, on jättänyt meille kirjeen, jossa hän kertoo etukäteen mitä on tapahtumassa tai tapahtui juuri.
- Siis mitä te sanoitte! Onko tämä jokin pilasoitto? Matti Neuvonen karjaisi puhelimeen.
- Ei ole, me voimme antaa tämän muistitikun Iltalehdelle, jos Iltasanomat eivät ole kiinnostuneet tästä muistitikussa olevasta kirjeestä.
- Ei, ei missään nimessä, en tarkoittanut sitä, odottakaapas hetki, vien puhelimen päätoimittajalle.

Matti juoksi päätoimittajan huoneeseen, jossa oli menossa Iltasanomien yhteistoiminta neuvotteluiden keskustelutilaisuus eli suomeksi sanottuna väkeä irtisanotaan toimituksesta.

Päätoimittaja raivosi!

- Mitä Matti Neuvonen tänne ryntäilee! Eikö teillä ole mitään tapoja?
- Juu, ei ole tapoja koskaan ollutkaan. Mutta. Heino Karjalainen oli jättänyt ennakkoon kirjeen omaisille, kirje on talletettu muistitikulle ja omaiset haluavat nyt sen kirjeen julkaista, ennen kirjeen luovutusta poliisille. Otammeko sen vastaan, lehti on menossa painoon. Se päämisterin ampumisjuttu, tajuatteko!
- Voi helvetti sentään, totta kai me halutaan se muistitikku ja kirje, maksoi mitä maksoi. Antakaa tänne se puhelin.
- Me tulemme hakemaan sen muistitikun ja maksamme siitä vaikka 10 000 euroa, sopiiko teille? päätoimittaja sanoi puhelimeen.

Hetken ajan puhelimesta ei kuulunut mitään.

- Kalle palasi puhelimeen ja sanoi, että jos maksatte tililleni 20 000 euroa, niin sitten se onnistuu, kun rahat ovat tililläni, käykää sitten hakemassa muistitikku.
- Vähän se on kyllä kallis. Mutta olkoon. Muusikoille ja näyttelijöille maksetaan pikkujutuista 5000 euroa, niin tämä sentään on iso uutinen, vuoden lehtijuttu.
- Asia selvä ja me pidetään salassa tämä asia, jos poliisi saa selville, tätä kirjettä ei

julkaista koskaan, poliitikot eivät anna tehdä sitä, ymmärrättekö te päätoimittaja?

– Olette oikeassa, ymmärrän sen vallan hyvin. Laitan jonkun tuntemattoman nuoren toimittajan asialle, että poliisi ei huomaisi mitään erikoista tapahtuvaksi, he varmaan seuraavat teidän taloa etäältä. Mistä puhelimesta te soitatte?

– Tämä on prepaid- liittymä.

– Hienoa.

Iltasanomien nuorin toimittaja Siiri Huuskonen lähti välittömästi matkaan, päätoimittaja saatteli ja ohjeisti häntä.

– Mitään toimittajan varustusta te ette saa ottaa mukaan ja ehdottomasti menette omalla autolla, jotta kukaan ei epäilisi teitä toimittajaksi, sillä alueella saattaa liikkua poliiseja. Antakaa vaikka sille Kallelle pusu ovella, kun menette sisään ja pusu kun lähdette sieltä pois. Ja heti kun olette saaneet muistitikun, tulette välittömästi takaisin, niin laitetaan asia nopeasti eteenpäin. Onko asia selvä!

– Selvä on, nuori lehtitoimittaja Siiri Huuskonen vastasi reippaasti.

Siiri Huuskonen ajoi vanhalla Toyotalla Kalle Karjalaisen antamaan osoitteeseen ja suuntasi reippaasti askeleensa kohti asuntoa. Siiri soitti ovikelloa ja odotti pitkään oven takana, ilmeisesti ovisilmän kautta häntä tuijotettiin tarkasti. Heimon poika Kalle aukaisi ulko- oven, Kallen takana seisoivat Heimon tytär Kiia ja Heimon rakas mussukka Terhi. Siiri muisti päätoimittajan antaman ohjeen ja halasi hämmentynyttä Kallea, mutta ei sentään suudellut Kallea käskyjen mukaisesti, se ei olisi ollut soveliasta nykyaikana, silloin Siiri olisi saanut todennäköisesti syytteet seksuaalisesta häirinnästä. Siiri kuiskasi, että näin poliisi ei alkaisi epäilemään mitään, kun me edes halataan. Terhi pyysi toimittajaa tulemaan sisälle ja hetkeksi kaikki istuivat kahvipöytään. Siiri näytti lehdistökorttia, jotta hänet tunnistettaisiin. Siiri ehti juomaan kupillisen teetä Terhin niin vaatiessa. Kalle ojensi muistitikun toimittajalle, joka laittoi huolella muistitikun taskuunsa. Siiri lähetti viestin päätoimittajalle, joka antoi heti käskyn siirtää 20 000 euroa Kallen pankkitilin numeroon.

– Tämäkö on se salainen muistitikku, joka liittyy pääministerin murhayritykseen.

– Kyllä, Terhi vastasi

– Kiitos, kun julkaisette kirjeen. Kiitos teille, tämä on muutenkin teille raskasta aikaa. Nyt minun pitää lähteä, koska sanottiin, että tällä asialla on kiire, lehti odottaa painamista ja tämä kirje tulee etusivulle, Siiri sanoi.

– Kiitos ja hei, Terhi, Kalle ja Kiia sanoivat yhdessä.

Ulko- ovella Siiri halasi taas Kallea ja muitakin ennen lähtöään. Pihatiellä oli ollut usean päivän ajan sininen pakettiauto, jonka ikkunan takana räpsähteli kameran linssi, mutta autosta ei onneksi tullut kukaan utelemaan Siiriltä mitään, miksi hän kävi Terhin luona. Siiri ajoi suoraan toimitukseen ja lehdenvalmistajat kopioivat koko Heinon kirjoittaman tekstin Iltasanomien etusivulle.

Sillä välin Terhi, Kalle ja Kiia soittivat paikalliseen Osuuspankkiin ja tavoittelivat sen pankinjohtajaa. Pankinjohtaja Erik Mynttinen oli paikalla.

- Haloo onko pankinjohtaja Erik Mynttinen puhelimessa?
- Kyllä.
- Olen Heino Karjalaisen poika Kalle Karjalainen.
- Anteeksi, kuinka te kehtaatte soittaa tänne!
- Älkää haastako heti riitaa, raha- asioissa tässä soitellaan.
- Kertokaa äkkiä, minulla on kiire, saanen muistuttaa, että teidän isänne raha- asiat ovat todella heikossa kantimissa. Pakkohuutokauppatilaisuus joaduttiin perumaan, poliisin niin vaatiessa.
- Tiedän.
- Mitä asiaa teillä on tai mitä teillä on muka enää annettavaa tähän asiaan?
- Kuinka paljon isällä oli velkaa talosta?

- Vaivaiset 5000 euroa ja siihen kaikki korot ja kulut päälle.
- Kuinka paljon yhteensä?
- 7500 euroa.
- Huomenna rahat ovat tilillä, siskoni ja minä tulemme sinne allekirjoittamaan asiakirjat, että isämme on velaton. Sopiiko teille?
- No, jos näin on, niin sovitaan, mistä te olette saaneet rahaa?
- Mitä se teille kuuluu!
- Anteeksi?
- Se ei kuulu teille pätkän vertaa, emme ole teidän pankin asiakkaita, emmekä tule teidän pankin asiakkaaksi.
- Selvä on, ei tarvitse hermostua. Anteeksi kysymykseni.

Pankinjohtaja sulki puhelimen ja kirosi.

- Vittujen kevät! Siinä meni hyvä tienesti pankille, mutta onhan näitä lisää tulossa, meidän pankki saa kuitenkin vuoden paikallispankin palkinnon, eihän täällä syrjäkylillä kellään ole varaa enää maksaa lainojaan, talojen nimellisarvot ovat laskeneet sen verran alas, pankinjohtaja tupisi.

Iltasanomien uusin lehti rävähti esille ja kaikki irtonumerot riivittiin välittömästi asiakkaiden toimesta kauppojen hyllyistä, kauppiaat nostelivat käsiään vihaisille ihmisille, kun lehteä ei saanut enää mistään luettavaksi. Iltasanomien nettisivut kaatuivat liiasta tietoliikenteestä johtuen. Heino Karjalaisen kirje yhteiskunnalle oli vuosikymmenien uutisjuttu. Poliisi oli ärtynyt ja vihainen Iltasanomien jutusta, mutta vieläkin kovemmin Heino Karjalaisen kirje iski eduskuntaan ja hallituksen riveihin, sillä kukaan ei säästynyt kritiikiltä. Tavallisen kansan keskuudessa kyllä tiedettiin, mikä oli ajanut tilanteen Suomessa näin huonoon jamaan. Mikä oli suomalaisen eliitin, poliitikon ja virkamiehen tai viranomaisen vastuu ikärasismista ja vähävaraisten ongelmien vähättelystä. Suomessa toimitaan niin, että normaali keskustelu ja asiantuntijojen kuuleminen ei vaikuta asioiden hoitoon mitenkään, jos itse asia ei kosketa kyseisen henkilökohtaiseen omaan elämään ja toimeentuloon. On opittu ja totuttu siihen, että suomalainen ei reagoi vahvasti, ajatellaan vain, että ihmiset kirjoittavat sosiaalisessa mediassa räväkästi, mutta odotetaan ja totutaan, että siihen se myös jää. Kukaan ei arvosta vähävaraisen, köyhän ja työttömän ylpeyttä ja arvokkuutta tai ihmisarvoa, ajatellaan vain, että on normaalia murentaa suomalaisen ihmisarvoa, köyhyyden ja asunnottomuuden tai rahattomuuden seurauksena, siten heistä ei ole vaaraa muille kunnon suomalaisille ja ennen kaikkea heistä ei ole vaaraa eliitille tai hyväosaisille. Nyt Heino

Karjalaisen kirjeen julkaisun jälkeen poliitikoiden ja suomalaisen eliitin eteen nostettiin asia, jota ei kukaan pystynyt käsittelemään, he eivät edes tienneet, mitä he nyt tekisivät. Ainoastaan he kykenivät vaatimaan, että tämä ampuja pitäisi ehdottomasti saada kiinni ja rankaista niin kovasti, että kukaan ei uskalla enää nousta eliitin varpaille. Mutta kukaan ei voinut selittää, miten asiat olivat edenneet näin vaikeaksi. Murhayrityksen tehnyt oli vapaana ja hän julkaisi kirjeen median kautta koko kansalle ja sitä kautta asia paljastui myös kansainväliselle medialle, se varsinkin ärsytti poliitikkoja, sillä suomalaiset ajattelevat edelleen, mitä muut meistä ajattelevat. Heidän täytyy ehdottomasti saada tämä pitkäaikaistyötön ja rahaton Heino Karjalainen kiinni.

Kirjeen julkaisun jälkeen Suomen presidentti ja Suomen hallitus sekä eduskunnan puhemies ripittivät suojelupoliisin, poliisin ja sotilastiedustelun johdon niin ankarasti ja perusteellisesti, että he luulivat, että heidät erotettaisiin saman tien viroistaan. Mutta, he silti joutuisivat itse hoitamaan tämän asian kuntoon, niin helpolla he eivät pääsisi tässä asiassa. Kolmikon poistuessa politikkojen ryöpytyksestä he keskustelivat keskenään, että poliitikot itse olivat tämän sopan keittäneet. Mutta, hoidetaan tämä asia nyt kuntoon. Päälliköt sulkeutuivat omaan kokoukseen ja tekivät yhteenvedon asiasta.

Pääministerin ampuja pitäisi saada nopeasti kiinni ja ehdottomasti elävänä, kukaan ei saisi kuolla tai haavoittua kiinnioton yhteydessä. Poliisin, suojelupoliisin ja sotilastiedustelun päälliköt eivät voineet todeta muuta kuin, että parhaat miehet ja varusteet oli jo annettu Heino Karjalaisen takaa-ajajille. Helppoahan se olisi, jos Heino Karjalainen olisi jossakin asunnossa tai hänet voitaisiin ottaa kiinni keinolla millä hyvänsä, vaikka haavoittuneena tai kuolleena. Voisihan he laittaa maastoon satoja miehiä, mutta Heino Karjalainen voisi tehdä silloin epätoivoisia tekoja ja kuka tietää kuinka monta miestä siinä kahakassa kuolisi. On aivan eri asia hakea yhtä miestä Lapin erämaasta, kuin jostakin kaupungista ihmisten keskeltä, jossa olisi yleisön ja valvontakameroiden verkosto apuna. Johtokolmikko voisi nyt ainoastaan pyytää Ruotsin, Norjan ja Venäjän apua pidättämään Heino Karjalainen. Venäjä tuskin vastaisi tähän avunpyyntöön yhtään mitään, ainoastaan he hyötyisivät vakoilun ja tiedustelun osalta, jos he saisivat itse Heino Karjalaisen kiinni. Mistä voimme olla varmoja, että jos vaikka Venäjä olisikin tämän tapauksen takana, sillä Heino Karjalainen oli käynyt Venäjän Karjalassa useita kertoja ja hänellä oli esivanhempia, jotka olivat asuneet Karjalassa. Johtokolmikko päätti jatkaa entisenlailla takaa- ajoa ja he antaisivat kyllä kaiken mahdollisen tuen takaa- ajajille ja pyytävät tarvittaessa naapurivaltioilta virka- apua.

Etsijäjoukon johtaja rikosylikomisario Varma Erätuli sai esimieheltään puhelun.

- Takaa- ajoa jatketaan ja te saatte kaiken avun minkä te pyydätte.
- Nyt oli jo helikopteria ammuttu, kaksi koiraa oli tapettu, sotilasdrone oli tuhottu ja häntä kohti oli ammuttu. Joko hänet nyt saa ottaa väkivalloin kiinni?
- Te ette saa missään nimessä käyttää väkivaltaa Heino Karjalaista vastaan, esimies vastasi.
- No sitten tämä on todella vaikeaa, tuota maalaisukkoa ei saada helpolla kiinni se on jo nähty ja koettu.
- Maalaisukkoa? Hän on julkaissut Iltasanomissa kirjeen. Hän väittää toimineensa yksin. No, yrittäkää vielä, ei hän voi mennä pitkälle, tuleehan se Jäämerikin kohta vastaan. Sitä pitkin ei voi kulkea kävelemällä eikä edes soutuveneellä.
- No, tuo on kyllä totta. Me yritetään vielä. Nato- ukot saavat lähteä kotiin, niistä ei ole meille mitään hyötyä, ovat riesana vain meille, Varma vastasi.
- No, tee niin kuin parhaaksesi näet, minä saan siitä päätöksestä vain vihaisia soittoja

amerikkalaisilta, kun heidän ammattitaitoansa moititaan, heidän parhaat miehet ovat siellä teidän mukananne.

- Joo, kaupunkisodassa he ovat hyviä, mutta täällä niillä amerikkalaisilla ei tee yhtään mitään.

Varma sulki puhelimen

- Saatana sentään! Kaiken maailman esimiehiä meillä on olemassa, tulisivat itse kävelemään näitä surkeita maastoja, me emme saa ampua, mutta edessä on pyssymies ja ärsyttävän ovela maalaisukko, aina askeleen edellä, eikä noista Nato-sotilaista ole mihinkään, rinta pystyssä ja suu vaahdossa kehutaan itseään, mutta yhtä maalaisukkoa ei saada heidän avulla kiinni. Pyytävät taukoja ja ruokaa koko ajan. Tarpeettomia kavereita, heidät voi laittaa autoon ja Etelä- Suomeen joutaa koko sakki, Varma paasasi suu vaahdossa suomeksi.

Martti käänsi Varman puheen sensuroituna englanniksi Nato- sotilaille, jotka kuuntelivat juuri äsken Varma Erätulen vihaista paasausta ihmetellen.

- Varma kokosi porukan ja antoi ohjeet, miten nyt jatketaan. Nato- sotilaat voivat lähteä kotiin, me olemme kohta maantiellä, joka menee Kittilästä Inariin. Ivalon rajavartioston varusmiehiltä voimme pyytää virka- apua tiealueen valvontaan, ylittääkö Heimo Karjalainen tämän tien, vai jatkaako hän suoraan kohti pohjoista. Voimme ottaa vielä yhden koiran, mutta tämä koira voi olla vain antamassa meille hetkellistä apua, Karjalainen ampuu senkin narun nokkaan, on aivan turha ammuttaa hyviä koiria, kun me emme saa käyttää väkivaltaa. Nyt me lähdemme liikkeelle ja etenemme kohti maantietä. Toivotaan, että Karjalainen tekee samoin. Mitä sanoo rajavartija Esa Kuivalainen?

– Suunnitelma on hyvä. Jos Karjalainen jaksaa kävellä ja saa syödäkseen sekä nukuttua välillä, niin me emme saa häntä kiinni, mutta jos me pidetään Heimo Karjalaista liikkeessä, niin meillä on pieniä mahdollisuuksia.

– Aivan, tuossa on hyviä pointteja.

– Lähdemme heti liikkeelle ja sitten kun pääsemme maantielle, osa meistä eli Ivalon rajavartioston varusmiehet jatkavat Karjalaisen perässä ja osa meistä menee levolle Ivalon rajavartiostolle. Varusmiehet saavat hakea mahdollista Karjalaisen tienylityspaikkaa ja muita tietoja hänestä.

Heino on saanut pientä etumatkaa takaa- ajajiin, ilmeisesti hän oli saanut takaa-ajajat ymmärtämään, että hän ei elävänä antaudu ja ilmeisesti takaa- ajajille oli annettu uudestaan käsky olla vahingoittamasta häntä. Heino alkoi olla lähellä Kittilän ja Inarin välistä maantietä. Hirvassalmen seutu oli varsin asumatonta ja hänen tavoitteena oli kääntyä kohti länttä ja Norjan rajaa. Heino pohti, että vaikka tiealue oli varsin vähäliikenteinen, niin siitä huolimatta hänen pitäisi ylittää tie huolella, sillä se oli takaa- ajajille paras mahdollisuus ottaa hänet kiinni tai saada selville missä hän olisi tällä hetkellä. Heino pysähtyi kahdensadan metrin päähän maantiestä. Tienlaidassa oli pieni nyppylä, ja tienlaitaa kohden avautui hakkuukoneen tekemä aukko, hakkuuaukiolla kasvoi vain kitukasvuista mäntyä ja koivuntarria. Heino malttoi mielensä ja makoili kaikessa rauhassa kankaalla. Reppu päänsä alla hän torkahteli ja lepäili, samalla tietä tarkkailen. Kymmenen minuutin välein autoja liikkui maantiellä ja ne olivat enimmäkseen henkilöautoja. Aikansa tarkkailtuaan liikennettä Heino huomasi myös sotilas- ajoneuvojen liikkuvan tiellä. Pääosin varusmiehet olivat liikkeellä polkupyörillä joukkueen kokoisissa sotilasyksiköissä. Ilmeisesti he eivät vielä haravoineet tienreunoja, mutta nyt tielle oli järjestetty valvontaa varsin tiiviisti. Polkupyörillä liikkuvat varusmiehet puhuivat äänekkäästi ajaessaan ohi Heinon lepopaikasta. Osa puhui selvästi Oulun- murteella ja muutama heistä puhui hoon päältä Lapin- murteella. Polkupyöräjoukkueen jälkeen tiellä käveli kaksi varusmiestä ja heidän mukanaan oli rajavartioston rajakoira. Koira oli koiranohjaajan hihnassa, koira kiskoi välillä metsää kohden. Yleensä tienvarresta räpsähti riekkopoikue ja koiran jatkuvasta kiskomisesta kyllästyneet varusmiehet eivät noteeranneet niihin mitenkään. Heinon kohdalla koira suuntasi kohti ojanpientaretta, mutta koira käskytettiin jatkamaan matkaa, varusmiehet toteuttivat vain käskyjä, kävely oli jo tarpeeksi rasittavaa. Koira oli oikeassa, mutta tietenkään varusmiehet eivät omanneet koiran vaistoa ja hajuaistia.

Teron avioero ja kuolema

Makoillessaan kankaalla Heino mietti viime kesää ja hänen hyvän ystävän viimeistä matkaa. Tero laskettiin kesäkuussa hautaan. Heino kantoi Teron arkkua kirkkomaalle tuntemattomien sukulaisten kanssa. Tero oli Heinon paras ystävä ja hänen poislähtö oli suuri menetys. Teron kuolema oli tullut yllätyksenä kaikille muille paitsi Heinolle. Heino ihmetteli sitä ystäväjoukkoa ja sukulaisia, jotka saattoivat Teron kirkkomaahan. Keitä nämä ihmiset oikein olivat, ja missä he olivat, kun Tero oli yksin ja vaikeuksissa. Tero asui viimeisinä vuosinaan maaseudulla, omalla vanhalla kotitilalla. Tero teki työuransa maaseudun ihmisen tavoin monessa ammatissa, vanhan aikaisesti sanottuna Tero oli maaseudun sekatyömies. Lapsiakin hänellä oli kolme ja vaimo. Lapset hoidettiin kotona, näin sovittiin yhdessä ennakkoon, kun vaimo oli päivätöissä, niin Tero hoiti lapset.

Muuttama vuosi sitten Teron vaimo sanoi, kun lapset lähtivät yksi toisensa jälkeen maailmalle, että nyt hänkin lähtee ja vaati kaikesta omaisuudesta puolet ja rahana. Näinhän se avioerolaki sanoo, laki on kaikille sama. Kolmenkymmenen vuoden avioliitto päättyi paikallisen pankin takahuoneeseen. Tero käveli pankkiin perheellisenä ja velattomana miehenä ja tuli takaisin velkakuorma sylissään ja avioeropaperit taskussaan. Pienen ja vanhan maatilan omaisuus oli jaettu tasan ja vaimolle oli annettu rahana puolet omaisuudesta. Tero jäi uuden velkakuorman kanssa miettimään, miten hän saisi työuran lopussa ja pienellä eläkkeellään maksettua uudestaan kaikki, mitä hän ja vaimo hankkivat ja omistivat yhdessä. Vaimo muutti myös lasten tavoin kaupunkiin ja osti itselle rivitalo- osakkeen. Tero yritti kaikin tavoin maksaa vanhan talon, peltotilkun ja pienen metsäpalstan uudestaan pankille takaisin. Pankki oli tietysti mielihyvin kädet ojossa ottamassa vastaan Teron lainan korkoja, pankki ja vaimo hyötyisivät siitä, Heino oli siinä tilanteessa kaiken maksaja. Pienen metsäpalasen puunmyyntitulot olivat vaatimattomat, koska metsät oli hakattu, kun lapset tarvitsivat rahaa pikkulapsi- ikäisenä ja murrosikäisenä, koska heidän harrastukset ja kasvatus luonnollisesti vaativat rahaa. Avioeron jälkeen Tero käänsi kaikki kivet, mistä rahaa saisi lainanmaksuihin, mutta totesi lopuksi, että se oli mahdotonta. Tero möi kaiken minkä hän pystyi, myös vanhan isältään perityn metsäpalstan, vaikka se koski kovasti Teron sydämeen. Metsästysseura antoi Teron jatkaa seuran jäsenenä, vaikka Tero oli nyt maaton mies. Tero ja Teron isä olivat olleet metsästysseuran perustajajäseniä.

Mutta Heino näki, kuinka Tero hiipui pikkuhiljaa pois. Lapset eivät käyneet, koska Tero ei pystynyt tarjoamaan lapsille ylläpitoa lomilla, kun he kävivät kotona. Teron sydän oli särkynyt, kun hän ei pystynyt auttamaan lapsiaan taloudellisesti, entisellä vaimolla oli mahdollisuus auttaa, kun hän oli velaton ja työelämässä vielä mukana. Viimeinen taloudellinen isku tuli, kun maaseudulla olevien asuntojen arvo romahti. Terokin sai kirjeen paikalliselta pankilta, että hänen pitäisi toimittaa lisävakuuksia lainan takeeksi, koska kaiken omaisuuden arvo oli romahtanut maaseudulla. Eliitin ja politikkojen jatkuva maaseudun elämän romantisointi oli silkkaa sanahelinää, kauniita sanoja ja propagandaa. Suomalaisen eliitin käsityskyky ja arkirealismi tavallisen suomalaisten taloudellisesta ja henkisestä kantokyvystä oli surullista kuultavaa. Ajateltiin vanhanaikaisesti suomalaisten jakautuneen kahteen luokkaan, mutta kukaan ei sitä ymmärtänyt, että suomalaiset olivat jo vuosia sitten jakautuneet kolmeen kansanryhmään ja alin kasti oli noussut merkittäväksi ihmisryhmäksi. Liki miljoona ihmistä kituutti vähillä varoilla

Suomessa, jossa byrokratia oli kasvattanut julkisen sektorin paisuttamisen takia elämisen Suomessa liki mahdottomaksi. Suomalainen eliitti vain teki töitä salatakseen, etteivät virallisissa tilastoissa nämä surulliset lukemat tulisi ilmi muille kansoille ja valtioille. Suomi menettäisi sitä kautta hyvinvointivaltion määritelmän, menettäisi kasvonsa, jota suomalainen eliitti ja poliittinen koneisto pelkää eniten. Tero ampui itsensä heinälatoon, teki itsemurhan, josta Heino löysi hänet. Heidän olisi pitänyt yhdessä lähteä vielä kalareissulle, mutta näin oli Tero päättänyt. Tero tiesi, että Heino oli tulossa hakemaan hänet, mutta ei elävänä, se oli hänen viimeinen tahtonsa.

Hitaasti Heino eteni kohti maantien laitaa. Heino siveli kengän pohjiin kreosoottia eli kivihiilitislettä, sen hän oli oppinut vanhan aikakauden rajavartiostolta. Kreosootin tarkoitus oli aiheuttaa koirille niin suuri hajuaistiongelma, että koira ei pystyisi tekemään töitä pitkään aikaan. Kreosootin käyttö oli ehdottomasti kielletty, mutta asia oli tuotu aikaisemmin varusmiehille tietoon, jos sitä joskus uudestaan tulevaisuudessa tarvittaisiin kaukopartiomatkoilla. Heino seisoi ojanreunalla ja vältteli tekemästä liikaa näkyviä jälkiä maastoon, hän katsoi tien vasemmalle ja oikealle puolelle, jotta tiellä ei olisi yhtään autoa tai varusmiestä näköpiirissä. Heino liikkui hitaasti ja asetteli tarkasti askeleita maastoon, jotta jälkiä jäisi mahdollisimman vähän tien reunaan. Heino ylitti tien ja pysähtyi ojan taakse ja lisäsi ainetta kengän pohjiin ja siirtyi parinsadan metrin päähän tiestä tarkkailemaan liikennettä. Hetken päästä tietä pitkin tuli taas joukkueellinen varusmiehiä polkupyörillä liikkuen. Heino katsoi laiskasti pyöräileviä varusmiehiä. Joukkueen perässä tuli rajavartioston kouluttajia eli vanhoja rajamiehiä, jotka katselivat maastoon puolihuolimattomasti, toivoen näkemänsä jotakin merkkiä Heinosta. Hetken päästä tuli taas koirapartio. Koirapartion jälkeen Heino jatkoi matkaa kohti Lemmenjoen latvavesiä. Pitkä kävelymatka ja edellisen yön valvominen alkoi tuntua Heinon jaloissa. Heinolla oli kuitenkin selvä tavoite, hänen pitäisi saada nukkua edes yksi yö kunnolla, että voimat palautuisivat, edellisenä yönä hän ei nukkunut ollenkaan. Heino suuntasi kohti paikkaa, jossa hän voisi levähtää.

Hetkeä myöhemmin myös takaa- ajajat saapuivat maantielle. Takaa- ajajat nousivat Kittilän ja Inarin väliselle tielle. Koko takaa- ajajien ryhmä oli todella väsynyt vähäisestä syömisestä ja levähtämisestä. Ainostaan vanhempi rajavartija Esa Kuivalainen oli paremmissa voimissa, vaikka hänellä alkoi olla jo hieman vatsakumpua, hän liikkui maastossa kevyemmin kuin sotilaat ja poliisit, olihan hän tottunut työssään liikkumaan maastossa ja hän ei ryntäillyt edestakaisin, lisäksi hän oli hoksannut ottaa mukaan kunnon evästä, eikä kantanut pussiruokia ja ituja mukana. Ivalon rajavartioston kuorma- auto haki koko takaaajajien osaston kyytiin ja vei heidät kasarmille levähtämään ja syömään, saunakin oli lämmitetty koko ryhmälle. Nato- sotilaat lähtisivät mukaan kasarmille ja heidät vietäisiin takaisin Etelä-Suomeen. Varman mielestä heistä ei ollut mitään hyötyä, kun satelliitit eivät toimineet näin lähellä Venäjän rajaa Ukrainan sodasta johtuen.

Ennen kasarmille menoa Varma Erätuli keskusteli rajavartioston sissikomppanian komentajan kanssa ja yhdessä sovittiin, että sissikomppanian vanhempi saapumiserä tarkistaisi kaikki alueen autiotuvat, olisiko Heino Karjalainen niissä yöpynyt ja lisäksi he voisivat keskustella Lemmenjoen kullankaivajien kanssa, että olisivatko he nähneet yksinäistä kulkijaa maastossa. Varma painotti, että aivan ehdottomasti varusmiesten ja kouluttajien tulisi liikkua ilman aseita, sillä Karjalainen on väkivaltainen, Karjalainen ei epäröisi ampua ketään, jos hän kokisi joutuneensa uhatuksi.

Heino jatkoi matkaa kohti seuraavaa päämäärää, vaikka askel painoi jo, hän piti yllä reipasta vauhtia. Heino tunsi kasvoissaan kylmän tunteen ja katsoessaan taivaalle harmaa sadepilvi nousi Heinon yläpuolelle. Tämä sade tiesi Heinolle hyvää, jäljet peittyisivät paremmin ja hajut vähenisivät Heinon kulkemalla polulla. Heino saapui paikkaan missä hän oli aikaisemmin loppukesällä käynyt. Heino kiersi paikan huolellisesti ja katsoi joka puolelta, että olisiko alueella liikkunut ihmisiä. Heino istui useassa eri kohdassa ja katseli sadan metrin päästä korsua, olisiko siellä mitään ylimääräistä liikettä. Heino lisäsi vielä tököttiä kengän pohjiin ja veti porojen tekemän polun poikki ansalangan ja asensi siihen merkkipanoksen. Heino käveli korsulle ja katsoi oven karmin ja oven välissä olevaa sinettiä. jonka hän oli kiinnittänyt varalta siihen lähtiessään kesällä korsulta pois. Sinetti oli paikoillaan, kukaan ei ollut käynyt korsussa kesän jälkeen.

Korsussa

Heino oli nyt korsun edessä, jonka hän oli itse korjannut loppukesän paluumatkalla Jäämeren rannalta. Ennen kuin Heino menisi korsun sisälle, hän kävi riittävän etäällä korsusta tarpeillaan. Sisälle mennessään hän asetti repun ja aseen ovenpielessä olevaan naulaan valmiiksi, jos vaikka hänelle tulisi äkkilähtö tästä erikoisesta majapaikasta. Aseessa oli panokset valmiina. Toki porojen aiheuttamat merkkipanosten äänet voisivat aiheuttaa turhia äkkilähtöjä Heinolle. Heino ei kuitenkaan uskonut, että hänen kimppuunsa hyökättäisiin kovinkaan herkästi. Kaasupanoksilla hänet saataisiin nopeasti toimintakyvyttömäksi, mutta kuka tietäisi aivan varmuudella, kuka tässä korsussa olisi sisällä. Se olisi vaikein tilanne, jos joku kävelisi suoraan korsun ovelle, siksi Heino laittoi tavarat valmiiksi ja aseeseen panokset. Heino laittoi aluksi ruokaa. Ruokailun oikea ajankohta oli nyt tässä hetkessä, sillä valoisan aikana ei kamiinan piipusta nousisi niin selkeästi kipinöitä maastoon, kuin pimeällä.

Loppukesän Lapin reissun jäljiltä Heino oli jättänyt ruokaa ja juomaa korsuun. Erityisesti pienen konjakkipullon löytyminen ilahdutti Heinoa. Muutaman tunnin ajan oli jo satanut vettä. Heino oli lisännyt matkan varrella kengänpohjiin tököttiä ja taukoamaton vesisade sai loputkin Heinosta lähteneet hajujäljet katoamaan. Kamiinan piipusta noussut lämpö, kipinät ja savu leijailivat vain korsun lähialueelle ja nopeasti savu ja palavan puun tuoksu laskeutui maanpinnalle sateen avustamana. Ruokailtuaan Heino veti kamiinan piipun alas ja tukki katossa olevan reiän sammaleella. Kamiinan käytön aikana korsun seinämät varastoivat kamiinan antaman lämmön hiekkarinteeseen. Korsussa oli miellyttävän lämmin. Nyt Heinosta ei näkynyt merkkiäkään maastossa, kukaan ei tiennyt, että hiekkapatjan alla nukkui Suomen etsityin rikollinen.

Heino nukahti levollisena ja kylläisenä korsun laverille. Hiekkarinteeseen sijoitettu liki satavuotias korsu oli rakennettu vanhalla maalaisjärjellä, korsu oli lämmin ja kuiva, sadevesi ohjautui hiekkarinteen alapuolelle kohti pientä tunturipuroa. Korsu oli sijoitettu niin, että korsun ovelle piti kävellä pahki, jotta oven huomaisi. Nykyajan ihminen ei osaisi edes ajatella, että maastossa olisi asuinkelpoinen ihmisasunto. Vain asiasta jotakin tietävän harjaantunut silmä voisi havaita vanhan korsun ja vanhemmat ihmiset, jotka olivat tietoisia asiasta, olivat jo matkanneet ajasta ikuisuuteen. Yö sujui rauhallisesti ja Heino nukkui hyvät ja pitkät yöunet. Aamulla vielä vesisateen piiskatessa maastoa, hän kävi tarpeillaan. Ympäröivässä maastossa ei näkynyt mitään merkkiä ihmisistä, vain muutama poro käveli korsun ohi välittämättä Heinosta yhtään mitään, katsoivat vaan ja mollottivat. Heino sulkeutui uudestaan korsuun ja hän katseli ennen aamuhämärän aukaisemaa taivasta. Sadepilvet pudottelivat sadepilvien runsasvetisiä häntiä kohti maanpintaa. Heino pohti keittäisikö vielä kahvit ennen poislähtöään. Ehkä kahvinkeitto olisi nyt viisainta, seuraavasta syönnistä ei olisi mitään tietoa, aina olisi hyvä saada nukkua ja syödä, kun siihen koittaa vain tilaisuus, muuten ei pakomatkan tiukoissa tilanteissa pystyisi ajattelemaan riittävän selkeästi. Heino keitti kahvit ja laittoi vanhan tavan mukaan kahvipannuun hyppysellisen suolaa. Kuksaan kaadetun kahvin sekaan hän lorautti konjakkia, parasta leikattua konjakkia. Tämän pienen konjakkipullon hän sai viime jouluna serkultaan. Heino naureskeli juodessaan taivaallisen hyvää kahvia, että hänen kaapissa olisi vielä useita konjakkipulloja, kukahan nekin pullot juovat, kun ei ole itsekkään niitä saanut juotua pois, ei kait konjakit homehdu koskaan. Heino ei ole ollut mikään loppasuu viinan suhteen, eikä hänestä taida enää sellaista tullakaan.

Heino veti uudestaan kamiinan piipun alas ja
tukki aukon sammaleella. Heino ajatteli, että ehkä
tässä voisi ottaa vielä nokkaunet ja tupsluurit,
ennen kuin jatkaisi matkaa eteenpäin. Heino vaipui
kevyeen uneen ja se oli Heinon onni.

- Vittu, kun on märkää!
- Ketä me oikein haetaan?
- Jotakin rikollista, häntä ei saa mennä
  lähelle, kuulemma.
- Ai miksi ei saa?
- No, se tyyppi voi ampua ihmistäkin.
- Ja me vaan täällä kävellään hakemassa
  ihmistä, joka voi ampua ihmisiä, todella
  järkevää toimintaa. Eikä meillä ole edes
  aseita.

Heino säpsähti hereille. Korsun ulkopuolta
kuului selvästi ihmisen ääntä?

- Ei täällä näy mitään, eikö tätä koiraa saa
  päästää vapaaksi?
- Ei saa, se on käsky! huusi eräs ihmisistä.
- Miksi ei?
- No tämä ihminen, jota haetaan, on
  ampunut kaksi koiraa, yhden sotilaskoiran
  ja yhden poliisikoiran.
- Älä, et ole tosissasi.
- Olen.
- Miksi me nyt raahataan tätä koiraa
  matkassa?
- En minä tiedä.

Yksi varusmiehistä lähestyi korsun kattoa ja asteli suoraan korsun katon poikkipuita pitkin. Korsun katon tukipuut antoivat hieman periksi, mutta kaupungista kotoisin oleva kahdeksantoistavuotias varusmies ei huomannut mitään, että metrin verran kengänpohjista alaspäin istui korsussa Suomen pääministerin murhayrityksen tehnyt Heino Karjalainen, joka parasta aikaa kannatteli asetta kädessään ja osoitti aseella kohti katolla liikkuvaa varusmiestä. Varusmies oli jo kadottanut sukunsa perinnetiedon ja hän ei ollut kuullutkaan esivanhempien aikaisesta elannonhankkimiskeinoista, miten syrjäisellä maaseudulla ihmiset hankkivat elantonsa esimerkiksi tervanpoltolla. Varusmies ei huomannut mitään erikoista maastossa ja siellä olevasta tervahaudan maakuopasta, ojanvarren luhistuneen maasaunan raunioiden lisäksi maastossa oli piilokorsu, jossa kenties joskus tämänkin kaupunkilaisvarusmiehen isoisän isä oli joskus valvonut ja rakentanut tervahautaa. Mukana oleva Ivalon rajavartioston nuori rajakoira kiskoi remmiään korsun sivustalla ja nuuhki lähellä ollutta Heino Karjalaisen aamuvirtsaa, mutta siitä mitään tietämätön varusmies kiskoi koiran jatkamaan matkaa ja riensi etsintäketjun mukana kohti Lemmenpuiston kullankaivajien kämppiä. Varusmiehet ajattelivat, että kullankaivajien luona sentään saisimme pitää vesisadetta ja kysellä vanhojen harmaapartaisten ukkojen kuulumisia, ukkojen, joiden tarinoiden todellisuutta ei kukaan voinut ymmärtää. Vanhat kullankaivajat vähät välittivät ulkopuolisten ihmisten puheista enää yhtään mitään, sillä Suomen vihreät ideologit saivat tahtonsa läpi ja heidän tavoitteena oli sulkea nämä vuosisatojen ajan käytössä olleet kullankaivajien perinteiset alueet, omien ideologisten tavoitteiden mukaisesti.

Vihreä ideologia hautaa kaiken, minkä suomalainen maaseutukulttuuri oli aikoinaan synnyttänyt oman kansan keskuudessa. Suomalaisen maaseudun kansankulttuurin säilyttämiseksi riittää Suomessa vain näennäinen viimeisten rakennusten ja alueiden museointi ja teoreettinen ylhäältäpäin ohjattu kulttuurin ohjaaminen, joka tuhoaa aidon suomalaisen maaseudun kulttuuriperinnön, joka on aina kummunnut aidosti sieltä, mistä kulttuurin pitääkin nousta ja kehittyä tekevien maaseudun ihmisten arkielämästä, mutta meille suomalaisille näköjään käy vallan hyvin, jos me voimme katsoa vanhoista valokuvista, vanhoista elokuvista ja katsoa museoiden lasivitriinien läpi maaseutukulttuuria, museoita, joita pidetään verovaroin yllä.

Rajavartioston varusmiesten mentyä korsun ohi, Heino kokosi tavarat ja hän aukaisi korsun oven. Heino lähti kävelemään takaisin kohti Ivalon ja

Inarin maantietä. Juuri kun Heino oli lähtenyt kävelemään korsulta, niin rajavartioston komppanian jälkipartioryhmä huomasi Heinon. Jälkipartion miehet olivat jo menneet korsun ohi, mutta huomasivat takanaan miehen liikkuvan. Varusmiehet huusivat Heinolle.

– Hei te siellä! Voidaanko me jutella, oletteko nähneet erästä miestä täällä maastossa, meillä on valokuva hänestä, voisitteko katsoa valokuvaa?

Heino otti varmistimen pois aseesta ja ampui heti varusmiesten yläpuolella olevaan vanhaan ikihonkaan, kaarnat vain ropisivat varusmiesten niskaan. Jälkipartion kaksi varusmiestä heittäytyivät mättäikön suojaan. Pari laukausta riitti sille, että varusmiehet säikähtivät. Heino lähti uudestaan kävelemään kohti maantietä. Varusmiehistä koottu komppania pysähtyi kuultuaan laukausten äänen. Komppanian ykkösjoukkueen ylikersantti Muotka käskytti radistin luokseen.

– Jääkäri Kallio, ottakaan yhteys kasarmille komppanian kapteeniin.

– Kyllä herra ylikersantti!

– Jääkäri Järvinen, menkää jälkipartion luokse ja tiedustelkaa, mikä on tilanne.

– Kyllä herra ylikersantti!

– Yhteys on saatu herra ylikersantti.

– Antakaa luuri tänne.

- Herra kapteeni, täällä puhuu ylikersantti Muotka.
- Mitäs sinne maastoon kuuluu, ovatko kullankaivajat juttutuulella?
- Emme ole ehtineet sinne asti herra kapteeni.
- Miksi ette?
- Meitä ammutaan aseella herra kapteeni.
- Anteeksi kuinka?
- Meitä ammutaan kiväärillä.
- Ovatko varusmiehet kunnossa?
- Emme tiedä vielä, jälkipartioon otetaan juuri yhteyttä.

Samassa kolme varusmiestä juoksi paikalle ja ilmoittautui ylikersantti Muotkalle.

- Herra ylikersantti, jälkipartio paikalla.
- Jääkäri Sulkala, mitä tapahtui?
- Olimme joukkueen ja komppanian perässä noin viisisataa metriä pääjoukostamme, kun huomasimme takanamme miehen ja me huusimme hänelle, että voisimmeko me jutella hänen kanssaan. Mies ampui välittömästi yläpuolellemme oleviin puihin kaksi kertaa ja me tietenkin maastoduimme, koska meillä ei ollut aseita millä puolustautua.
- Jälkipartion raportti on annettu herra kapteeni, kaikki on kunnossa, jälkipartion miehistöä oli ammuttu.

- Voi saatana sentään. Nyt odotatte siellä tunnin ajan ja sitten vasta lähdette tulemaan takaisin kohti Ivalon ja Inarin maantietä. Kerään poliiseista, kouluttajista ja rajavartioston henkilökunnasta joukkueen ja lähdemme teitä vastaan. Onko koira kunnossa?
- Koira on kunnossa ja käsky on ymmärretty, lähdemme tunnin päästä kohti maantietä. Etenemmekö avorivissä?
- Avorivissä ja koira keskellä hihnaan kiinnitettynä. Viekää kakkos- ja kolmosjoukkueelle sama käsky.
- Kyllä herra kapteeni!

Ivalon Rajavartioston komppanian komentaja kapteeni Keijo Heikkinen asteli mietteliäänä kohti poliisin etsintäryhmän majapaikkaa.

- Huomenta.
- Huomenta.
- Varusmiehet löysivät jotakin Lemmenjoen itäpuolen seutuvilta.
- Sehän on hienoa.
- No enpä tiedä.
- Mitä tarkoitatte? Varma kysyi.
- Varusmiehiä oli ammuttu kiväärillä.
- Voi hemmetti sentään. Kuoliko joku tai haavoittuiko?
- Ei nyt sentään, eräs mies oli ampunut puihin heidän yläpuolelle.

– Se oli varmaankin Heino, Esa Kuivalainen vastasi sivusta.

– Epäilemättä, Varma kuittasi ajatuksen.

– Missä varusmiehet nyt ovat, heillä ei ole ilmeisesti aseita matkassa.

– Ei ole aseita mukana, kuten me sovimme. He odottavat tunnin ja lähtevät sitten kohti maantietä.

– Hyvä, se on viisasta.

– Minä kokoan liikenevät miehet teidän avuksi, niin lähdetään heitä vastaan.

– Kyllä, se on järkevää, siten vältetään turhaa väkivaltaa.

– Onko siellä rajakoira mukana?

– On ja se on hihnassa, kyseessä on nuori rajakoira ja sitä vielä koulutetaan.

– Hyvä, se on viisasta, remmissä kannattaa koiraa pitääkin, Varma vastasi.

Varusmiehistä koottu etsintäkomppania lähti liikkeelle ja eteni hitaasti kohti maantietä. Paikka, jossa varusmiehiä oli ammuttu, juuri siinä kohdin rajavartioston koira kiskoi kaikin voimin koiranohjaajaa hiekkarinteessä olevaa seinämää kohti.

– Herra ylikersantti, täällä on ovi.

– Ovi?

– Ovi oli hieman auki, mitä nyt tehdään?

– Radisti, ottakaa uudestaan yhteyttä komppanian kapteeniin ja viekää muihin joukkueisiin sana, että komppania pysähtyy.

– Herra kapteeni, nyt maastosta löytyi piilokorsu.

– Piilokorsu? Eihän siellä pitäisi olla mitään korsuja, ainoastaan tervanpolttajien romahtaneita rakenteita. Älkää menkö sisään, poliisi tarkistaa paikan.

– Selvä on herra kapteeni.

– Jatkakaa matkaa.

– Kyllä herra kapteeni!

Kapteeni Heikkinen soitti Martti Kotkanniemelle ja selosti asian hänelle.

– Paikassa missä ammuttiin varusmiehiä, sieltä löytyi piilokorsu.

– Että, piilokorsu löytyi?

– Niin löytyi.

– Voisiko joku varusmiehistä viedä minut mönkijällä katsomaan sitä korsua? Ja mihinkään ei saa koskea, ennen kuin saavun itse paikalle.

– Asia selvä. Varusmiehet lähtivät jo liikkeelle korsusta eteenpäin.

– Heino Karjalainen oli ollut piilokorsussa, Martti ajatteli ääneen.

– Näinkö asia olisi? Varma hämmästeli. Tämä Heino Karjalainen se jaksaa aina yllättää.

Martti Kotkanniemi istui autoon, jonka perään oli kytketty peräkärry ja peräkärryssä oli armeijan iso vihreä mönkijä. Muut istuivat maastoautoihin ja he lähtivät kohti varusmiesten sijaintia ja paikkaa mistä he nousisivat takaisin maantielle. Maastoautojen perässä tuli kolme miehistönkuljetus ajoneuvoa, joihin koko komppania voisi nousta kyytiin, poikkeuksellisesti edettiin takaisin kasarmille moottorimarssilla eikä polkupyörillä, kuten rajajääkäreillä oli yleensä tapana liikkua maanteillä.

Vanhemman saapumiserän varusmiehet etenivät hitaasti kohti maantietä. Etenemisen suunta oli otettu kuitenkin rajakoiran antamasta vihjeestä ja vihjeenä oli nuoren rajakoiran kirsun antama suunta. Rajakoira veti ahnaasti kirsuunsa yhden miehen tuoretta hajujälkeä, kunnes koira pysähtyi ja aloitti vikuroivana aivastelun ja yskimisen.

– Herra ylikersantti, nyt koiralle tuli jokin kohtaus, koiranohjaaja huusi.

– Mikä ihmeen kohtaus?

– Se ei suostu etenemään ja koira aivastelee ja yskii.

– Tulen sinne, tulkaa radisti mukaani.

– Kyllä herra ylikersantti.

– Mitä tämä tarkoittaa, koiranohjaaja yrittäkää selvittää asia.

- No, minulla on aavistus tähän, mutta kysytään komppanian kapteenilta.
- Kysytään. Onko yhteys valmiina radisti?
- Kyllä on.
- Herra kapteeni, koiralle tuli jokin kohtaus.
- Kohtaus? Antakaa koiranohjaajalle luuri.
- Herra kapteeni täällä on koiranohjaaja jääkäri Jyränki.
- Mitä koira tekee?
- Se yskii ja aivastelee.
- No voi hemmetti sentään. Koira on saanut varmaan tököttiä kirsuunsa.
- Näin arvelin herra kapteeni, voisiko sille tehdä mitään, meille ei ole kerrottu kaukopartiomiesten tökötistä mitään, jotta sen sisältö ei paljastuisi siviileille ja meille varusmiehille.
- Tämä on nyt tilanne, jos vaikka saisitte nopeasti vietyä koiran eläinlääkärille, niin sen voisi ehkä pelastaa tai sitten se on mennyttä, koska aina koiraa ei voi auttaa, yleensä hajuaisti menee koiralla pilalle. Tuokaa se eri reittiä kohti maantietä, että se ei enää haistelisi samaa jälkijotosta.
- Selvä on herra kapteeni.
- Mitä kapteeni sanoi.
- Että koira on mahdollisesti pilalla, tätä nuorta koiraa ei ehditty opettaa, niin että se välttelisi tökötin haistelua.

- En tiennyt tuosta asiasta mitään.
- Kukaan ei tiedä, koska se on nykyään rajavartioston salaista tietoa.

Kapteeni kertoi lisää ikäviä uutisia poliisijoukolle.

- Siinä meni taas yksi lahjakas rajakoira.
- Miten niin meni, ampuiko Heino Karjalainen koiran?
- Ei, kun tämä Heino Karjalainen tarjosi koiralle tököttiä eli hajuestettä.
- No voi hemmetti sentään, olen pahoillani, Varma vastasi.

Heino kuuli, että takana tuli kolistellen varusmiesten komppania, mutta heistä ei ollut vaaraa hänelle, enemmän Heinoa huolestutti poliisin etsijäjoukko, jotka olivat hänen oikeat takaa- ajajat, jotka varmaan olivat jo kuulleet hänen ampumista laukauksista. Heino kääntyi Ivalon ja Inarin maantien suuntaisesti kohti pohjoista, jotta hän ei jäisi kahden ryhmän väliin ja takana tulevalla ryhmällä oli varmaan rajakoira mukana, mutta se ei huolestuta, koska Heino ei usko heidän päästävän koiraa irti, he eivät uskalla. Tämä oli Heinon alkuperäinen tarkoituskin, että aluksi hän liikkuisi kohti länttä ja Ruotsin Lappia ja valtakunnan rajaa kohti, että poliisi uskoisi hänen liikkuvan Ruotsin Lapin kautta kohti pohjoista. Mutta, nyt Heinon piti kuitenkin uudestaan keksiä, miten hän pääsisi eroon poliiseista. Sitkeästi he seurasivat häntä, mutta jos Heino olisi ampunut jotakin tavallista ihmistä pääministerin sijasta, he olisivat heti ottaneet Heinon kiinni väkivalloin, mutta käsky ylemmältä taholta oli niin merkitsevä etu Heinolle, että poliisin piti toimia toisin.

Heino käveli muutaman kilometrin tien suuntaisesti pohjoiseen ja oli hieman huolimaton, sillä yhtäkkiä musta hirvikoira ilmestyi paikalle ja se tutki kiinnostuneena Heinoa. Heinon kengänpohjiin lisätty aine oli kulunut pois. Eikä Heino olisi mielellään metsästyskoiran hajuaistia tuhonnut, metsästyskoirat ovat sentään tarpeellisia koiria. Mutta, Heinoa huolestutti, koska joissakin metsästyskoirien pannoissa oli kamera, joka kuvasi ympäristöä. Heino varmisti asian ja huomasi helpotuksekseen, että tällä koiralla kameraa ei ollut, ääniyhteys varmaankin toimi, mutta onneksi tämä koira ei haukkunut ihmisiä. Aluksi Heino ajatteli, että tämä hirvikoira olisi huono asia, mutta sitten hän päätti selvittää missä itse metsästäjät olivat. Koira ei ollut hirven jäljillä, vaan se pyöri Heinon jaloissa, koira ei tietenkään tajunnut, että tämä metsästäjä ei ollut hirvestäjä. Heino seurasi koiraa. Hetken päästä koiralle vihellettiin ja huudettiin. Koira lähti innoissaan isäntänsä luokse ja unohti Heinon, joka jäi taka- alalle. Heino nousi pienen korkeamman maaston päälle ja jäi katsomaan kiikarilla metsästäjien aikomuksia. Koira juoksi metsätielle, metsätien päässä oli puutavara- auton kääntymislenkki. Metsästäjien auto oli myös siellä. Metsästäjiä oli kaksi ja he olivat istuneet jo tulilla ja eväät oli näköjään jo syöty. Miehet puhuivat Etelä- Suomen murteella, nämä olivat ilmeisesti Metsähallituksen vierasmetsästäjiä ja heillä oli mahdollisesti täällä oma hirviporukka, joka ilmeisesti oli saanut yhden hirven kaatoluvan paikallisten metsästysseurojen harmiksi. Metsähallitus ja sitä kautta Suomen valtio toki saisi tuloja, jolla voitaisiin Metsähallituksen työntekijöiden palkkarahoja maksella. Heino katsoi metsästäjiä kiikarilla ja huomasi, että maastoauton ovi oli auki ja maastoautossa oli virta- avaimet paikoillaan. Metsästäjät lähtivät kävelemään toiselle puolelle metsätietä. Metsästäjät nostivat reput selkäänsä ja aseet olkapäälle. Koira hyppeli innokkaasti heidän ympärillään. Silti hirvikoira kävi vielä mutkan Heinon luona ja se varmaan ihmetteli, kun Heino makasi vain maassa, ja miksi tämä metsästäjä ei lähde heidän mukaansa. Heino mietti, pitäisikö hänen sittenkin lähteä pois, että hän ei paljastuisi, mutta onneksi koiran kiinnostus Heinoon väheni, kun sen isäntä vihelsi uudestaan koiralle.

Heino ajatteli, että ehkä tätä korttia voisi kokeilla, kunhan vain miehet kävelisivät riittävän kauas autostaan. Lapin kuivat kankaat ovat sen verran avarat, että he huomaisivat hänet helposti, jos Heino kävelisi autolle liian aikaisin. Heino odotti muutaman minuutin ja liikkui varovasti autoa kohden. Nuotiopaikalla oli vain savuava tervaskanto, joka oli jäänyt heiltä sammuttamatta. Tien toisella puolelta kuului saman koiran haukkuminen, koira oli ehtinyt noin kilometrin päähän. Ilmeisesti he olivat löytäneet jotakin tai siellä oli porotokka, jota koira haukkui ja metsästäjät yrittivät saada koiran pois niiden kimpusta. Heino katsoi autoa, joka oli vanhempaa mallia oleva diesel Volvo ja se oli tietenkin maastoauto. Autossa oli koiraverkko ja takatilassa oli näköisällä koiranruokaa ja vettä. Heino katsoi kuskin puolelta, että oliko hän nähnyt oikein. Virta- avain oli tosiaan autossa paikoillaan. Heino väänsi hieman auton virta- avaimesta ja huomasi, että polttoainemittarin lukema nousi liki yläasentoon ja mittaristo ilmoitti, että auton toimintamatka olisi ainakin seitsemänsataa kilometriä. Lapissa oli nykyään niin vähän huoltoasemia, jonka takia kaikkien Lapissa liikkuvien tulisi huolehtia, että polttoainetta pitää olla tankissa aina riittävästi, että autoilija ei jäisi erämaahan ilman polttoainetta, sillä ajomatkat olivat aina pitkiä.

Heino käynnisti auton ja lähti ajamaan vanhalla Volvolla. Ennen lähtöä hän nosti koiran eväät ja vesikupin nuotion viereen. Autossa olevat arvotavarat hän keräsi pieneen muovipussiin ja nosti tavarat tervaskannon vieressä olevan istuinpuun päälle. Autossa oli vanha kirjekuori ja Heino kirjoitti siihen lyhyen viestin, "lainaan vain autosi, en riko sitä". Kirjekuoren hän laittoi terävällä oksalla tervaskantoon kiinni aivan nuotiopaikan viereen. Heino ajoi hyväkuntoista metsätietä ja suuntana oli Inarin kirkonkylä. Maastossa hirven löytäneet metsästäjät olivat mitään tietämättömiä erikoisesta auton katoamisesta ja varastamisesta. Kännyköitä autossa ei ollut metsästäjien onneksi, sillä pitäähän jonkun hakea heidät pois. Heino ajoi reipasta vauhtia, sillä auton katoamisen jälkeen tätä Volvoa etsittäisiin, kun metsästäjät vain ilmoittavat autonsa varastetuksi. Poliisi todennäköisesti yhdistää Heinon ensimmäisenä autovarkaaksi. Heino kertasi asioita mielessä, ehkä tällä keinoin pystyn ajamaan kohti Jäämerta sata tai kaksisata kilometriä, ennen kuin poliisit laittavat auton etsinnän päälle, täällä Ylä- Lapissa olisi helppo löytää varastettu auto, koska tieverkosto oli vaatimaton, toki metsäteitä oli täällä runsaasti, mutta ne eivät johtaneet pääosin mihinkään, vaan ne oli rakennettu metsätalouden takia. Maastoautoon oli jätetty oranssin värinen hirvimiehen lippalakki, jonka Heino laittoi päähänsä. Nyt Heinon mahdollisuudet olisivat paremmat, kun hän ajeli maastoautolla ja oli auton ulkopuolelta katsottuna, vain hirvimetsällä liikkuva ulkopaikkakuntalainen. Rajamiehet eivät varmaankaan pysäyttäisi tätä auto, koska Heino oli niin kaukana rajalinjasta, ainoastaan hänet voisi pysäyttää, joku maastoon jäänyt metsästäjien hirviporukan kaverit, jotka voisivat ihmetellä, miksi tutulla autolla ajava ei nosta kättänsä tervehtiäkseen heitä ja pysähdy heidän kohdalle. Heino sai ajaa aivan rauhassa kohti Inaria. Inaria lähestyessä, hän huomasi vaatimattoman Lapin lentopalvelun mainoskyltin ja käänsi auton nokan kohti lentokoneen nousupaikkaa. Pienlentokentän kyltissä oli puhelinnumero. Heino pysäytti auton ja aukaisi puhelimen ja soitti lentokoneen yrittäjälle.

- Haloo.
- Haloo kuka siellä on?
- Täällä on Martti Tervonen, Heino kertoi salanimensä.
- Miten voin auttaa?
- Voisiko saada lennon Inarijärven yli Kutujärvelle?
- Onnistuu, voitteko tehdä varauksen netissä?
- Nyt ei onnistu. Onnistuuko lento, vaikka heti, koska olen ollut julkisilla kuljetusvälineillä liikkeellä ja tulen kävelemällä lentokentälle. Maksaisin mielelläni käteisellä. Maksan ylimääräistä teille, jos se lento onnistuu.
- No onnistuu kait se sitenkin, ohjaaja mietti hetken ja vastasi.

– Hyvä, olen tässä kohta lentokentällä, menee vain noin viisitoista minuuttia.

– Asia selvä, tankkaan koneen ja käynnistän sen valmiiksi.

– Hyvä, kiitos ja näkemiin.

Lentomatka Kutujärvelle

Heino käveli Inarin pienlentokentälle. Varastetun auton Heino jätti kentän laidalle ja avaimet hän jätti auton virtalukkoon. Lentokentällä odotti pienlentokone valmiina. Koneen ohjaaja oli luvatusti käynnistänyt koneen valmiiksi, kun Heino käveli kentälle. Ohjaaja ihmetteli, kun Heino käveli reppu selässä lentokoneen viereen, tavallisesti erämaahan matkaavat pysäköivät uuden karheat maastoautot lentokoneen viereen, kun kannettavaa oli yleensä runsaasti. Köyhät ihmiset eivät yleensä lennä erämaahan, kun ei heillä ole siihen varaa, vähävaraiset kävelevät. Koneen omistaja ja ohjaaja oli hieman epäileväinen tästä asiakkaasta. Martti Tervonen niminen mies oli soittanut ja hän oli varannut lennon puhelimitse, mikä ei ollut ihan tavanomaista. Lentotilaus suuntautuisi Vätsärin erämaahan Inarijärven taakse ja lentotilaus olisi vain menomatkalle. Erikoisinta oli, että hän halusi ehdottomasti maksaa lennon ainoastaan käteisellä, vaikka se oli poikkeuksellista, niin tämän lennon tilannut Martti Tervonen maksaisi vaikka ylimääräistä, jotta asiat hoituisivat ennakkoon sovitulla tavalla. Kyllähän yrittäjälle raha silti kelpaa. Ohjaaja katsoi vanhempaa miestä, jolla oli ihmeen vähän kantamuksia. Miehellä oli vain pieni rinkka ja ase. Mies antoi ohjaajalle viisisataa euroa käteisenä ja nousi koneen kyytiin, normaali lentotaksa olisi ollut neljäsataa euroa. Ohjaaja kysyi häneltä.

– Mihin me lennetään?

– Vätsärin erämaahan, sinne Inarijärven taakse, aivan siihen Venäjän rajan tuntumaan Kutujärvelle.

– Selvä, hanhenpyyntiinkö olet menossa?

– Sinnepä sinne.

Ohjaaja ihmetteli, että en ole koskaan vielä tavannut näin hiljaista matkustajaa, yleensä kaikki ovat puheliaita, jotka lähtevät erämaahan. Kone nousi nopeasti kokeneen ohjaajan rutiinilla ilmaan. Lentokone, jossa oli vesitasot valmiina, kipusi ja vaappui kovassa syystuulessa Inarijärven yläpuolelle. Alla kimalteli erämaajärvi, joka oli pysynyt varsin rakentamattomana pitkälle kaksituhatta vuosiluvulle asti, mutta nyt järven rannoille oli noussut muutamia mökkejä, mutta vielä järven rannoilta löytyi hyvin paikkoja, mihin ei ihmisen jättämiä jälkiä ollut nähtävissä. Nopeasti kone ylitti Inarijärven ja kone haki jo laskeutumispaikkaa Kutujärven pohjoisimpaan päätyyn. Kukaan aikaisemmista asiakkaista ei ole halunnut laskeutua tänne, muuta asiakas itse päättää, sehän on selvä asia. Ohjaaja katsoi alla olevaa järveä ja teki matalan ylilennon järven pohjukkaan. Karttojen mukaan järvelle olisi hyvä laskeutua, isoja kiviä ei ollut järven keskellä. jotka olisivat repineet koneen vesitasot rikki. Ohjaaja teki koneella toisen alas vedon ja laski nopeutta, laskeutuminen onnistui hyvin ja kone liukui lähelle rantaa. Ohjaaja katsoi. että kumisaappaat riittänevät vallan hyvin asiakkaalle, jotta hän pääsee kuivin jaloin järven rantaan. Heino, joka käytti nyt valenimeään, Martti Tervosen nimeä käveli koneen sisällä kohti ovea ja aukaisi ohjaajan opastamana lentokoneen oven. Heino katsoi hetken ohjaajaan päin.

– Kiitos ja näkemiin.
– Näkemiin, oletteko ihan varma, että te ette tarvitse paluukyytiä?
– Aivan varma, kiitos ja näkemiin.

Heino käveli lentokoneen vesitason päällä kohti rantaa ja kahlasi lopun matkan rannalle. Ohjaaja tuli koneen ulkopuolelle ja käänsi koneen nokan kohti järven keskustaa, ettei kone juuttuisi rantaan liian tiukasti. Ohjaaja palasi koneen sisälle ja lukitsi oven. Ohjaaja istui ohjaamoon ja laittoi kuulokkeet päähän. Ohjaaja otti yhteyttä lennonvalvontaan ja ilmoitti lähtevänsä nyt Sevettijärvelle. Sevettijärvellä odotti jo seuraava asiakasryhmä.

Ryhmä perhokalastajia oli tilannut kyydin käsivarren alueelle, jossa he kalastaisivat perhovavoilla viikon ajan. Ennen koneen nostoa järven pohjukasta ohjaaja sai lennonjohdolta tiedon, että Suomen poliisi tiedottaa ja ottaa mielellään vihjeitä vastaan, että olisiko kukaan nähnyt Lapin erämaassa miestä, joka on nimeltään Heino Karjalainen ja hänen tuntomerkit ovat seuraavat... Ohjaaja kuunteli tiedotetta ja katsoi Martin suuntaan. Tuntomerkit täsmäsivät, mutta asiakkaan nimi oli eri. No, ilmoitan kuitenkin tästä miehestä, kunhan pääsen ensin perille. Ohjaaja nosti koneen nokan kohti Inarijärven pohjoisosaa ja katsoi kuinka pois kyydistä jäänyt mies suuntasi kohti Venäjän rajaa.

Venäjälle

Muutaman kilometrin käveltyään kohti itää, Heino katsoi edessään olevaa maastoa, maastoon oli hakattu lähes luotisuora pitkänomainen hakkuuaukea, joka jatkui silmän kantamattomiin kohti pohjoista ja etelää. Avonaiseen maastoon oli pystytetty värikkäitä metallikylttejä ja puutolppia, joihin oli kirjoitettu suomen-, englannin-, saksan- ja venäjän kielillä käskysanoja.

"Pysähdy, ei saa kulkea, vaara, valtakunnanraja, pääsy ehdottomasti kielletty".

Heinon edessä oli vanha Suomi. Suomen valtion vanha valtakunnanraja oli nykyisestä rajalinjasta muutamia kilometrejä tai kymmeniä kilometrejä idässä päin. Heino pohti tulevaa ylittäessään Suomen ja Venäjä välistä valtakunnan rajaa. Kenties piakkoin viimeinen Suomessa syntynyt sotaveteraani kunnialaukausten saattelemana laskettaisiin sankarihautaan. Kaikki halusivat siitä historiallisesta hetkestä ottaa kaiken irti, hän, joka olisi viimeinen sotaveteraani tai lotta, mitä nyt meille tapahtuu, kun he ovat poissa? Mutta, mitä me ihmiset olemme oppineet Toisesta maailmansodasta, kenties emme yhtään mitään. Vaikka sotaveteraanit ja sotainvalidit kertoivat aina meille, että he näkivät elämänsä loppuun asti sodasta painajaisia ja sotavammat olivat aina läsnä elämän loppuun asti, niin heitä kuuntelevat nuoret näkivät vain edessään sotasankarin ja heidän kunniamerkit olohuoneen lipaston päällä, käydessään heidän luonaan. Sotaveteraanit ja lotat näkivät painajaisia elämänsä loppuun asti, koska heidän rintamakaverit, ystävät, sukulaiset tai rakas puoliso sulkivat usein viimeisen kerran silmänsä eturintaman taistelussa tai heti sen jälkeen sotilas-sairaalassa. Mikä oli siten sodan lopullinen hinta, sitä ei kukaan pysynyt laskemaan, syntymättömien lasten ja sotilaiden kivun määrää ja hintaa ei kukaan poliitikko tai diktaattori voisi koskaan laskea. Sota oli aina vain huonoin mahdollisuus, se viimeinen mahdollisuus, koska kukaan ei voita sodassa ja tavallinen kansa ja tavallinen ihminen kantaa aina kaiken sen tuskan ja inhimillisen kärsimyksen omilla hartioillaan.

Heino oli nähnyt nämä kyltit useasti käydessään Venäjällä. Heinon vanhemmat olivat Karjalan evakkoja. Isovanhempien asuinpaikasta oli jäljellä vain kivijalan palasia. Karjalaiskylän hautausmaalta oli vaikea enää löytää hautakivenpaikka, mihin taas isovanhempien esi-isät oli laskettu viimeiselle leposijalleen. Mutta, jostakin kumman syystä, sinne oli joka vuosi tarve päästä, sillä jokaiselle ihmiselle historialliset juuret olivat henkisen kasvun takia välttämättömyys. Kun ihmiselle tulee ikää lisää, esivanhempien tekemiset ja asiat korostuvat, vaikka siitä olisi jäljellä vain talon kivijalan paikka maastossa, historialliset asiat ja tapahtumat korostuvat vuosi vuodelta enemmän. Ilman heitä esivanhempia meitä itseämme ei olisi olemassa, se on luonnollinen totuus. Ja ne ihmiset, jotka kuolivat nuorena sodassa, miten elämä olisi mennyt, jos hekin olisivat saaneet elää, tuntisinko heidät ja heidän nykyiset lapset ja lapsenlapset.

Heino istui valtakunnanrajan reunalla ison puukannon päällä Suomen valtion puolella ja katseli Venäjän valtion puolelle. Syksyn ensimmäinen räntäsade oli yllättäen noussut Inarin kunnan itäpuolelle, vesisade oli änkyrän pohjoistuulen takia muuttanut olomuotoaan. Isoja kahvilautasen kokoisia räntähiutaleita sateli niin sakeasti, että edessä olevaa maastoa ei nähnyt selkeästi. Takaa- ajajat tavoittelivat edelleen Heinoa, mutta he eivät ilmeisesti olleet saaneet edelleenkään käskyä, että he voisivat käyttää väkivaltaa ottaessa häntä kiinni, näin Heino oli ymmärtänyt heidän käytöksestään. Heino lähti ylittämään rajavyöhykettä, tässä kohtaa valtakunnan rajalla ei ollut mitään raja- aitaa tai raja- asemaa. Synkkä Pohjois- Lapin erämaa oli hiljainen ja koskemattoman näköinen. Räntäsade oli entistä sakeampi, kun Heino käveli Venäjän puolelle. Heino pysähtyi rajan toiselle puolelle ja istui hetkeksi kuuntelemaan, olisiko Venäjän rajavartijat liikkeellä tai näkyisikö heistä mitään merkkiä maastossa. Heino istui puoli tuntia paikallaan ja lisäsi kreosoottia kengän pohjiin, Venäjän rajavartijat varmaankin liikkuvat rajansuuntaisesti, kuten Suomen rajavartijat tekevät Suomen puolella, Suomen puolella oli nykyisin vähennetty maastopartiointia, mutta Venäjän puolen käytännöstä ei tietenkään ollut varmaa tietoa. Heino uskalsi jo lähteä eteenpäin, takaa- ajajat eivät tule rajan tälle puolelle, se on ainakin varma asia. Heinon pitäisi pystyä liikkumaan selvästi rajasta irti ja luottaa siihen, että hän voisi hetken kulkea Venäjän puolella kohti pohjoista Jäämerta. Jokin yöpymispaikka olisi hyvä löytää ensi yöksi, sillä rakotulilla yöpyminen olisi liian riskialtista, Venäjän rajavartijat löytäisivät hänet silloin helposti. Nuotion aiheuttama savu ja lämpö olisivat liian selvä merkki maastossa liikkuvasta henkilöstä, toki venäläisetkin liikkuvat maastossa metsästysreissuilla ja kalastusreissuillaan. Heino jatkoi matkaa syvemmälle Venäjän maaperälle ja hän käveli liki kymmenen kilometriä itää kohden, räntäsade alkoi hieman hellittämään ja ilma alkoi kirkastumaan, ilmakin alkoi tuntua hieman kylmemmältä.

Heinon tekemät raja- alueen jalanjäljet olivat peittyneet räntäsateessa ja Heinon käyttämä kerosootti hävitti loput jäljet hänestä.

Heino saapui pienen luonnonpuron rannalle, hän katsoi luonnonkaunista puroa ja mietti, olisiko siinä purotaimenta ruuaksi asti. Heinolla oli mukana ainoastaan onkisiima repussa, koska muuta hänen ei kannattanut kantaa ylimääräisenä painolastina mukana. Nyt Heino katseli itselle sopivaa onkivapaa, katkaisemalla solakan koivunrungon, hän kiinnitti onkisiiman karsitun koivunrungon päähän. Repustaan hän otti leivänpalan ja makkaranpalan, joita hän voisi kokeilla kalan syöttinä, muuta ei ollut nyt saatavilla, hyönteisiä ei ollut näköisällä, koska ilma oli kylmentynyt huomattavasti. Heino laski ongenkohon puron suvantoon ja huomasi heti ongenkohoa kiskottavan veden pinnan alle. Komea purotaimen veti sitkeästi siimaa alaspäin, mutta kokeneena kalastajana Heino sai purotaimenen nostettua rannalle. Yllättäen lähes puolen kilon taimen sätki rannalla.

– Olipa mahtava tuuri, heti nappasi, Heimo riemuitsi ääneen.

Heimo jatkoi kalastusta ja sai sen lisäksi toisen samankokoisen purotaimenen.

– Tänään saan hieman vaihtelua ruokavalioon, Heimo iloitsi omikseen.

Dimitri ystävä

Heimo suolasi kalat ja laittoi ne reppuunsa. Heimo jatkoi matkaansa. Käveltyään puronvartta eteenpäin, hän huomasi pienen harmaan majan, joka seisoi ihmeen ryhdikkäänä pienen kosken rannalla. Aivan kuin hän olisi palannut takaisin Suomeen ja kävelisi suoraan suomalaiselle eräkämpälle. Majan katolta nousi pieni savukiehkura. Heimo asettautui kuusen alle makaamaan ja otti kiikarin esille. Heimon odotettua noin puoli tuntia, eräkämpän ovesta tuli esille vanhempi mies. Heino arveli miehen iäksi noin seitsemänkymmentä vuotta, ja mitään virkapukua hänellä ei ollut yllään merkkinä rajavartijan tai sotilaan sotilasarvosta. Talon ulkopuolella räystäällä roikkui muutama metso ja teeri sekä yksittäinen riekko. Muutama metri talosta oikealle, pihalle oli rakennettu teline, josta roikkui suden ruho, joka oli nyljetty. Ilmeisesti mies oli paikallinen venäläinen metsästäjä. Mies kävi hakemassa purosta vettä ja hän meni sisälle takaisin. Aikansa tarkkailtuaan, Heimo siirtyi lähemmäs ja yritti kuunnella, olisiko majassa muita metsästäjiä. Puhetta sisältä ei kuulunut, kuului vain kaminanpuiden hiljainen tohina ja kuusen oksien napsahtelu tulen polttaessa halkoja. Heimo päätti odottaa niin pitkään, että hän voisi varmistua, olisiko siellä muita metsästäjiä, hän odotti, jotta mies tulisi uudestaan ulos. Puolen tunnin kuluttua mies tuli vihdoinkin uudestaan ulos ja hän käveli saunalle. Mies sytytti saunan pesän ja sulki huolellisesti ulko- oven, sillä savu puski ovenraosta kohti kuistia. Tuntematon venäläinen mies jäi saunan kuistille ja sytytti piippunsa. Heino päätti, että nyt hän tulisi esille, kävi tässä tilanteessa, miten hyvänsä. Heino käveli venäläisen miehen luokse saunalle.

– Päivää, Heino tervehti.

Venäläismies oli kuin hän olisi nähnyt aaveen ja hän pudotti tupakan sormistaan, tupakka tipahti hänen housuille, nyt mies hätääntyi enemmän tupakasta, kuin Heinon ilmestymistä.

– Ei mitään hätää. Anteeksi, että säikäytin teidät.

– Ei se mitään, mies vastasi yllättäen suomeksi.

– Voidaanko laittaa nämä kalat ruuaksi, sopiiko se teille, Heino yritti keventää tilannetta.

– Kyllä, da, venäläismies sai vastattua.

212

Onneksi Heino osasi muutaman sanan venäjän kieltä ja venäläismies osasi muutaman sanan suomen kieltä. Heino ja venäläismies tervehtivät kädestä pitäen toisiaan.

– Dimitri Vasilev.

– Heino Karjalainen.

Dimitri ohjasi Heinon metsästysmajan sisälle, ja hän otti Heinon purotaimenet, suolasi ne ja laittoi puuhellan hiilloksen ylle paistumaan. Hetkessä huumaava tuoksu valtasi pienen metsästysmajan. Heinolla oli nälkä. Heinon istuessa vaatimattoman pöydän ääreen Dimitri antoi Heinolle pienen lasin ja Dimitri kaatoi lasiin venäläistä votkaa.

– Ole hyvä.

– Kiitos.

Heino kysyi Dimitriltä, koska hän oli utelias Venäjän ja Dimitrin asioista.

– Miten sinä Dimitri osaat noin hyvin suomen kieltä?

– Minun isovanhemmat olivat suomalaisia, mutta he jäivät sodan jälkeen rajan tälle puolelle. He joutuivat pakkotyöhön Petsamon kaivoksiin, koska heillä oli suomalainen tausta, he selvisivät kuitenkin sieltä hengissä. Pakkotyön jälkeen heille syntyi poika, joka oli taas minun isäni. Isäni asui tässä lähellä isovanhempien kanssa. Tämä metsästysmaja oli isovanhempieni rakentama jo ennen sotia, joka tietenkin pakkolunastettiin heiltä pois, mutta tämä maja säilyi yllättäen ehjänä. Minä olin vuosikymmeniä rajavartijana, kunnes jäin eläkkeelle sieltä liki kaksi vuosikymmentä sitten, nyt vain metsästelen, jotta tulisin toimeen, eläke on pieni. Sain epävirallisen luvan hallita tätä metsästysmajaa, kun palvelin moitteettomasti pitkään rajajoukoissa.

– Olipas erikoinen tarina.

– Miten sinä Heino osaat karjalan kieltä ja vähän venäjän kieltä?

– Minunkin isovanhemmat olivat kotoisin vanhan rajan tältä puolen, mutta etelämpää Kannakselta päin. He taas tulivat sodan aikana Suomen puolelle ja he kuolivat Suomen puolelle kuusikymmentäluvulla. Minä olen taas käynyt vanhempieni ja sisarusteni kanssa katsomassa esi-isieni maita ja sitä kautta olen oppinut venäjän kieltä ja vanhemmilta opin taas karjalan kieltä.

– Nyt rajat ovat taas kiinni, Dimitri vastasi.

– Niin ovat, Ukrainan sodan takia.

– Näin kerrotaan kansan keskuudessa, aluksi viesti oli aivan toista täällä Venäjällä.

– Niin, emme mekään tiedä lännessä aivan kaikkea, miksi sota alkoi, mutta paljon ihmisiä kuolee aivan turhan takia.

- Meidän suvut ja esi- isät kokivat kovia aikoja aikaisemmissa sodissa.
- Ne olivat liian kovia aikoja tavalliselle ihmiselle.
- Uskotko Dimitri, että Venäjä ja Suomi sotivat taas vastakkain?
- Huonolta näyttää, mutta toivon parasta.
- Huonolta näyttää Suomenkin puolelta, koska suomalaiset ajattelivat, että NATO-päätös olisi rauhoittanut tilannetta, mutta onhan se selvää, että NATO- raja vain ärsyttää Venäjän valtioita. Itse en pitänyt sitä päätöstä hyvänä, muuta ymmärrän toisia suomalaisia, koska edellisen sodan voimasuhteet olivat hankalat Suomen osalta. Nyt rahaa menee aseisiin niin paljon ja sekin on pois vähäosaisilta.
- Niin, nyt Venäjä tekee aseita ja panoksia kolmessa vuorossa, eivätkä ne lopu Venäjältä vähään aikaan.
- Ymmärrän. Euroopassa päätösten teko on vaikeampaa ja hitaampaa. Tuumaillaan vaan.
- Mutta, kaikilla niillä aseilla tapetaan tavallisia ihmisiä, naisia, lapsia, vanhuksia ja rivisotilaita. Ei niillä tapeta juurikaan eliittiä, politiikkoja ja upseereita, Heino kertoi.

– Näinhän se on aina ollut ja tulee aina olemaan, Dimitri sanoi.

Dimitri nosti kalat pöytään ja siirsi koko votkapullon heidän väliinsä.

– Ystävälle, suomalaiselle, terveydeksi, Dimitri nosti lasin ylös.

– Ystävälle, venäläiselle, terveydeksi, Heino nosti lasin korkealle ja hymyili.

– Syönnin jälkeen lähdemme Vienan karjalaiseen saunaan, jos se sinulle sopii Heino.

– Sopii hyvin, en ole saunonut pitkään aikaan.

Ystävykset ruokailivat ja ottivat välillä tujauksen venäläistä votkaa. Ja syönnin jälkeen he menivät saunaan. Heino katsoi edessään olevaa vanhaa saunaa. Hirsisaunan oven yläpuolelle oli hakattuna vuosiluvut 1936.

– Tuo vuosiluku oli vielä rauhan aikaa. Kaikki oli vielä hyvin meidän välillä, Heino muisteli.

– Kyllä, ihmiset eivät koskaan viisastu, vaikka vuosisadat ja vuosituhannet vierivät eteenpäin. Sanotaanhan, että nykyihminen on entistä tyhmempi, kuin meidän vanhemmat, ja se on huolestuttavaa, todella huolestuttavaa, Dimitri lopetteli

Vladimir ja Heino istuivat liki satavuotiaan saunan lauteilla. Saunan vieressä seinän takana solisi tuhansien vuosien ajan rauhallisesti soljunut puro, joka laski luojan luomana vähäisen vetensä kohti Jäämerta, yhtyen vain matkalla muihin puroihin ja niistä pienistä puroista kasvoi isoja jokia, jotka laskivat pohjoisen Jäämeren syvyyksiin sekoittuen suolaiseen veteen ja antaen Jäämerelle oman ravinteen ja tuoksun, jonka mukaan taimenet ja lohet osasivat palata takaisin kotijokeen kutemaan. Samaan pieneen puroon oli sekoittunut suomalaisen ja venäläisen sotilaan, lasten, naisten ja vanhuksien veri, joka oli annettu kahden naapurikansan turhan sotimisen kautta, ja ne ihmiset, jotka olivat sen aiheuttaneet eivät olleet sitä itse näkemässä ja kokemassa, ainoastaan he istuivat palatseissaan katselemassa suuria karttoja ja he piirsivät viivoja ja ympyröitä pelaten ja leikkien elävillä ihmisillä ja heidän sieluillaan peliä, jota kukaan ei voinut voittaa, vaan ainoastaan kaikki siinä pelissä voivat hävitä.

Vladimir kysyi Heinolta.

– Saanko kysyä sinulta suomalainen ystävä, miten sinä olet eksynyt tänne Venäjän korpeen. Sinähän tiedät, että jos sinut löydetään täältä, sinut viedään pois ja et ehkä koskaan palaa takaisin Suomeen.

– Tiedän venäläinen ystäväni. Tiedän. Mutta minun oli pakko tulla tänne rajan taakse. Olen tehnyt kauheita asioita ja siksi en voi palata enää kotiini.

– Minä tunnen sydämessäni Heino, että sinä olet hyvä mies, oletko sinä aivan varma, että olet paha mies.

– Minulla on hieno nainen Suomessa ja kaksi hienoa aikuista lasta, en olisi halunnut näin asioiden tapahtuvan. En ole koskaan ketään lyönyt ja vahingoittanut, ennen kuin tällä viikolla.

– Mitä tapahtui?

– Jos et kerro kenellekään täällä Venäjän puolella, ja jos saan nukkua yhden yön ja lepäillä täällä, lähden sitten kohti Jäämerta.

– Totta kait saat nukkua ja syödä täällä, voin viedä sinut veneellä kohti Jäämerta, voin ajaa veneellä useita kilometrejä kohti pohjoista.

– Kiitos, se olisi mukavaa, mutta en tosiaan voi olla kovinkaan kauan Venäjän puolella, jos rajavartijat huomaavat minut luonasi, sinäkin joudut vaikeuksiin.

– Ei sinun tarvitse huolestua, minä piilotan sinut veneeseen.

– Kiitos Vladimir.

– Suomessa asiat eivät ole niin hyvin, kuin ulkoapäin katsotaan ja ajatellaan. Markkinatalous on lähes yhtä paha asia, kuin itävaltioiden harjoittama yksilön oikeuksien rajoittaminen. Länsimaissa on olemassa niin sanottua näennäisdemokratiaa. Enemmistö päättää asiat, mutta Suomessa päätökset tehdään aina ennakkoon valmiiksi ja sen jälkeen tietenkin demokraattisessa maassa kysytään, että onhan kaikki nyt samaa mieltä tästä päätöksestä, jos joku ei ole samaa mieltä, hän on häirikkö tai muuten omituinen. Suomessa ei osata keskustella ennakkoon eli ei harjoiteta normaalia debattia. Isot päätökset saattavat mennä niin, että 51% kannattaa ja 49% vastustaa päätöstä. Ne tahot, jotka valmistelevat päätökset ennakkoon suuttuvat, jos joku olisi kuitenkin erimieltä asiasta ja tuo ilmi, että tämän päätöksen jälkeen asiat menevät huonompaan suuntaan. Ja ne, jotka jäävät vähemmistöön eivät ole mukana toteuttamassa asiassa, koska he näkivät asiat toisin. Ruotsissa taas keskustellaan niin kauan, että suurin piirtein kaikki ovat samaa mieltä ja sen jälkeen päätetään asioista, se on hitaampi tapa kuin suomalainen tapa, mutta demokraattisempi.

– Ymmärrän. Ja täällä meillä Venäjällä yksi ihminen päättää kaikesta, niin siitä ei tule riitaa.

– Aivan. Ja vaikka venäläiset kävivät aikaisemmin Suomessa katsomassa, kuinka hyvin meillä menee ja tavaroita sekä ruokaa oli yllin kyllin tarjolla, niin meilläkin on nykyään ainakin miljoona ihmistä viiden miljoonan ihmisjoukosta, jotka ovat köyhiä ja vähäosaisia, mutta eri lailla, kuin teillä täällä Venäjällä. Koska meillä on korkea verotus ja korkeammat elinkustannukset.

– Ja meillä Venäjällä ei ole sosiaaliturvaa juuri ollenkaan, mutta jos tienaat rahaa, voit pitää ne itsellä suurimman osan. Kunhan olet hiljaa ja et sekaannu mihinkään asiaan.

– Niin juuri.

– Minä olen täällä, koska minä olen suomalainen vähäosainen ja kun minulta vaadittiin, että luopuisin ihmisarvosta ja ylpeydestä, juuri sen takia minä tein hirvittävän teon.

– Olen edelleen epäuskoinen sinun teostasi Heino.

– Niin.

– Voitko sinä kertoa siitä mitään?

– Minä menin Suomen pääkaupunkiin ja ammuin Suomen päämisteriä. Siksi olen täällä.

– Ammuit Suomen pääministeriä? Kuoliko hän?

– Ei kuollut, minä ammuin tarkoituksella häntä jalkaan. Nyt minut halutaan ottaa kiinni elävänä. Olen ampunut yhden sotakoiran ja yhden poliisikoiran, lisäksi olen ampunut Suomen rajavartioston helikopteria ja yhtä korkea- arvoista poliisia jalkojen lähelle maahan. Lisäksi olen ampunut NATO- sotilaiden sotilasdronen alas taivaalta.

– Olet sinä Heino tosiaan pakomatkalla, ei uskoisi sinusta. Mutta, ethän sinä ole ketään ihmistä tappanut?

– En ole tappanut, enkä varmaan pystyisikään. Olen itsekin metsästänyt vuosikymmeniä ja ampunut kilpaa, sekä olen ollut Suomen rajavartiostolla varusmiespalveluksessa, joten tiedän varsin hyvin, mikä on aseiden voima ja mitä luoti tekee elävälle olennolle.

– Sinä olet kulkenut Suomen eteläosista tänne lähelle Petsamoa. Ja he eivät ole saaneet sinua vielä kiinni?

– Näin on tapahtunut, koska he ovat saaneet ilmeisesti käskyn politikoilta, että minut pitää ottaa kiinni elävänä.

– Aamulla me lähdemme ajamaan veneellä kohti pohjoista. Vien sinut ystäväni kohti Jäämerta niin pitkälle, kuin minä pystyn. Mutta, nyt saunotaan ja sen jälkeen otetaan vielä tujaus votkaa ja teeripaistia iltapalaksi.

– Dimitri, sinä olet hieno mies.

Vienan Karjalan ja Petsamon alueen välisessä erämaassa istui kaksi miestä vanhassa Vienan karjalaisessa saunassa. Saunanlauteilla istui venäläinen entinen rajavartija Dimitri Vasilev ja suomalainen entinen sekatyömies ja pitkäaikaistyötön Heino Karjalainen. Jos vanhat savusaunan hirret voisivat kertoa tarinoita, tämäkin hetki voisi kertoa ystävyyden merkityksestä tavallisten ihmisten välillä. Täällä ei tunneta rajoja, valtakunnan rajaa, joka oli lunastettu miljoonien ihmisten kuolemilla. Keitä menneet sodat olivat todellisuudessa hyödyttäneet, ei ketään, vaan uudella valtakunnanrajalla oli vain nostettu itsevaltiaiden ja politiikkojen epävarmaa itseluottamusta, niin lännessä kuin idässäkin. Juuri nyt, kun toisiaan vastaan taistelleet vanhat rivisotilaat ja sotaveteraanit tapasivat toisensa ennen vanhuusiän kuolemaansa, antaen vielä anteeksi toisilleen ja juuri kun vanhat kylmän sodan raja-aidat oli kaadettu ja kaukaiset sukulaiset tapasivat vuosikymmenien eron jälkeen toisensa, niin valtakunnan rajat suljettiin taas 2024 uudestaan, aivan kuin kohtalo nauraisi ivallista nauruaan tavallisten ihmisten tuleville kohtaloille, oli kyseessä länsi tai itä, pohjoinen tai etelä.

Paluu Suomeen

Aamupäivällä Dimitri oli kadonnut, kun Heino heräsi hyvin levänneenä vanhasta suomalaisvenäläisestä metsästysmajasta. Heino lähti ulos ja huomasi liikettä saunan takana, puron rannalla Dimitri tankkasi vanhan soutuveneen perämoottoria. Dimitrin vanha metsästysmaja sijaitsi Venäjän valtakunnan rajasta noin kymmenen kilometriä itään ja pohjoiseen, sijoittuen Inarijärven itäpuolelle, läheisyydessä oli ollut Virtaniemen rajavartioasema Nellimintien varrella, joka oli lakkautettu vuonna 2011. Venäjän puolen rajavartioasema oli jo purettu pois, siitä oli jäljellä vain pieni ränsistynyt ja romahtanut mökki. Dimitri oli palvellut Venäjän puoleisella raja-asemalla koko virkauransa ja siten hän tunsi alueet kuin omat taskunsa. Dimitri kertoi, että he voisivat liikkua Paatsjoelle päin pieniä puroja ja jokisuistoja pitkin veneilemällä. Paatsjoella oli useita vanhoja vesivoimalaitoksia ja pääosin ne oli rakennettu suomalaisvoimin. Dimitrin tavoitteena oli, että hän voisi kuljettaa Heinon lähelle Jäniskosken voimalaitosta ja siitä kohden Heino voisi kävellä takaisin Suomen puolelle ja edelleen kohti Norjan rajaa. Heino katsoi karttaa ja totesi Dimitrille.

– Ystäväni, se olisi suuri apu matkantekooni.

– Samalla voin käydä myymässä sudennahan Jäniskosken alueen voimalaitoskylässä.

– Kuinka paljon sinä saat yhdestä sudennahasta?

– Suomen rahassa laskettuna sata euroa, sillä rahalla minä saan ruokaa koko talveksi.

– Suomessa sillä summalla yksinäinen ihminen ostaa ruokaa, ehkä korkeintaan kolmeksi viikoksi, Heino laski päässään.

– On suomalaisella kapitalistisella ja venäläisellä sosialistisilla valtioilla iso ero.

– Todella iso. Ja kaiken lisäksi Suomessa saisit sakkomaksuksi suden tappamisesta tuhansia euroja ja lisäksi sinä menettäisit metsästysoikeuden ja metsästysaseet otetaan sinulta pois. Se on lähestulkoon pahempi kuin miestappo. Voisit vaikka joutua linnaan sudentapon jälkeen.

– Miksi se on näin Suomessa, Dimitri kysyi.

– Suomessa on ihmisiä, jotka asuvat pääosin kaupungissa, he haluavat susikannan kasvavan koko ajan suuremmaksi, mutta sen tuomat ongelmat eivät kosketa heitä taloudellisesti ja arkipäiväisesti. Esimerkiksi eräs Suomen presidentti oli tuonut ilmi kannattavansa sudensuojelua ja kannan kasvattamista edelleen suuremmaksi. Vaikka lampaita kasvattava näkisi suden tappamassa hänen lampaita, hän ei saa sitä sutta tappaa, vaan hänen pitää karkottaa sudet, vaikka huutamalla ja onpa jopa, poliisi oli esittänyt, että kattilankansia hakkaamalla pitää ensin yrittää karkottaa suurpedot pihapiiristä.

– Ihanko tosi?

– Tosi kuin vesi ja lisäksi on todistettavasti tapahtunut, että sudet ovat menneet navetan sisään ja tappaneet lehmän ja syöneet lehmän siinä navetan sisällä muiden eläinten silmien alla, niin siltikään ei niitä susia ei saanut tappaa, vaan ne piti ensin karkottaa ja tunnistaa yksilöinä, kuka olisi syyllinen.

– Meillä saa tappaa susia ja ne sudet eivät siitä vähene, vaikka suden metsästys on vapaata, me saamme tapporahan sudesta. Koiraeläin tekee, joka vuosi lisää pentuja, näin on aina ollut.

– Ruotsin ja Norjan sekä Viron puolella susia saa vähentää, mutta Suomessa ei saa susia tappaa. Ja ymmärrät, että maaseudun ihmisten karjankasvatus ja metsästysmahdollisuus ovat lähes mahdotonta.

- Uskomatonta, ei ole hyvä, tuo mitä kerrot Heino.
- Sellaista meillä on nykyään Suomessa. Palavereita, seminaareita ja kokouksia pidetään, mutta niistä ei ole ollut vuosikymmeniin mitään apua, koska asiat ei kosketa heitä taloudellisesti.
- Mutta, nyt syödään ja sitten lähdetään.
- Lähdetään, uskotko, että me onnistumme Dimitri?
- Onnistutaan me, kukaan ei epäile, kun minä liikun veneellä, koska käyn hakemassa aina samaa reittiä pitkin ruokatarvikkeita ja olenhan entinen Venäjän valtion rajavartija. Sain ylennyksen ennen eläkkeelle jäämistä ja sain kapteenin natsat olkapäille.
- Se on hyvä.

Syötyään Dimitri ja Heino työnsivät veneen liikkeelle. Vanha puuvene asettautui purovalkamaan, veneenkokka osoitti kohti Paatsjokea ja Suomen rajaa. Heino istui veneen keulaan ja laittoi reppunsa veneen pohjalle. Veneen pohjalla oli myös iso peite, minkä alle Heinon pitäisi piiloutua, jos rajavartioita tavattaisiin matkalla, sudennahka oli peiton päällä. Sudennahan myynti olisi hyvä keskustelunaihe ulkopuolisille uteliaille ihmisille ja oikea syy miksi Dimitri oli lähtenyt käymään Jäniskosken kaupalla.

Dimitri käynnisti Druzhba- perämoottorin. Vanha neuvostoliittolainen perämoottori lähti muutaman nykäisyn jälkeen käyntiin. Dimitrin mielestä tämä kone oli siitä hyvä, että sitä pystyi korjaamaan itse matkan aikana. Vanhoissa koneissa ei ollut niin vaikeita sähkövikoja, kuin uusissa koneissa, joita ei pystyisi itse korjaamaan omilla työkaluilla.

Heino katsoi Dimitrin metsästysmajaa ja ajatteli, että vaikka täällä rajan takana elämä oli vaatimatonta ja kovaa, se oli Heimon mieleistä elämää. Lännessä elämä oli myös kontrollin alla samalla tavalla, kuin täällä rajan takana, mutta elämä kuorrutetaan länsimaisen näennäis- demokratian alle. Demokratia, jossa asiat päätetään etukäteen, eliitin tahdon mukaisesti, kuten täällä Venäjällä. Rahan mahti on se, joka määrää, köyhällä ei ole sanan sijaa kummassakaan yhteiskunnassa. Länsimaissa rahat menevät elintason ylläpitoon, laskuihin ja veroihin, jotka pitävät yllä kuntien ja valtion työpaikkoja, kuten oli myös Neuvostoliitossa ennen vanhaan. Nykyään Venäjällä oli tultava toimeen omilla rahoilla, mutta yhteiskunta ei virallisesti lypsä sinua kuiviin. Onko länsimainen näennäisdemokratia ja venäläinen yksinvaltius tulossa tiensä päähän, sitä Heino pohti Dimitrin käännellessä venettä kapean puron mutkiin. Välillä kaatuneita kuusia piti kumartaa, puronvarren ylle oli kaatunut hiekkarinteestä useita isoja kuusia ja joitakin solakoita ikihonkaisia mäntyjä, jotka olivat säilyneet vuosikymmeniä kelottuneena puronvarren yllä.

Luonnollisesti suomalaiset ajattelivat Natoon liittyessä, että liittyminen Natoon antaisi turvan, niin antaahan se turvan, mutta se tuo uudestaan myös esille levottoman Venäjän rajan, kuten sata vuotta sitten tapahtui ennen sotia. Ja se rahanmäärä mikä asevarusteluun nykyään käytetään, se on luonnollisesti pois vähäosaisten auttamisesta. Suomessa iloitaan sotateollisuuden noususta ja menestyksestä. Sota, joka odottaa menneen ajan paluuta ja tulevaksi takaisin Eurooppaan. Sota tarkoittaa aina kuolemaa ja ihmisten taloudellista ja henkistä romahdusta ja siitä seuraten, se tarkoittaa eliitin rikastumista ja entistä suurempaa vallan keskittämistä, niin Suomessa, kuin Venäjällä. Kunnes Venäjän nykyinen hallitsija viimeistään ikänsä puolesta kuolee tai luopuu vallasta, niin ajatellaanko lännessä, että Venäjästä tulee puhdas länsimainen demokraattinen yhteiskunta?

Heino ajatteli, että toivottavasti olen väärässä, mutta aina on ollut olemassa eri maailman katsomuksen omaavia valtioita, koska kyseessä on aina kilpailu vallasta, rahasta ja luonnon raaka-aineista. Ja vallassa on aina kyseessä ihmisten ajatusten muokkaamista ja hallitsemisesta. Tieto on valtaa ja valtaa saa, jos tavallisille kansalaisille

annetaan mitta- asteikon verran ruokaa ja
vääristynyt mielikuva siitä, että heillä on
mahdollisuus vaikuttaa omaan elämäänsä.
Vaikuttaa omaan elämäänsä on tulkinnan varainen
juttu, ihmisiä voidaan ohjailla, mikä on heidän
sietokyvyn- ja tyytyväisyyden rajapinta. Jokaista
kansaa on aina muokattu ylhäältä päin ja vallan
käyttäjät tietävät, missä on kansalaisten
äärimmäinen kipupiste, mutta siitä huolimatta
vähäosaisilta riisutaan mahdollisuus, varallisuus ja
elämäntahto, jotta he eivät pystyisi nousemaan
vastarintaan, kunnes ollaan saavutettu nykyisen
tapahtumien kaltainen tilanne, joka päättyy
loppujen lopuksi katkeraan sotaan tai valtioiden
hajaantumiseen ja pirstoutumiseen, jota ei kukaan
enää hallitse. Eliitillä on mahdollisuus aina
suojautua, mutta tavalliset ihmiset kantavat aina
kaikkein suurimman kuorman suurissa kriiseissä.

Suomessa ei vieläkään ole toivuttu Toisen
maailmansodan tapahtumista. Isoisien henkinen
pahoinvointi on vain siirtynyt heidän pojille ja
tyttärille. Sodan läpikäyneiden sukupolvien
tyttäret ja pojat ovat tehneet parhaansa, mutta
heidänkin kokemansa taakka on siirtynyt omille
lapsille. Ruotsi, joka oli niitä harvoja valtioita, jotka
väistivät sodan kauheudet, ovat kehittyneet
henkisesti aivan eri tasolle kuin Suomen tapaiset
valtiot eli moni vuotisen sodan läpikäyneet valtiot.
On taas huomattavissa Suomessa, kuinka sodan

ihannointi ja romantisointi nostaa päätään, kuten Toisen maailman sodan alkaessa Suomessa. Mutta, jokainen tietää kuinka raadollinen on sota, joka tarkoittaa aina kuolemaa, sodassa on aina tavoitteena toisen sotilaan kuolema. Pahin sekä paras keino murtaa ihminen on siviilien tappaminen, ihmisten silpominen invalideiksi, kylvämällä henkistä pahoinvointia, josta ei pääse koskaan eroon. Näkemällä toisen ihmisen väkivaltaisen kuoleman tai joudut itse tappamaan toisen ihmisen, jotta sinä itse selviäisit hengissä, kunnes seuraavalla kerralla on sinun vuorosi kohdata kuolema. On lukemattomia sotaorpoja, jotka kaipaavat isää tai äitiä elämänsä loppuun asti, on kadonneita ihmisiä, joita ei ikinä löydetä, loputon kaipuu, jota ei voi koskaan unohtaa, missä onkaan rintamalla kadonnut puoliso, veli tai lapsi. Ja raiskauksia, joista ei ikinä puhuta mitään ja syyllisiä, jotka eivät koskaan joudu syytteeseen rikoksistaan, häpeä mitä et voi käsitellä sitä salatessa, jos et itse tahdo sitä kertoa. Tavallisten ihmisten taloudellista hätää, jota ei koskaan voi korvata, ympäristöonnettomuuksia ja omaisuuden menetyksiä, joita ei voi rahalla korvata, jotka koskettavat sukujemme vanhoja perintöjä ja alueita. Ja sodan jälkeen kansat eriytyvät toisistaan, ystävyys suhteet katkeavat ja sukulaiset jäävät vuosikymmeniksi eri puolille valtakunnanrajaa. Tämä kaikki tapahtuu tavalliselle kansalle ei eliitille ja valtaapitäville, koska rahan mahti toteutuu aina suurissa kriiseissä. Sota tarkoittaa myös talouden uudelleen järjestelyä, josta maksetaan liian suurta hintaa, koska kukaan ei voi kantaa sitä vastuuta minkä hinnan me siitä tavalliset kansalaiset maksamme.

Dimitri ohjaili venettä mutkaista jokea pitkin ja huuteli väillä Heinolle, että kumarra, kun joen ylle kaatuneet puut tavoittelivat oksillaan venettä. Heino pohti joutilaana ollessaan, kuinka maallinen uskonto oli ajan saatossa surmannut satoja miljoonia ihmisiä. Pyhät kirjat määräsivät ja määräävät edelleen vääräuskoisia ihmisiä tapettavaksi, aivan samoin, kuin poliittinen ja taloudellinen valta toimii eliitin tahdon mukaisesti. Uskonnot, jotka julistavat heidän uskontonsa olevan ainoa oikea uskonto maan päällä, tuhansien vuosien ajan ihmisiä oli tapettu, raiskattu, verotettu ja ajettu sotiin toisia ihmisiä vastaan, ainoastaan siksi, että he harjoittivat toista uskontoa, vääräuskoisten uskontoa. Heino oli aina pohtinut olisiko meillä sittenkin vain yksi jumala, jonka nimeä emme tiedä, hän on tarkoittanut ihmisten tekevän toisilleen hyvää ja elämään rauhassa, toista kunnioittaen, mutta maallisen uskonnollinen pahuus tuleekin jostakin muualta. Ihmiset tekevät toisilleen pahaa, koska se onkin ihmisen itse aiheuttamaa maallista uskontoa, jossa ei kunnioiteta toisia ihmisiä, kansoja, toisia tapoja ja kulttuuria, halutaan yhdenmukaistaa ajamalla kaikki saman vallan ja rahan alle, jota eliitti ohjailee rahan keinoin, sillä kaikkien maallisten uskontojen ylin taho yleensä saavuttaa mittaamattomia taloudellisia rikkauksia, rikkauksia, jota ei kyseenalaista kukaan, ajatellaan vain, että on normaalia saavuttaa maallinen omaisuus uskonnollisen vallan kautta.

Dimitri on ortodoksi ja hän on luterilainen, miten heidän väliseen yllättävään ystävyyteen voisi vähäosaisten välille syntyä väkivaltainen riitatilanne, jos kukaan ei anna ylhäältä päin siihen mitään syytä ja esitä asioita siten, että heidän pitäisi uskonnon takia surmata toisensa. Me tavalliset ihmiset olemme heikkoja uskossamme, koska meitä voidaan ohjailla tiedon vallalla, aina on ollut ja tulee olemaan sellaisia pahasuopaisia ihmisiä, että ihmiset saadaan maallisen uskonnon valheen kautta nousemaan toisiaan vastaan mittaamattomiin ja hirvittäviin kansanmurhiin, joita uskonnolliset johtajat tai pyhät kirjat esittävät pyhänä totuutena. Kahden ihmisen lukiessa samaa kirjaa ja samaa lausetta tai samaa sanaa, voi toinen ihminen tulkita sanoja toisella lailla, omaksi edukseen maallisen uskonnon tavoitteiden mukaisesti. Kuinka ihminen voisi olla elämänsä alusta elämänsä loppuun asti, niin että säilyisi rauha maailmassa, vaan olisiko meidän ihmisen tehtävänä käydä elämänpolku alusta loppuun asti, jolloin vasta sitten hänen tekemiset mitataan ja hänet tuomitaan sen mukaan. Ihminen ei voi käsittää omia tekojaan, koska ihminen ajattelee olevansa viisas ja kokee ymmärtävänsä kaiken maallisen ja uskonnollisen ainoastaan omin keinoin, mutta jos sittenkin ihminen yllättyy lähtiessään tästä ajasta ikuisuuteen, että hänen omasta maanpäällisestä jäljestä tehdään kirjauksia, joihin emme itse voi vaikuttaa, maallinen uskonto ja taloudellinen valta onkin vain koetinkivi jokaisen ihmisen elämässä ja todellinen oikea elämä on meille jokaisella vasta edessä ja me ansaitsemme oikean paikkamme jossakin muualla. Me luulemme elämän olevan tässä ja nyt, mutta käsityskykymme ei anna tilaa ja riittävää älyllistä ymmärrystä tulevaan aikaan. Mutta, erityisesti siihen ei Heinon ymmärrys riitä, että miksi vähäosaisia ja köyhiä ihmisiä ei arvosteta länsimaiden ja idän uskonnoissa.

Vallan ottaminen pois suurilta ihmisryhmiltä on vallankäyttöä, jolla on tarkoitus, joka antaa taloudellisen ja poliittisen mahdollisuuden tehdä päätöksiä, joita ei kyseenalaisteta sillä hetkellä, jolloin päätökset vaikuttavat heti jokaisen ihmisen arkipäivään ja elintasoon. Myöhemmin me huomaamme tapahtumien kulun ja vaikutuksen, mutta se on vain jälkiviisautta, jolla ei ole enää mitään merkitystä siihen nykyhetkiseen ajanjaksoon, jolloin asiat vain tapahtuvat, mutta vaikka huomaamme, että menemme epäonnistumista kohden, niin kukaan ei halua pysäyttää väärien päätöksien haitallisia vaikutuksia. Historiasta voimme aina oppia, mutta voimmeko todeta niin koskaan tapahtuneen, koska uusia sotia ja uskonnollisia vainoja esiintyy tälläkin hetkellä. Onko ihminen oppivainen virheistä, onko ihminen sittenkään niin viisas, kuin aikaisemmat ihmissukupolvet, unohdammeko muutamassa vuosikymmenessä, kuinka suureen pahuuteen me ihmiset pystymme, olemmeko oppineet mitään ihmisten suuresta pahuudesta. Opimmeko vasta sitten, kun pahuus sattuu omalle kohdalle tai omalle perheelle. Heino on epäileväinen, varsinkin suomalainen ei osaa ajatella omaa kohtaloansa kauemmas, jos asia ei kosketa häntä itseään, silloin asiaa ei ole olemassa, ajatellaan vain, että toivottavasti perheeni ei kohtaisi samaa kohtaloa kuin naapuria tai ystäväperhettä. On helppoa elämää, kun kaikki on hyvin, mutta jos demokraattinen valtio kohtelee omia kansalaisia niin, että vain onnekas luovii karikoiden ohi. Huonon sattuman kohdatessa, jäät vain oman avun varaan, hyvinvointiyhteiskunta ei pidä enää huolta vähäosaisista ja sairaista. Verovarat käytetään, johonkin muuhun, mutta kuka päättää verovarojen hyödyntämisestä, ovatko ne tahot, jotka käyttävät ylintä valtaa, ja eliitti, joka tulee toimeen omalla varallisuudella, he itse eivät koskaan kohtaa tilannetta, jossa he tarvitsisivat yhteiskunnan apua, tilannetta, jolla murennetaan ihmisarvoa ja tervettä ylpeyttä niiltäkin, joiden asema on länsimaisen demokratian varassa, onko siis nyt tähän ajanjaksoon kuuluva aikajakso vain näennäisdemokratiaa.

Heino havahtui Dimitrin huudahdukseen.

– Heino, varo puun runkoa!

Viime hetkellä Heino kumartui alas, kuusen terävät oksat raapivat veneen laitoja.

– Heino, mitä sinä mietit?

– Olin ajatuksissa, mietin uskontoa, elämää ja vähäosaisen selviytymistä Suomessa, elämä on mennyt Suomessa huonompaan suuntaan.

– Niin, en osaa tuohon sanoa mitään, mutta uskon sinua, kun kerrot sen. Teillä Suomessa asuminen on kuitenkin kallista ja jos rahaa ei ole tarpeeksi, ei meidän venäläisten mielipide Suomen elintasosta ole ajantasainen. Mutta, jos pystyy tekemään työtä Suomessa, niin Venäjällä sillä rahalla elää hyvin, koska ruplan arvo on niin matala.

– Näinhän se on, pienestä palkasta ei jää käytännössä mitään jäljelle laskujen jälkeen ja kun raha ei kierrä, niin länsimainen yhteiskunta ei silloin toimi oikein. Suomessa meillä on vain ruokakauppaketjut, valtio, kunta, sähköyhtiöt, vakuutusyhtiöt ja pankit tulevat toimeen, koska kaikkien on pakko käyttää niiden palveluja. Suomalaisen demokratian kivijalka on siinä ytimessä ja esimerkiksi autoverotuksen tulot menevät valtion rahakirstuun, mutta maanteitä ei niillä rahoilla korjailla, siis hölmöläisten hommaa ja kaikki sen tietävät, mutta sitä ei sanota ääneen. Eikö se ole sama, kuin teillä Venäjällä, että valtaa pitävät valehtelevat kansalle ja kansa tietää sen, että heille valehdellaan ja valtaeliitti tietää, että kansa ymmärtää, että heille valehdellaan.

– Kyllä, se on venäläisen yhteiskunnan kivijalka. Kaikki tietää totuuden, mutta sen mukaan ei toimita. Länsimainen demokratia toimii mielestäni aivan samoin, että demokraattisen päätöksenteon motiivit ovat aivan toiset, kuin sanotaan teille ääneen ja raha määrää kaiken, miten toimitaan, raha ui rahan luokse, se vain kiedotaan vaaleapunaiseen pumpuliin.

– Kyllä, esimerkiksi sosiaali- ja terveysuudistusta perusteltiin leveillä hartioilla, tasapuolisilla palveluilla ja kustannussäästöillä, mutta toisin kävi, palvelut katosivat maaseudulta ja vähävaraisilla ei ollut enää varaa ostaa yksityiseltä sektorilta palveluita, vuodeosastot ja terveyskeskukset suljettiin suuruuden ekonomian tavoitteiden mukaisesti. Uudistus tuli kalliimmaksi, koska ensin sosiaali- ja terveysalan virkamiesarmeija perustettiin ja rahat ohjattiin yhden sairaalan rakentamiseksi isoimpaan kaupunkiin. Hoidetaan vain sairauksia ja ei ennalta ehkäistä sairauksia.

– Ihminen ei ole oppinut mitään tuhansien vuosien aikana, vähäosaisilla ei ole suojelijaa. Siksi uudet sodat aina alkavat, kun valtaa hamuavat tietävät, kuinka kansa saadaan liikkeelle tai valtaapitävät eivät ymmärrä missä tavallisen kansan sietokyvyn äärimmäinen piste on.

Dimitri oli hetken hiljaa ja katsoi maaston ja joen merkkejä, joki laajeni leveäpiirteiseksi ja joen törmät nousivat pystysuorina kohti kovapintaista kangasta, toisinaan törmistä pilkisti metallisia putkia.

– Mitä nuo metalliputket ovat? Heino kysyi.

– Ne ovat suomalaisten, saksalaisten ja venäläisten kenttätykkien ja panssarivaunun osia Toisesta maailmansodasta.

– Kaikki ei ole vielä hautautunut rantatörmään?

237

- Ei. Niitä löytyy lisää maastosta koko ajan ja sen lisäksi maastosta löytyy tietenkin ihmisten luita. Muutamia miinoja vielä räjähtelee hirvien ja porojen jalkojen alla, mutta toki vähemmän nykyään.

- Kohta maastosta löytyy lisää tavaraa, kun länsimainen sotilas ja venäläinen sotilas iskevät yhteen. Valtaapitävät, poliitikot, eliitti ja rahanmahti odottavat sitä hetkeä, kun kansalaiset survotaan uuteen lihamyllyyn.

- Siltä se näyttää. Mutta en usko, että kaikki kansalaiset lähtevät rintamalle, ajat ovat muuttuneet. Ukrainan sota on sen osoittanut, kaikki eivät lähde rintamalle, kaikki eivät usko sitä propagandaa, mitä nyt suolletaan lännessä ja Venäjällä. Sata vuotta sitten eläneet ihmiset olivat aivan eri ihmisiä, kuin nykyiset ihmiset, nykyajan ihmiset eivät suostu enää ylhäältä päin käskyttämiseen, mutta siihen käskyttämiseen uskovat vielä poliitikot, sotilaat, ja eliitti. Lännessä se on vain muotoiltu toisin sanankääntein vaaleanpunaiseen pakettiin ja Venäjällä valehdellaan perinteiden mukaisesti suut ja silmät täyteen. Kaikki kunnia sotaveteraanille, mutta elämä rauhan alla on aina parempi, kuin sodan käyneiden sukupolvien satavuotinen fyysinen ja henkinen kärsimys. Rauhaan aina pystymme, mutta sotaan ohjaava kiihkomielisuus ja kansallisideologia nostavat taas päätään länsimaissa ja venäläisessä valtaapitävissä eliitissä.

– Kohta olemme Paatsjoen ja tämän puron yhtymäkohdassa, siellä voi olla rajavartioita liikkeellä, olisiko Heino parempi, että menet sudennahan alle piiloon.

– Se sopii, en halua sinulle Dimitri mitään ylimääräisiä vaikeuksia.

– Kiitos, mutta onneksi rajavartioissa on vielä tuttuja miehiä töissä, en usko, että he tonkivat venettäni. Jos he epäilevät jotakin, minäkin lähden Suomeen sinun matkassasi.

Hetken vielä ajettuaan Dimitri kuiskasi Heinolle, että rajavartijat olivat Paatsjoen ja tämän puron kannaksella ruokailemassa, iso nuotio näkyi selvästi pitkän matkan päähän, tuoksu ja savu leijailivat syvissä kanjoneissa kohti Dimitrin venettä. Venäläiset rajavartijat olivat vetäneet partioveneen joen törmälle ja kolmihenkinen partio söi eväitään, kun Dimitri ajeli rauhallisesti heidän kohdalla.

– Terve Dimitri, tuletko syömään meidän kanssamme? vanhempi rajamies huusi

Dimitrille, jonka ääni kaikui mahtipontisesti kanjonissa.

– Kiitos tarjouksesta, olen juuri syönyt ja nyt minulla on kiire viemään Jäniskoskelle sudennahkaa, ostaja on paikalla tänään vain alkuiltaan asti. Pitää saada ostettua talveksi ruokaa varastoon ja tietenkin votkaa.

– Se on hyvä. Tavataanko palatessa, kun sinä tulet takaisin, yövytkö Jäniskoskella, menetkö tyttöihin, huomennako olet tulossa takaisin?

– Saatan käydä, jos Helena on siellä. Huomenna tulen tai ylihuomenna

– Oletko nähnyt ketään ylimääräistä? On harvinaista, että Suomesta tulee joku rajan yli Venäjälle, sellaista nyt epäillään ja puhutaan.

– Ei ole näkynyt ketään moneen viikkoon, yksin olen saanut olla. Tulkaa joskus saunomaan, lämmitän teille saunan, voidaan ottaa votkaakin.

– Tullaan, kun saadaan vapaata.

– Näkemiin toverit.

– Näkemiin Dimitri.

Dimitri käänsi veneen kohti Paatsjoen yläjuoksua ja suuntana oli nyt, Jäniskosken voimalaitos. Heino nousi veneen pohjalta istumaan, niin että vain pää näkyi veneen laidan yli.

– Hyvin meni, Dimitri sanoi.

– Jos olisit tavallinen venäläinen, olisivatko he tarkistaneet veneen?

– Ihan varmasti olisivat ja he olisivat saaneet rahapalkkion sinusta ja minut olisi heitetty loppuelämäksi Muurmanskin vankilaan.

– Olet sinä rohkea mies Dimitri.

– Minä teen mitä Karjalan miehen pitää tehdä, mikä on mielestäni oikein.

– Kohta minä jätän sinut Heino Paatsjoen länsirannalle, sellaiseen kohtaa, missä ei rajavartijat yleensä liiku, siinä kohdassa on asumaton erämaa. Kukaan venäläinen ei saa asua näin lähellä rajaa. Varo sitten isoja susilaumoja, osa niistä on koiran ja suden risteytyksiä, ja ne eivät pelkää ihmisiä. Näitä koiran ja suden sekoituksia on ollut Karjalan kannaksella ja nykyään niitä tulee myös Suomen puolelta ja ne laumat ovat lisääntyneet, kun te suomalaiset ette niitä poista oikeiden susien joukosta, näin olen kuullut.

– Oikein olet kuullut, meillä puhutaan vain koirasusien poistosta, mutta me ei poisteta käytännössä niitä, tiedät mitä tarkoitan. Meillä suurinta valtaa maaseudun ihmisiä kohtaan käyttää ympäristöalan kansalaisjärjestöt ja ympäristöalan viranomaiset, heitä pelkää kaikki Suomessa, kukaan ei uskalla vastustaa heidän päätöksiä ja ajatuksia, heillä on valta ja voima, vaikka kaikki menisi pieleen ja kaikki sen ymmärtäisivät, myös edellä mainitut tahot.

– Muistan mitä kerroit eilen. Meillä ei ole noita ongelmia.

Dimitri ajoi vielä moottoriveneellä muutaman kilometrin Paatsjoen yläjuoksua kohti, Jäniskoskelle olisi vielä useampi kilometri matkaa. Dimitri käänsi veneen suunnan kohti Paatsjoen länsirantaa, jossa olisi pieni puro, joka antaisi heille näkösuojaa. Dimitrin pitäisi lisätä polttoainetta perämoottoriin ja samalla he voisivat syödä, ennen kuin Heino lähtisi kävelemään kohti rajalinjaa ja Suomea. Dimitri katsoi sopivan kohdan ja ajoi määrätietoisesti kohti pientä puroa ja jatkoi puroa veneellä puron vartta ylöspäin liki kaksisataa metriä, kunnes hän sammutti veneen perämoottorin. Heino hyppäsi rannalle ja sitoi veneen köyden rannalla olevaan keloon. Heino katseli läheltä sopivan tervaskannon ja veisti siitä lastuja ja kiehisiä tervaskannon sytykkeeksi. Dimitri tankkasi sillä välin perämoottorin valmiiksi ja toi veneestä kahvipannun ja eväät. Kirkasvetisestä purosta otettiin kahvipannuun vettä ja nostettiin pannu tervaskannon viereen.

Tervaskanto paloi isolla liekillä. Onneksi ilma oli kirkas ja tuuli kävi kohti länttä ja Suomea, Paatsjoen varteen savun tuoksu ei jäänyt leijailemaan, uteliaat kalastajat eivät tulisi ihmettelemään, kuka nuotiolla olisi. Dimitri oli venematkalla vetänyt uistinta ja hän oli saanut kaksi kuhaa ja niistä he saisivat hyvät paistinkalat ruokailuun. Toisen kalan Dimitri antoi Heinolle matkaevääksi. Ystävykset olivat hieman hiljaisia, molemmat tietävät, että kenties he näkivät toisensa viimeisen kerran. Olisi suorastaan ihme, jos Suomen ja Venäjän raja joskus vielä avautuisi, kuten oli ennen Ukrainan sotaa, että viisumeilla saisi vierailla Karjalan Kannaksella ja Vienan Karjalassa.

– Ystäväiseni, jos lähdet tästä kävelemään suoraan kohti Suomen rajaa, niin aivan valtakunnanrajalla on matalavetinen puro, jota pitkin voit kahlata rajan yli. Ennen rajaa on pitkittäinen hiekkatie, johon ei kannata astua, koska se näyttää rajavartijalle huolimattoman kulkijan jalanjäljet. Sen lisäksi, noin kilometri ennen virallista rajalinjaa on toinen ylimääräinen rajalinja, joka on tehty harhautuksen takia. Venäläiset rajavartijat liikkuvat, joskus kauempana rajasta, niin silloin ei pysty koko ajan kengänpohjiin laittamaan ainetta. Tässä on sinulle kuitenkin venäläistä

ainetta, joka on erilaista, kuin teidän
suomalaisten käyttämä aine. Tässä on
suden hajustetta ja muutakin siinä on,
koirat eivät lähde sitä jälkeä mielellään
jäljestämään, vaan koirat pysähtyvät
yleensä ja koirat eivät suostu jatkamaan
matkaa.

– Kiitos Dimitri, jos selviän tästä, miten voin
sinua kiittää tästä avusta?

– En tarvitse mitään, näin on hyvä. Mutta, jos
olisi mahdollista, niin olisi hienoa, jos saisin
japanilaisen perämoottorin, se olisi tarpeen
kalastuksessa.

– Voin laittaa pojalleni viestin, hän voi
toimittaa sen sinulle. Mutta, miten sinä sen
saat, ettei Venäjän Tulli epäilisi mitään.

– Jos vaikka poikasi voisi tuoda
perämoottorin saman puron varteen, mistä
kohtaa ylität Suomen rajalinjan.

– Miten sinä saat moottorin haettua Suomen
puolelta?

– Hyvin se onnistuu, olen käynyt
epävirallisesti ennenkin Suomen puolella.

– Ymmärrän.

– Jos perämoottorin kopan sisään voisi laittaa
varatulppia ja varapotkurin, niin niillä
varaosilla pärjään pitkään.

– Se onnistuu, mutta en lupaa varmasti,
miten se onnistuisi käytännössä. Jos

sovitaan, että ensi vuoden juhannuspäivänä perämoottori olisi siellä valmiina, sopiiko se sinulle?

– Mainiosti, se sopii minulle, ensi vuonna juhannuksen jälkeen käyn katsomassa, mutta en ole pettynyt, vaikka sitä perämoottoria ei siellä olisikaan.

– Kiitos ja hyvästi ystäväni Dimitri.

– Kiitos ja hyvästi Heino.

Ystävykset halasivat. Heino nosti repun selkäänsä ja nousi jyrkän puronvarren törmälle. Dimitri oli sillä välin nostanut tavarat veneeseen ja hän käänsi airolla sauvoen veneen keulan kohti takaisin Paatsjokea. Heino katsoi Dimitrin lähtöä, kun Dimitri käynnisti perämoottorin. Vielä kerran ystävykset katsoivat toisiaan silmiin, kenties viimeisen kerran he näkivät toisensa. Heino nosti kätensä ylös tervehtien Dimitriä ja Dimitri heilautti kättänsä, ystävykset jatkoivat matkaansa eri suuntiin. Heino lähti askeltamaan kohti Isänmaatansa, Suomea. Dimitri lähti kohti Jäniskosken voimalaitosta ja sen kupeessa olevaa kauppa ja tietenkin Helenaa.

Takaa- ajajien epätoivo

Heinon takaa- ajajat olivat neuvottomia, sillä Heino oli totaalisesti kadonnut. Viimeisin varma näköhavainto Heinosta oli Inarijärven itäpuolelta. Turisteja lennättävä yrittäjä oli kertonut, että tuntomerkkejä muistuttava henkilö oli jäänyt pois kyydistä Kutujärvellä ja mies oli lähes mitään puhumatta noussut kyydistä ja kadonnut Kutujärven itäpuolelle ja suuntana oli ilmiselvästi Venäjän raja. Rikosylikomisario Varma Erätuli ja rikoskomisario Martti Kotkanniemi pitivät kahdenkeskistä palaveria.

– Me olemme epäonnistuneet, Varma aloitti.

– Siltä se nyt näyttää.

– Ilmeisesti me emme tiedä kaikkea. Heino Karjalaisen kirje julkisuuteen oli ilmeisesti tarkoitettu, että lähtisimme väärille jäljille tutkinnassa ja hänen löytämiseksi. Venäjästä ei puhuttu mitään siinä Iltasanomien kirjeessä.

– Siltä se näyttää, mutta jokin tässä mättää, mutta mikä.

– Pitäisikö rajavartija Esa Kuivalaista juttuttaa, kun ilmeisesti Heino Karjalainen oli mennyt raja- alueelle ja mahdollisesti Venäjän puolelle.

– Se olisi nyt viisasta.

Esa Kuivalainen oli päiväunilla, kun Varma Erätuli koputti ovelle ja pyysi häntä tulemaan palaveriin, koska he tarvitsevat nyt häneltä neuvoja. Esa kertoi tulevansa.

– Istu alas Esa ja ota kahvia. Saitko nukuttua? Martti kysyi.

– Sain nukuttua, kiitos kysymästä.

– Kun sinä olet rajavartija, metsästäjä ja olet maaseudulta kotoisin, niin osaatko kertoa, että mitä Heino Karjalaisen mielessä ja päässä liikkuu, missä hän on ja mihin hän on menossa? Varma kysyi Esalta.

– Aika monta kysymystä esititte yhdellä kerralla.

– Niin, koska olemme siinä vaiheessa, että sekin on mahdollista, keskeytämmekö tämän takaa-ajon ja etsinnän, koska emme tiedä mitään Heino Karjalaisesta.

– Ymmärrän. Ensiksi Iltasanomissa ollut kirje vaikuttaa aidolta, ainakin minun mielestä.

– Se on hyvin mahdollista, Varma vastasi.

– Epävarmaa on, että hän pääsee Suomen Lapissa etsijäryhmästä eli meistä eroon, koska hän etenee jalkapatikassa. Hänellä alkaa olla ikää sen verran, että jopa minäkin hänen ikäisenä väsyn pitkistä kävelyetapeista, koska nukkuminen ja ruokailu on niin epäsäännöllistä.

- Se on kyllä totta, Martti vastasi.
- Ehkä se oli vain sen hetken päätös, että hän päätti mennä Venäjän puolelle.
- Hyvä ajatus.
- Koska lentokoneyrittäjä ottaa mielellään kaikki asiakkaat vastaan mitä eteen tulee, niin yrittäjä ei kieltäytynyt ottamasta Heinoa kyytiin, vaikka Heino ei paljastanut omaa henkilöllisyyttään ja ei varannut lentoa netin välityksellä ja siitä syystä Heino harhautti meitä ja katosi meidän edestä, Esa pohti syitä.
- Aivan, tuo on järkevää.
- Mutta, jos Venäjän rajavartijat saisivat Heinon kiinni, niin Heinoa ei nähtäisi koskaan sen jälkeen, Esa jatkoi.
- Kuinka niin? Varma kysyi.
- Kyllä venäläiset tietävät hyvin tarkkaan Suomen pääministerin murhayrityksestä ja tietävät takuuvarmasti missä Heino liikkuu. Mutta, kysymys on, pystyykö Heino piileskelemään Venäjällä, kuten täällä Suomessa.
- No, pystyykö hän?
- Pystyy, jos hänellä on apuja Venäjällä.

- Mitä tarkoitat?
- Kyllä tavallinen venäläinen auttaa tavallista suomalaistakin, jos venäläinen kokee, että hän ei itse jää kiinni.
- Ymmärrän.
- Kuinka vartioitu Venäjän raja on Inarin kohdalta?
- Normaalisti ei kovinkaan hyvin. Paatsjoella liikkuu aina paljon väkeä. Mutta, nyt siellä voi olla useampia rajapartioita.
- Ymmärrän.
- Mitä ehdotat Esa?
- Jos Heino on yhtään järkevä, hän pystyisi olemaan Venäjän puolella korkeintaan kaksi tai kolme päivää, riippuen säätilasta.
- Nyt on kulunut kohta kaksi päivää, kun Heino Karjalainen katosi.
- Niin, jos hän on saanut apua joltakin, että hän on nukkunut ja syönyt hyvin, Heino voisi palata kohta Suomeen.
- Se on kyllä totta.
- Jos Heino on menossa kohti pohjoista edelleen, niin hän tulee rajasta läpi Inarijärven itä- ja pohjoispuolelta, joka on Vätsärin ja Kessin erämaata. Suomalaiset rajapartiot voisivat lisätä maastopartiointia ja seurata venäläisten rajavartioiden liikehtimistä toisella puolella rajalinjaa,

olisiko siellä menossa etsintä ja takaa- ajo samoin, kuin täällä Suomen puolella.

- Teemme niin ja pyydämme rajavartiolaitokselta virka- apua.
- Mutta, olettehan ymmärtäneet Heino Karjalaisen erätaidot. Esa palautti mieleen, ketä he ajavat takaa.
- Kyllä se on meille tullut jo varsin selväksi. Tässä on itse kukin saanut venyttää pinnaa niin omien läheisten, kuin työasioiden suhteen, esimiehet ahdistelevat jatkuvasti ja heitä ahdistelevat taas poliitikot. Ajattelimme, että tämä asia hoituu hetkessä, kun ajamme takaa Heino Karjalaista. Ongelmana on vain, kun me emme saa käyttää väkivaltaa Heinon kiinniotossa.
- Se on ilmeisesti poliittinen päätös, Esa varmisti.
- Kyllä, se on poliittinen päätös, Varma lopetti.

Varma Erätuli soitti palaverin jälkeen Rajavartiolaitoksen päällikölle ja esitti virka-apupyynnön. Rajavartiolaitoksen päällikkö lupasi hoitaa välittömästi asian kuntoon, he lisäisivät partiointia Raja- Joosepin alueella. Raja- Joosepin rajavartioston komentaja sai puhelun ylimmältä taholta ja lupasi kutsua kaikki liikenevät miehet ylimääräisiin rajapartioryhmiin. Mutta, hän muistutti esimiestään, että siinä menee ehkä yksi päivä, ennen kuin se käytännössä onnistuu.

Murtautuminen

Dimitri tiesi entisenä Venäjän rajavartijana mistä kohtaa rajalinja kannattaisi ylittää. Heino istui Venäjän rajalinjan läheisyydessä ja kuunteli lähes tunnin ajan kuuluisiko mitään ääniä rajalinjalta. Rajamiesten käyttämän polun poikki liikkuessaan, Heino lisäsi Dimitrin antamaa tököttiä kengän pohjiin. Onneksi Heino oli huomannut tuulenkaadon, joka oli kaatunut polun poikki, sitä pitkin kävelemällä hän pääsi ylittämään venäläisten rajavartijoiden käyttämän polun ilman jälkiä. Heino ylittäisi Suomen rajan Dimitrin ohjeen mukaisesti. Heino löysikin pienen puron, jota Dimitri suositteli rajanlinjan ylitykseen. Purossa oli vain parikymmentä senttiä vettä puron pohjalla, kumisaappaan varsi riitti vallan hyvin kahlaamaan kovapintaista puron pohjaa pitkin. Heinon kahlatessa puronpohjalla ja hänen noustessa kuivalle maalle, hän lisäsi vielä kengänpohjiin venäläistä tököttiä, jonka sisältöä Dimitri ei kertonut kokonaisuudessa, suden hajustetta siinä ainakin oli, mutta mitä muuta se sisälsi, se oli epävarmaa, pahalle ainakin tökötti haisi. Tökötti poistaisi ihmisen hajujäljet tai siten tuoksu vaurioittaa rajakoiran hajuaistin hetkellisesti tai lopullisesti. Suomen puolella Heino istui vielä tunnin verran kuuntelemassa kuuluisiko mitään ääniä Suomen puolelta. Hiljaista oli. Heino oli jo ylittänyt kokonaan Suomen ja Venäjän rajalinjan. Rajan ylitys onnistui hyvin. Heino katsoi Suomen puolta ja totesi, että suomalaisia metsästäjiä, marjastajia ja retkeilijöitä oli aina maastossa sen verran, että hänen jälkiä ei erottaisi metsästäjien jäljistä mitenkään, toistaiseksi hän saisi olla rauhassa. Heino jatkoi taivaltaan kohti pohjoista. Jostakin hänen pitäisi saada apuja, koska matka Jäämerelle oli vielä liian pitkä jalkapatikassa. Mutta, jalkapatikassa liikkuminen olisi aina vaarallista, koska nähtäessä hänet varmaan tunnistettaisiin Pohjois- Lapissa, täällä ei ole kovinkaan paljon liikkujia.

Kauempaa kuului vaimeasti moottorisahan ääntä. Heino katsoi karttaa ja ajatteli moottorisahan äänen tulevan Inarijärven rannan läheisyydestä, joku mökkiläinen siellä varmaankin teki polttopuita kevättalvea varten. Muutamia kesämökkejä olikin kartan mukaisesti Inarijärven rannalla, mutta suurimmaksi osaksi rannat olivat rakentamattomia. Nyt oli syksyn aikaa ja suurin osa mökkiläisistä oli laittanut mökkinsä talviteloille. Kesälomat oli pidetty ja eläkeläisten osalta lapsenlapset eivät vierailleet enää kesämökillä, koska he olivat palanneet kouluun. Osa mökkiläisistä odotti syksyn metsästysaikaa ja syyskalastusta Inarijärvellä. Mutta, Pohjois- Lapin luonto oli joskus armoton, sillä jos lunta sataa parikymmentä senttiä metsäteille, ei pienillä metsäteillä pystynyt liikkumaan edes maastoautoilla, silloin mökkiläiset eivät päässeet käymään erämaamökeillään, koska metsäteiden aukaiseminen konevoimin maksaisi niin paljon, että mökkiläisillä ei olisi varaa pitää niitä auki. Jos otat riskin ja jäät omalla autolla syrjäiseen erämaakolkkaan kiinni, niin auton kaivaminen hangesta ei olisi pikkujuttu. Inarijärven selkosilla ja rantamailla tuuli kinostaa lunta sen verran ärhäkästi, että paksuja lumikasoja löytyi yllättävistä paikoista.

Heino lähti taas liikkeelle. Suomen puolella oli harvakseltaan metsäautoteitä, jotka oli tehty rajan ja Inarijärven väliselle kaistaleelle. Osa tienpistoista oli suunnattu järvenrantaan, mutta kartan mukaan pohjoiseen päin katsottaessa metsäteitä ei ollut missään. Heino ajatteli katsoa muutamaa mökkiä, joita oletettavasti oli tässä lähialueella kartan mukaisesti. Heino käveli kuivia kankaita pitkin ja vältteli metsäteitä, että häntä ei nähtäisi ja tunnistettaisi. Heino kuunteli voimistuvan moottorisahan ääntä ja pyrki moottorisahan äänestä hieman etäämmälle, jos vaikka

254

mökkiläisellä olisi koira mukana puunteossa. Pohjoisessa käytetään paljon valmista keloa polttopuuna, kun ei ole isoja koivikoita ja muita lehtipuita juurikaan tarjolla, mistä voisi tehdä halkoja Etelä- Suomen tapaisesti. Heino katsoi kiikarilla puolen kilometrin päästä mökkiläisen touhuja, mökkiläinen touhusi ison kelorungon kimpussa, autonsa ja peräkärryn hän oli ajanut kelon viereen. Peräkärryyn oli jo nosteltu muutama pölkky valmiiksi.

Heino jatkoi matkaa kohti pohjoista. Siellä täällä järven rannassa oli muutama kelopintainen mökki. Jokaiseen mökkiin oli kivikkoiselle kankaalle raivattu vaatimaton tienpätkä. Missään mökeistä ei ollut mökkiläisiä paikalla, ainakaan autoja ei ollut pihoilla. Mutta, niiden pihoihin Heino ei viitsinyt mennä, koska Heino päätti mennä vielä etäämmälle moottorisahamiehestä. Paras mustikka- aika oli jo takana ja korpihillatkin oli alueelta poimittu. Syksy alkoi olla kääntymässä kohti pitkää kaamosta ja lumiaikaa. Puolukoitakin oli tälläkin alueella jo poimittu ja karpaloita ei kukaan enää nykyaikana poimi. Heino jatkoi matkaa eteenpäin, kunnes hän huomasi viimeisen mökin, johon ei ollut tietä raivattu. Mökillä ei näkynyt liikettä, ihan vähään aikaan siellä ei oltu käyty, sen huomasi kun, kun jokin tuulenkaato oli nojallaan saunan katon päällä, onneksi puu oli pienenlainen, joten saunan katto oli säilynyt ehjänä. Heino kiersi mökin alueen huolellisesti ympäri ja katsoi kiikarilla, olisiko mökin tai saunan seinässä riistakameraa, joka voisi paljastaa Heinon, jos hän kävelisi mökin pihalle. Yksi riistakamera näyttäisi olevan mökin seinällä, joka oli suunnattu mökin ulko- ovelta kohti saunaa ja venevalkamaa. Heino otti aseen selästään, asettui makuulle ja laittoi pehmeän reppunsa eteensä ja aseensa alle. Tuuli kävi etelästä pohjoiseen ja sen mukaan kilometrin päässä moottorisahalla sahaava mökkiläinen ei todennäköisesti kuulisi tässä tuulessa aseen ääntä ja vaikka kuulisi, niin hän ajattelisi, että varmaankin siellä joku paikallinen metsästäjä vain ampui. Maaseudulla aseiden äänet olivat ihan normaalia, se kuului arkielämän normaaleihin asioihin, nykyajan kaupunkilaisille aseen äänet ovat vaikea asia käsittää, kun he liikkuvat maaseudulla harvakseltaan. Heino ampui kameran alas seinältä. Kamera oli näköjään lähettävä kamera, joten siitä kuvat lähtivät suoraan mökin omistajan sähköpostiin, mutta oli aivan normaalia, että kuvat jäivät muutamaksi tunniksi tai joskus päiväksi jonnekin välille, koska nettiyhteydet ovat varsin huonot näillä syrjäseuduilla, myös sääolosuhteet saattavat vaikuttaa kuvien lähetykseen useiden päivien ajan.

Heino käveli mökin luokse ja katsoi mökin ikkunasta sisälle. Perusmökki, mutta yllättävän siisti. Olisiko sinne jätetty jotakin ruokaa kaappeihin, luulisi kaapeissa ainakin säilykkeitä olevan. Heino hakkasi ovenlukon rautasalvasta hajalle. Heino porkkasi kaapit ja huomasi siellä olevan ainakin hernekeittoa ja lihasäilykkeitä. Ruokatavarat katseltuaan, hän kävi katsomassa saunan ja huomasi pukuhuoneessa olevan pari olutta, jotka odottivat hyllyllä seuraavaa mökkiläisen käyntiä. Heino päätti, että hän lämmittää nyt saunan ja nukkuu seuraavan yön mökissä, vaikka siinä olisi omat riskinsä. Ennen kuin Heino jäisi tänne ja lämmittäisi saunan hän katsoisi ensin mökkiläisen veneen. Jokaisessa Inarijärven mökissä oli varmaankin vene, tai ainakin luulisi olevan. Heino katsoi rannassa olevaa lasikuituvenettä ja totesi sen olevan varsin hyväkuntoinen ja puuliiterissä oli näköjään perämoottori ja kymmenen litran bensa- astia. Toki puuvarasto oli lukittu hyvin, mutta Heino hakkasi puuliiterin oven munalukon hajalle. Heinolla oli mielessään suunnitelma, minkä hän haluaisi toteuttaa, miten hän jatkaisi matkaa kohti pohjoista. Heino löysi puuvarastosta ihan hyvän pokasahan ja ajatteli katkaista tuulenkaadon, joka oli saunan katon päällä, pitäähän hänen jotenkin korvata oven lukkojen särkeminen. Heino katkoi tuulenkaadon ja pilkkoi sen polttopuiksi, moottorisahaa hän ei uskaltanut käyttää.

Saunan lämmityksen aikana Heino maistoi olutta pitkästä aikaa, olut maistui hyvältä, vaikka

Heino ei ollut kovinkaan perso viinalle. Mökissä Heino keitti lihasopan kaapissa olevaista lihasäilykkeistä. Ruokatavaroissa ei vielä ollut tapahtunut hävikkiä, kun myyrät ja hiiret eivät olleet hakeutuneet sisätiloihin, ulkona oli vielä sen verran lämmintä. Syödessään Heino kuunteli mökin radiota. Uutisissa ei mainittu hänestä enää mitään ja säätiedotuksessa oli säätilan muutoksesta maininta, että Ylä- Lapissa talvi tekee tuloaan, lämmin eteläinen virtaus heikkenee ja idästä päin tulee matalapaine, josta johtuen Ylä- Lappiin muodostuu korkean- ja matalapaineen välinen rintama, joka saattaa aiheuttaa saderintaman viikonlopuksi. Heino lähti saunaan ja nautti saunan lämmöstä. Heino otti toisen olutpullon, hänen istuessaan saunankuistilla ja katsoessaan Inarijärvelle, hän mietti omaa suunnitelmaa, joka oli jo mielessä. Jos tuo tuuli hieman heikkenisi tai tuuli kävisi idästä päin, voisin yrittää veneellä liikkumista Inarijärvellä, jos vaikka liikkuisi tätä järven itäreunaa pitkin, tuuli voisi olla siten vaimeampi, muuten sinne järvelle ei olisi asiaa, Inarijärven tuulet ovat voimakkaat, koska järvi oli niin laaja ja aallot voivat olla liian vaikeat soutuveneelle, jossa on vain pieni perämoottori. Jos kukaan ei epäilisi millä asialla liikun kohti pohjoista veneellä, niin voisihan sitä päästä järven pohjukkaan asti. Sinne voisi päästä Vasikkaselän ja Suolisjärven kautta. Heti aamulla voisi lähteä, mökin radiossa mainittiin sääolon muutoksista, nyt tuulee etelästä, ja huomenna taas idästä. Heino palasi takaisin saunaan ja makoili puoli tuntia vielä ylälauteilla ja palasi mökkiin nukkumaan. Heino nukkui hyvin mökissä ja heräsi ennen valoisaa. Heino keitti aamukahvit ja teki muutaman voileivän, kaapissa oli näkkileipää ja lihasäilykettä, olipa kaapissa jopa kanelikorppujakin. Heino siivosi mökin ja tiskasi astiat ennen lähtöään. Heino jätti lapun mökin pöydälle ja sen päälle kaksikymmentä euroa.

Vesimatka Inarijärvellä

Heino kirjoitti viestin mökin omistajalle. "Olen joutunut lainaamaan venettänne. Otin saunan katolta pois tuulenkaadon ja tein siitä teille halkoja. Löydätte veneen Inarijärven pohjukasta, saatte varmaan valtiolta korvauksia, koska minä Heino Karjalainen olen rikollinen ".

Käännettyään veneen oikeinpäin, Heino asensi perämoottorin veneen perätuhdolle ja tankkasi koneen, varabensa- astian Heino nosti veneen pohjalle. Mukaan Heino otti vielä veneeseen virvelin ja uistimia sekä kalahaavin, sillä syksyllä kala oli hyvin syönnillään, vaikka ihmiset eivät yleensä syksyllä niin paljon kalasta, vaikka kalat olisivat nälkäisiä. Ovet Heino pönkkäsi hyvin, että eläimet eivät pääsisi sisälle tekemään tuhojaan. Heino lähti liikkeelle ja hän jatkoi nyt matkaa veneellä kohti pohjoista.

Samana päivänä, kun Heino lähti veneellä kohti Inarijärven pohjukkaa Ivalon rajavartioston vanhempi saapumiserä, kierteli käskyn saatuaan kesämökkejä. Maastopartiointia oli myös lisätty, normaalista tavasta poiketen, ja joka päivä rajamiehet kävelivät raja- alueen läpi rajakoirien kanssa, maastossa liikuttiin tietysti myös mönkijöiden ja helikopterin avulla. Mitään poikkeavaa ei kuitenkaan nähty rajalinjalla. Inarijärven Tuurakivensaaren lähistöllä mantereen puolella polttopuita tekevä mökkiläinen katsoi ihmeissään varusmiesten lähestymistä, mökkiläinen sammutti moottorisahan. Varusmiesten mukana ollut rajavartija kysyi mökkiläiseltä.

– Me etsimme rajan ylittänyttä miestä, onko täällä näkynyt muita liikkujia?

– Ei ole näkynyt muita, muut mökit ovat tyhjillään.

– Aivan, kiitos tiedosta.

– Mutta, eilen iltapäivällä kuulin, että joku ampui rajan ja järven välisellä kaistaleella, uskoisin, että noin kilometri tästä paikasta pohjoiseen.

– Jaaha, se voi olla joku linnunmetsästäjä.

– Niin varmaan.

Varusmiehet jatkoivat matkaansa ja he tarkistivat vielä muutaman mökin järven rannasta. Mutta, nyt oli aika palata kasarmille nukkumaan, joten viimeiset mökit jäivät katsomatta, huomenna olisi taas uusi päivä, jolloin tämän rannan puoleiset loput mökit voisi tarkistaa. Varusmiehet palasivat takaisin kasarmille.

Heino oli lähtenyt aikaisin aamulla liikkeelle ja hän ajoi moottoriveneellä Vasikkaselän itäreunaa pitkin kohti Suolisjärveä. Tuuli kävi idästä, joten Inarijärven itärannan suojassa edeten matka joutui helpommin kohti Inarijärven pohjoiskolkkaa. Heino ei tiennyt, että varusmiehet olivat käyneet eilen osassa mökkejä ja tänään varusmiehet ehkä huomaisivat Heinon käyneen viimeisessä mökissä. Heinolla oli vielä hyvää aikaa edetä kohti Inarijärven pohjukkaa. Perämoottorissa oli lähtiessä täysi tankki bensaa ja varakanisterissa oli sen lisäksi kymmenen litraa bensaa, joten sillä polttoainemäärällä pääsisi ajamaan ainakin kymmenen tuntia eteenpäin, Heino laski mielessään, että jos ei tarvitse ajaa vastatuuleen, näillä bensoilla voisi päästä Suolisjärven pohjoisosiin asti. Heino oli puolihuolimattomasti roikottanut virveliä ja viehettä veneen takana, siimaa Heino oli valuttanut parikymmentä metriä ja siiman päässä oli joku puukala, mitään tietoa Heinolla ei ollut, minkä värinen puukala kelpaisi Inarijärven taimenelle. Vasikkaselän syvänteen reunalla, sitten iski. Heino ei ollut varautunut kalastukseen, virveli oli veneen pohjalla ja siitä se lähti lentoon, viime hetkellä Heino sai kiinni virvelistä, ettei se ei olisi lentänyt saman tien kalan mukana Inarijärven pohjattomiin syvyyksiin. Vapa oli jo kääntymässä veneenlaidan ulkopuolelle, kun Heino sai napattua vavasta kiinni. Heino sammutti perämoottorin ja kelasi siimaa sisään, hetken aikaa Heino luuli, että uistin oli pohjassa kiinni. Mutta, sitten alkoi armoton jytinä, nyt oli iso kala kiinni. Heino antoi välillä löysiä kalalle, jonka jälkeen hän kelasi siimaa sisään. Heimo ajatteli, että olisiko sittenkin parempi heittää virveli järveen, kun hänen pitäisi jatkaa matkaa, järven takaa kuului jo lentokoneen ääni, jos hänet vaikka huomataan. Mutta ei, Heino päätti yrittää nostaa kalan ylös ja katsoa mikä tämä vonkale oikein on. Kala oli vahva ja hyvissä voimissa. Pitkän aikaa taisteltuaan, vihdoinkin Heino sai kalan veneen viereen ja huomasi punaisen värin vilahtelevan veneen vieressä.

– Nieriä, ei kait sentään! Heino huudahti.

Heino sai napattua kalahaavin ja hän nosti punakylkisen nieriän haavilla veneen kyytiin, useampi kiloinen nieriä makasi veneen pohjalla. Heino katsoi kalaa ja oli hiljaa hetken.

– Mitäs minä tuolle teen, lieneekö tuokin rauhoitettu kala, vaikka mitä väliä sillä on tässä tilanteessa.

Heino nauroi ääneen, ja iski kalan tainnoksiin ja valutti veret veneen pohjalle. Mutta nyt pitäisi jatkaa matkaa, kalastukseen oli tuhraantunut aivan liikaa aikaa, mutta onhan tuo kala varmaankin hyvää ja rasvaista ruokaa ensi yönä, kun sen vain paistaa hiilloksella. Samassa lentokone lähestyi Inarijärven keskiosan päältä kohti Heinon venettä.

Tutun näköinen kone näyttäsi olevan Heino ajatteli, katsellessaan lentokonetta, onneksi ei tämä ole kuitenkaan rajavartioston lentokone. Muutaman kerran rajavartioston helikopteri oli lentänyt valtakunnan rajan päällä, Suomen puolella tietenkin, jotakin se haki, ilmeisesti häntä etsittiin jo. Näköhavaintoa rajavartioston koneeseen ei ollut, mutta koneen ääni oli selvästi kuulunut, itätuuli sen kantoi Inarijärvelle asti. Mutta, tuo lentokone lähestyi lännestä päin Heinon venettä, ilmeisesti tämän koneen suorin lentoreitti oli lentää suoraan veneen yli kohti Vätsärin tai Kessin erämaata. Mutta, ei se aivan varmaa ole, voihan lentokoneyrittäjä olla yksi etsintäpartion osanen, koska koneen ohjaaja oli hänet lennättänyt Venäjän rajan läheisyyteen. Nyt olisi parempi olla tyhmän rohkeana. Heino nosti käden pystyyn ja huiskutti, onneksi Heinolla oli lippalakki päässä, sillä koneen lentäjä oli ilmeisesti sama kuin hänet kuljettanut lentäjä ja konekin oli saman näköinen. Koneessa oli useita matkustajia, joiden tarkoitus oli ilmeisesti mennä Norjan, Venäjän ja Suomen rajalle ja sieltä lähteä patikoimaan kohti sivistystä ja vakituista asutusta. Rahaturisteja. Koneen ohjaaja ei ilmeisesti tunnistanut Heinoa, koska eihän Heinolla ollut aikaisemmin venettä ja kalastusvälineitä mukana, kaiken lisäksi veneen pohjalla pötkötti komea nieriä, joka loisti kirkkaanpunaisena kuin majakka yläilmoihin.

Kalastuslupia ei Heinolla ollut, se olikin suuri rikos, sillä siitä sakkolapusta ei vähäosainen selviäisi Suomessa ilman ankaraa tuomiota. Kone loittoni kohti pohjoista ja järven ylle laskeutui taas hiljaisuus.

Heino jatkoi matkaansa, hän tankkasi loput bensat perämoottoriin ja käynnisti koneen. Nyt jos sievästi ajaisi, niin tällä bensamäärällä voisi ajaa vielä jonkin matkaa suoraan pohjoiseen Suolinjärven pohjukkaan asti. Ainoa ongelma oli karikoiden huomaaminen, sillä niitä täällä järvellä olikin paljon, pari kertaa vene oli kolahtanut isoihin kiviin, jotka olivat juuri ja juuri pinnan alla piilossa. Merkityllä venereitillä oli sen verran isoa aallokkoa, että tällä sivutuulella pienellä soutuveneellä ja perämoottorilla ajaminen ei olisi helppoa. Heino ajeli rauhallisesti kohti Suolinjärveä. Jos vielä joku tulisi hänen veneajeluaan katselemaan, silloin olisi syytä rantautua ja hylätä vene, silloin viimeistään alkaisi jalkapatikka kohti pohjoista, näin veneellä eteneminen oli toki nopeampaa ja helpompaa. Ajettuaan jonkin aikaa veneen perämoottori alkoi nykiä, Heino käänsi vielä bensatankin vivusta varatankille, jolla voisi vielä hetken aikaa ajaa, mutta nyt olisi syytä katsella pikaisesti yöpymispaikka ja veneelle tulisi saada sellainen paikka, että sen voisi piilottaa tai sitten veneen voisi upottaa järveen. Järveen upottaminen olisi järkevintä, mutta Heinon periaate oli, että hän ei ole ilkeä luonnoltaan, mutta jos on pakko, niin silloin pitää toimia, kuten niille sotilas- ja poliisikoirille valitettavasti kävi, kun ne piti ampua. Heino katsoi pientä sivujokea, jonka reunalla oli isoja kivipaaseja joen reunalla, tuossa olisi tosi hyvä paikka piilottaa vene, tuohon ei näkisi helikopterista, että kiven vieressä ja osittain sen kivikielekkeen alla olisi varastettu soutuvene, kyllä jalkamiehen pitää tähän törmätä, että veneen huomaisi. Veneen omistaja saa veneen kyllä takaisin ehjänä.

Heino kokosi tavarat ja laittoi kalan repun sisään muovipussiin, että kala ei haisisi niin selvästi rajavartioston rajakoiran nokkaan, jos sellainen tilanne tulisi eteen. Heino katsoi Vätsärin erämaan maastoa, kivistä maastoa pitää varoa, että nilkka ei nyrjähtäisi tässä kivikossa. Heino oli tottunut kävelemään maastossa, nilkat ja polvet olivat kunnossa, sen kyllä huomasi, jos maastossa liikkuessa kaverina olisi aito kaupunkilainen, mutta se oli myönnettävä, että taas sitä vastoin Heinon oli vaikea kävellä tasaisella asvaltilla, jostain syystä vaikeassa maastossa kävely oli Heinolla nopeampaa kuin asvalttitiellä, askeleessa oli enemmän mittaa, kun kävelee maastossa, lantio toimii ihan eri lailla maastossa, tasaisella alustalla sen on sellaista laahustamista ja jalan työntämistä vain eteenpäin.

Heino käveli järvenrannasta kilometrin sivuun ja huomasi kitukasvuisen puurykelmän ja pari tervaskantoa niiden keskellä. Heino otti pienen laavukankaan ja kesämakuupussin repustaan ja asetti ne valmiiksi nukkumapaikalle. Heino naputti pienellä kirveellä tervaskannosta lastuja irti ja jätti ne tervaskantoon kiinni ja sytytti. Hetkessä tervaskanto söi ahnaasti liekkejä ja liekit antoivat makuupaikalle valoa ja lämpöä. Kankaalla oli pari nuorta koivua, joista toisen hän kaatoi ja katkaisi kalanhiillospuuksi, lopuksi hän halkaisi puupölkyn, jonka hän tasoitteli mahdollisimman sileäksi, oksista hän teki pieniä teräviä vaarnatappeja, joilla hän kiinnittäisi nieriän puuhun kiinni. Järvellä Heino oli laittanut kalan sisään suolaa valmiiksi. Heino löi metrin mittaisen kalanpaistolaudan tervaskannon savuttomalle puolelle, tuulen puolelle ja asettautui odottamaan kalan kypsymistä. Repussa Heinolla oli vielä pieni pullo konjakkia, jossa oli puolet jäljellä, Heino kaatoi kuksaan konjakkia ja odotti kahvin ja kalan valmistumista. Kalan valmistumista odottaessa Heinoa askarrutti ja hieman kummastutti, että häntä ei tältä alueelta vielä etsitty. Toki hän ymmärtää, että kukaan ei tiedä, että hän oli palannut Venäjän puolelta takaisin Suomeen. Mutta, sen aika tulee pian, kenties jo huomenna alkaa taas kiivas takaa- ajo. Mahdollisesti etsijät penkovat ensiksi kesämökit tarkkaan. Heino kyllä siivosi ja laittoi ovet valelukkoon sen verran hyvin, että niitä ei huomattaisi heti, ellei niihin koskisi käsin. Lentokoneen lentäjä oli nähnyt yksittäisen kalastajan järvellä, sekin olisi yksi huomio, minkä he todennäköisesti tekisivät. Tai sitten lentokoneen ohjaaja saattaisi hälyttää Metsähallituksen kalastuksenvalvojat, jotka haluaisivat pidättää hänet kalastusrikkomuksesta, syyte olisi varmaan kovempi, kuin Suomen pääministerin ampumistapaus. Ehkä lentokoneessa oli muita kalastajia ja heidän kalastajien kateus olisi niin kova, että häntä etsittäisiin koko valtakunnan eräpoliisien joukolla. Metsästäjät ja kalastajat olivat aina syyllisiä, kunnes toisin todistetaan, valtakunnan kaupunkilaisjulkkisluonnonsuojelijat olivat ujuttaneet lonkeronsa, jopa yleisradioon kertomaan metsästyksen ja kalastuksen vastaista propagandaa ja se oli jatkunut useita vuosikymmeniä, että propagandaan oli jo totuttu, että ei tarkisteta faktoja vaan puhutaan mielipidetotuuden voimalla ja se tarkoittaa, että suurin osa kansasta, joka asuu kaupungissa uskoo kaiken, koska heillä ei ole maaseudusta enää mitään arkista kosketuspintaa olemassa. Taloudellinen ja arkinen kosketuspinta oli suurimmalla osalla suomalaisista kadonnut, kun puhutaan luonto- asioista ja luontosuhteesta sekä ammateista, joista maaseudun ihmiset saavat elantonsa eli rahansa laskujen maksuun ja elämiseen maaseudulla.

Heinon verenpaine alkoi nousta, kun hän aina mietti näitä asioita, mutta hän yritti nyt ajatella jotakin muuta. Hän katsoi rasvassa tihkuvaa kalaa ja käänsi laudan kohti itsensä, jossa Nieriä oli paistumassa, Heino pudotti kalan lohkotun puupalasen päältä ja asetti toisen puolen nieriästä taas paistumaan tervaskannon lämpöön, kaatoi lisää kahvia konjakin päälle ja söi. Puukolla hän lohkaisi aina sormien väliin suolaista ja rasvaista jalokalaa, jonka hän oli pyytänyt varastetuilla välineillä ja ilman kalastuslupia. Nieriä maistui taivaalliselta ja kuten myös konjakkikahvi. Heino söi kaikki viimeistä palasia myöten ja kellahti kesämakuupussin sisälle, uni tuli hetkessä, järvellä vietetty päivä oli väsyttänyt ja vienyt kaikki voimat.

Aamuhämärissä Heino säpsähti hereille, lähistöllä liikkui riekkopoikue, joka säikähti tervaskannon savua ja tuulenvireen innoittamana virkistynyttä tervaskantoa, joka syttyi uudestaan palamaan. Poikueen mukana liikkunut vanha riekko lasketteli kirosanoja ja laski kopekoita sen verran ärhäkkänä, että Heino säikähti. Onhan Pohjois- Pohjanmaan suoalueillakin riekkoja, esimerkiksi viime syksynä teerimetsällä ollessaan Heino säikähti oikein kunnolla, kun suonreunasta räpsähti kaksikymmentä valkoista mettikanaa melkein jaloista, eikä niitä saanut edes ampua. Nyt Heino katsoi vaivaiskoivikossa vipeltäviä riekkoja, jotka liikkuivat kuin kanaparvi pihamaalla, siksi kait niitä sanotaan meilläpäin mettikanoiksi. Muutama talvi taaksepäin oli niille riekoille haasteellinen talvi, kun kanahaukka napsi niitä tummasta maasta, koska syksyllä ei ollut satanut vielä lunta ja riekko oli jo vitivalkoinen, mutta nykyään on ollut lumisia talvia Oulun korkeudellakin ihan mukavasti. Normaalisti lunta onkin Pohjois- Pohjanmaan keskiosissa noin seitsemänkymmentä senttiä. Heino keitti aamukahvit, vahvat pannukahvit olivatkin nyt tarpeen, sillä nyt pitäisi lähteä taivaltamaan kohti Norjan rajaa Suomi neidon päälakia kohti, Heino lisäsi vielä kahvipannuun ripauksen suolaa. Eilen hänen tekemiään voileipiä oli runsaasti jäljellä, yllättävää oli, että kovinkaan nälkä ei vielä aamulla ollut, sen verran hyvin Heino oli syönyt ennen nukkumaan menoa, rasvainen kala oli täyttänyt vatsan. Heino joi useamman kuksallisen aamukahvia ja laittoi aina tujauksen konjakkia kahvin sekaan. Oli taas aika lähteä, Heino aavisteli, että tänään voisi tapahtua vaikka mitä.

Ivalon rajavartioston vanhemman saapumiserän yksi joukkueista oli palannut takaisin Inarijärven rantaan ja jatkoi siitä mihin eilen olivat jääneet. Varma Erätuli oli kuullut varusmiesten eilisestä mökkitarkistuksista, ja että kun he olivat jättäneet tarkistamatta muutaman mökin ja palanneet kasarmille yöpymään. No, minkä sille jälkikäteen voi, Varma harmitteli mielessään. Varma pyysi, että jos Esa Kuivalainen lähtisi varusmiesten mukaan.

– Se sopii, eihän tässä ole muutakaan tekemistä.

– Katsokaa tarkkaan ne loput mökit. Minulla on aavistus.

– Katsotaan.

Varma Erätulen johtama etsintäryhmä oli kadottanut Heino Karjalaisen, oliko Heino edes Suomessa vai oliko hän vieläkin Venäjällä ja jäisikö hän sinne lopullisesti, näihin kysymyksiin ei ollut tällä hetkellä vastausta. Mutta, ei heillä ollut muutakaan keinoa, kuin etsiä Heino Karjalaista raja- alueilta ja toivoa, että hän tekisi jonkun virheen ja paljastaisi itsensä. Varusmiesten mukaan oli nyt lähtenyt Kainuun rajavartioston rajavartija Esa Kuivalainen. Esa liikkui innokkaiden varusmiesten matkassa ja tarkisti heidän kanssaan kesämökkien piha-alueita.

– Varusmiehet kysyivät, mitä heidän pitäisi huomioida.

– Esa sanoi, että mökkitiellä olevia auton renkaanjälkiä voisi katsoa, että milloin mökkiläiset ovat lähteneet, eli jos sade on vaikka huuhtonut selvästi renkaan jäljet pois, niin mökillä ei ole ketään ollut pitkään aikaa käymässä tai jos puun lehtiä tai neulasia oli mökkien portailla runsaasti, sekin on jokin merkki käynneistä. Saunan ja talon piipun päästä voi taas katsoa, väreileekö lämpöä ulospäin, siitäkin näkee olisiko mökissä ollut joku lähiaikoina, toki usein mökkiläinen voi laittaa pellit kiinni lähtiessä kotiinsa, ettei lämpö tulisijasta karkaa harakoille.

Sellaista Esa kertoili varusmiehille, valtaosa varusmiehistä oli nykyisin kaupungeista kotoisin, joten ymmärtäähän sen, että arkirealismi ja osaaminen vähenee eli maalaisjärki katoaa Suomessakin. Mökeillä ei näkynyt mitään erikoista. Esan piti aina muistuttaa, että ei rynnätä mökkien pihalle liian nopeasti, että katseltaisiin ensin rauhassa, olisiko pihalla jalanjälkiä ja tietenkin jotta etsittävä Heino Karjalainen ei hätääntyisi ja rupeaisi ammuskelemaan turhan päitten. Viimeisellä mökillä varusmiehet huomauttivat, että pihalla oli jalanjälkiä ja mökille ei päässyt ollenkaan autolla pihaan asti. Tämän mökin pihalla oli hyvin hentoa heinäkasvustoa, joka oli lakoontunut sieltä täältä. Ovet näyttivät olevan päällisin puolin lukossa ja piipusta ei noussut lämpöä ainakaan silmin havaittavasti. Mökissä oli siistiä. Jokaisessa alueen mökissä oli nykyaikaisesti asetettu riistakameravalvonta, mutta tässä mökissä sitä ei ollut, oliko mökinomistaja ajatellut vaatimattoman mökin vuoksi, että ei sillä ole niin väliä, jos joku murtautuu mökkiin. Kameravalvonnassa oli sekä hyviä, että huonoja puolia, jos vaikka mökin omistaja asuisi Helsingissä, niin olisiko se mukavaa, että kun katselisi suoraa lähetystä satojen kilometrien päästä ja ei voisi itse tehdä yhtään mitään asialle, jos joku murtautuisi mökin sisälle. Heino katsoi mökin seinämiä ja huomasi ulkoseinässä olevan kiinnikkeen, joka muistutti riistakameran kiinnitystaustaa, sen alapuolelle maahan oli tippunut muovinpalasia. Esa Kuivalainen kutsui varusmiehet paikalle ja pyysi heitä etsimään riistakameraa mökin ympäristöstä. Riistakamera löytyikin puuvaraston portailta rikkinäisenä. Puuvaraston vierestä lähti jokin raahausjälki kohti järvenrantaa ja varusmiesten mukaan mökillä ei ollut venettä, joka oli tosi erikoista. Esa päätti soittaa Varma Erätulelle ja Martti Kotkanniemelle.

– Hei Varma, onko Martti siinä lähellä.

– Kyllä on, annanko hänelle?

– Kyllä.

– Esa tässä terve.

– Terve, mitä sinne maastoon kuuluu ja näkyy.

– Eipä juuri kuulu mitään, mutta jotakin näkyy.

– Älä, kerro ihmeessä.

– Tässä viimeisessä mökissä on jotain omituista. Auto ei ole lähistöllä. Täältä löytyi rikkinäinen riistakamera ja jotakin oli kiskottu järvelle, todennäköisesti venettä oli kiskottu veteen. Sisällä emme ole vielä käyneet, menemmekö nyt sisälle, ovet ovat lukossa silmämääräisesti. Tuletko sinä tänne?

– Tulen, mene sinä vain sisälle ja tarkista lukot ja tulisijat. Tulen sinne kohta.

– Selvä on.

Esa katseli oven metallisalpaa hanskat kädessä ja komensi varusmiehet etäämmälle. Ottaessa oven lukon käteensä, se valahti auki, ovi oli ollut vain valelukossa, lukko oli rikki. Esa käveli sisälle. Hän kokeili takan ja hellan kylkiä. Tulisijat olivat hieman lämpöiset, täällä oli ollut joku, mutta kuka? Heino meni saunalle ja siellä oli aivan sama juttu. Kiuaskivet ja saunan hirsiseinät olivat hieman lämpimät. Puuvaraston lukko oli myös särjetty ja sieltä oli kadonnut virveli ja haavi sekä mahdollisesti perämoottori. Esa oli aivan varma, että jokaisessa Inarijärven rannalla olevassa mökissä oli aivan varmasti vene ja kalastusvälineet. Sillä välin Varma ja Martti olivat tulleet paikalle ja he menivät sisälle mökkiin. Esa ei ollut huomannut vieraskirjan päällä ollutta ylimääräistä lappua, jonka oli kirjoittanut itse Heino Karjalainen. Martin ei tarvinnut tutkia sen enempää, sillä nyt takaa- ajajat tiesivät, että Heino Karjalainen oli tullut pois Venäjältä ja nyt hän suuntasi Suomen puolelta ilmeisesti taas kohti pohjoista. Mutta he muistivat, että Lemmenjoen kansallispuistossa Heino oli huijannut heitä niin, että he luulivat Heino Karjalaisen liikkuvan Ruotsin rajan yli kohti Norjaa, mutta hän kääntyikin kohti pohjoista ja Inaria. Nyt Varma tarvitsi vain yhden tiedon ja merkin, että missä Heino Karjalainen liikkuisi, niin takaa- ajo alkaisi uudestaan toden teolla. Ensin Varma soitti mökin omistajalle, joka oli ihmetellyt, että riistakameran oli äkillisesti mykistynyt, mykistyminen olikin kiväärin laukauksen aiheuttama asia.

– Voisitteko kertoa, että millainen vene teillä on?
– Tavallinen soutuvene, joka on maalattu maastoväreillä.
– Kuinka iso perämoottori teillä on ja kuinka paljon pensaa siinä oli?
– Neljän hevosvoiman Honda ja kanisterissa oli kymmenen litraa bensaa ja tankissa oli melkein viisi litraa bensaa.
– Kiitos tiedosta, valtio korvaa kyllä vahingot teille.
– Tuulenkaadon rikollinen oli ottanut saunan katolta pois ja tehnyt niistä polttopuita. Lisäksi hän oli jättänyt teille kaksikymmentä euroa.

- No jopas on erikoinen mies.
- Niin, hän on erikoinen. Me lukitaan paikat, kun rikospaikkatutkinta päättyy.
- Näkemiin.
- Näkemiin.

Samassa soi puhelin, juuri päättyneen puhelun jatkoksi.

- Inarin lentopalvelusta.
- Terve, me olemmekin tavanneet.
- Kyllä.
- Eilen, kun vein asiakkaita Vätsärin erämaahan, Vasikkaselän ja Suolinjärven yhtymäkohdassa näin kalastajan, joka veti uistinta, veneen pohjalla oli iso nieriä. Mies kyllä huiskutti rohkeasti meille. Mutta silti päätin soittaa teille.
- Suuret kiitokset tiedosta, tämä oli meille kuin lottovoitto, nyt tiedämme tarpeeksi Heino Karjalaisesta tai ainakin epäilemme kalastajan olevan hän.
- Näkemiin.
- Näkemiin.
- Kootaan taas etsijäjoukko ja lähdetään Suolinjärvelle. Osa voi lähteä veneellä ja osa voidaan viedä helikopterilla maastoon. Mennään me Martti ja Esa rajavartioston helikopterin kyytiin. Sotilaat sekä loput rajamiehet ja yksi koira tulevat veneellä

Inarijärveä pitkin. Kaikille miehille otetaan mukaan rinkat ja maastovarustus.

Varusmiehet pääsivät pidennetylle viikonloppulomalle hyvästä toiminnasta johtuen. Helikopteri haki laskeutumispaikkaa viimeisen kesämökin läheisyyteen. Lapin poliisin rikospaikkatutkijat saivat Martti Kotkanniemen sijasta tutkia kesämökin katosta lattiaan asti ja kirjoittaa tästä mökkimurrosta raportin.

Rajavartioston helikopteri laskeutui viimeisen kesämökin viereen. Helikopterissa odotti kolme rinkkaa, joissa oli varusmiesten sissivarusteet valmiina, kaikki ylimääräinen paino oli tietenkin otettu pois rinkasta ja rynnäkkökivääriä ei luonnollisesti ollut mukana. Varma Erätuli, Martti Kotkanniemi ja Esa Kuivalainen nousivat helikopteriin ja ohjaaja neuvoi miten heidän tulisi asettua kopteriin, sillä painoa oli hieman liikaa niin pieneen helikopteriin. Onneksi nyt oli lähes tuuleton lentokeli. Samaan aikaan Sodankylän jääkäriprikaatin syöksyvene halkoi jo Inarijärven selkävesiä, jossa oli mukana rajavartioston ja sotilaiden valiojoukkoa, mukaan oli otettu vielä yksi jälkikoira. Helikopteri nousi ilmaan ja kääntyi kohti Vasikkaselkää ja Suolisjärven pohjoisosia. Varma puhui radiopuhelimeen ja hän keskusteli syöksyveneen ohjaajan kanssa.

– Tiedoksi. Meillä on nyt varma tieto, että Heino Karjalainen on palannut Venäjältä.

Heino on yöpynyt eräässä Inarijärven mökissä ja hän on varastanut soutuveneen mökin omistajalta. Veneessä on neljän hevosvoiman Honda perämoottori, vene on maastonvärinen, eli nyt on kyseessä metsästäjien suosima värimalli. Veneessä on polttoainetta reilut kymmenen litraa ja sillä hän pääsee todennäköisesti Suolisjärven pohjukkaan asti. Yksi kalastaja on nähty Vasikkaselän ja Suolisjärven välissä ja hän oli juuri saanut jonkun kalan, joka oli ilmeisesti nieriä. Inarin Lentopalvelun yrittäjän mielestä yllättävää oli, että hän huiskutti heille. Yritämme ensin löytää veneen. Onnea matkaan, varokaa kiviä ja karikoita.

– Selvä on, nämä vedet ovat minulle tuttuja seutuja, veneen ohjaaja vastasi.

Syöksyveneen ohjaaja oli Inarijärveltä kotoisin ja Sodankylän prikaati oli harjoitellut Inarijärvellä, olihan Inarijärvi kohtuullisen lähellä Venäjän rajaa.

Helikopteri lähestyi nopeasti Suolisjärven pohjukkaa, mutta Heino oli jo patikoinut liki kymmenen kilometrin päähän, kun hän kuuli takaansa helikopterin vaimeaa säksätystä. Helikopterin ääni ei lähestynyt, vaan kone tuntui pyörivän paikoillaan, ilmeisesti helikopteri etsi häntä ja hänen varastamaansa venettä. Onneksi vene oli hyvin piilossa kalliokielekkeen alla, sitä ei todennäköisesti näkisi ylhäältä päin. Nuotiopaikan Heino siivosi huolella, koivunkannon minkä hän kaatoi saadakseen kalalle loimutuspohjan, sen Heino peitti sammalella huolellisesti, että kanto ei näkyisi ja paistaisi kirkkaana kuin valopylväs ylöspäin. Ja poltettuja mustia tervaskantoja oli ympäri Vätsäriä, niitä ei voinut havaita ylhäältä, jos ei varta vasten käynyt läheltä katsomassa. Tervaskannon Heino sammutti huolella, että se ei savuttaisi. Heino jatkoi matkaa, maasto oli todella hankala kävellä, mutta maasto parani, kun hän pääsi etäämmälle Inarijärvestä.

Helikopteri pyöri järvenrannassa, mutta mitään merkkiä Heinosta ei löytynyt. Kone laskeutui maahan ja hetkeksi jäätiin odottamaan syöksyveneen saapumista. Kymmenen minuutin päästä, helikopteria kohden ajoi vaahtopäiden saattelemana Sodankylän jääkäriprikaatin syöksyvene, joka rantautui helikopterin lähelle.

– Näittekö veneestä mitään merkkejä? Varma kysyi veneen ohjaajalta.

– Järvellä ei näkynyt yhtään mitään.

– Mekään emme nähneet yhtään mitään ylhäältä päin. Emme voi riskeerata helikopterin kanssa, onhan takaa- ajettava ampunut helikopteria aikaisemmin. Varma vastasi.

– Mitä tehdään? Martti Kotkanniemi kysyi.

– Katsotaanko kaikki rantaviivat, olisiko hän piilottanut veneen kivien alle? Esa Kuivalainen esitti mielipiteensä.

– Hyvä ajatus. Helikopteriporukka haravoi jalkaisin Suolisjärven pohjukan itäpuolen ja veneporukka länsipuolen ja katsellaan vain salmien ja ojien seudut, sillä näköisällä se vene ei ole, meidän pitäisi saada varmuus, että vene olisi juuri Heino Karjalaisen kuljettama vene.

Kolme miestä haravoi järven pohjukan länsilaitaa ja kolme miestä haravoi itälaitaa. Helikopteri nousi ilmaan ja jatkoi raja- alueen vartiointia, sillä Venäjän raja oli suljettu usean kuukauden ajaksi ja sulan maan aikana luvattomia rajanylittäjiä oli liikkunut paljon maastossa. Pieni osa luvattomista rajanylittäjistä menehtyi laajoihin erämaihin, mutta suurin osa selvisi ja he hakivat paperittomina turvapaikkaa Suomesta, vaikka se oli nimenomaan kielletty, mutta kansainväliset ihmisoikeus säädökset olivat varsin selkeät ja Suomessa lakia sovelletaan aina pilkulleen. Eräs merkittävä Suomen valtiomies oli aikoinaan sanonut seuraavasti.

"Suomalaisten ei olisi syytä kirjoittaa mitään ylimääräistä lakia ja asetusta, koska suomalainen täyttää aina jääräpäisesti kaikki mahdolliset asiat lain kirjaimen mukaisesti, vaikka se olisi suomalaisen yhteiskunnan vastaisesti.

Syyrialainen

Heino oli saanut lisää etumatkaa, koska takaa-
ajajat eivät olleet löytäneet Heinon
yöpymispaikkaa ja venettä. Heinon kartan mukaan
Norjan rajalle olisi vain kaksikymmentä kilometriä.
Rajan ylityksen jälkeen olisi epävarmaa, pitäisikö
hänen väistellä myös Norjan rajamiehiä.

Yhtäkkiä Heino kuuli ääniä ja Heino pysähtyi
niille sijoilleen. Ääni kuului suoraan edestä. Heino
otti kiikarin taskustaan ja näki miehen makaavan
maassa. Maassa makasi tummapintainen mies,
joka piteli jalkaansa, hänen vieressä oli vain pieni
reppu, muita ihmisiä ei näkynyt hänen lähellään.
Mies huusi jotakin, mutta Heino ei ymmärtänyt
sanaakaan hänen huudostaan. Heino mietti, että
kiertäisikö hänet niin kaukaa, että mies ei huomaisi
häntä ollenkaan, ja toisaalta takaa- ajajat voisivat
saavuttaa hänet liian nopeasti, jos hän pysähtyisi
miehen luokse. Heino päätti kuitenkin toisin ja
pysähtyä, ei hän voinut jättää miestä siihenkään
makaamaan. Heino käveli varovasti miehen

luokse. Mies säpsähti ja oli samalla helpottuneen näköinen nähdessään toisen ihmisen.

– Kuka sinä olet? Heino kysyi englanniksi.

– Ahmed, mies vastasi.

– Miksi sinä huudat täällä metsässä?

Mies osoitti jalkaansa, hänen nilkkansa oli turvonnut muodottomaksi. Ilmeisesti tässä kivikossa hän oli taittanut nilkkansa.

– Miksi olet täällä erämaassa? Heino kysyi.

– En kommentoi, mies totesi lyhyesti.

– Mistä tulet?

– Venäjältä.

– Oletko yksin?

– Olen, mutta ystävät jättivät minut eilen tänne, kun loukkasin jalkani.

– Jättivät?

– Vietkö minut pois täältä, Suomeen?

– En valitettavasti pysty viemään sinua sinne. Mutta autan sinua.

Heino haki miehen juomapulloon läheisestä purosta lisää vettä ja antoi hänelle yhden lihavoileivän. Heino keräsi useita helposti irtoavia tervaskantoja samaan kasaan ja sytytti ne tuleen, liekkeihin hän nakkeli sammalta ja tuoretta puuta, sen minkä lähialueelta löysi. Lopuksi hän lastoitti miehen jalan, ensiapupakkauksesta hän antoi miehelle särkylääkettä ja komensi syömään ne.

– Kohta sinut haetaan täältä, luota minuun. Mutta älä kerro, että minä olin täällä. Ymmärrätkö? Minäkin pakoilen.
– Ymmärrän. Kiitos.

Heino jatkoi matkaa. Aikaa oli jo tuhrautunut aivan liikaa tähän episodiin. Toista yötä mies ei olisi kuitenkaan kestänyt, mies ei ollut saanut juotavaa ja syötävää kahteen päivään, ja hän oli jo varsin heikon oloinen. Tuleva yö voi olla jo varsin kylmä, pakkanen laskeutuisi maastoon ja Jäämeren kylmä tuuli lisäisi pakkasen purevuutta. Tämä mies kuulosti olevan Syyriasta, ilmeisesti hän oli kurditaustainen. Heino oli seurannut Lähi- Idän ja Afrikan mullistuksia. Heino ei voinut käsittää, miksi usean arabimaan hallitsija ei huolehtinut omista kansalaistaan. Vuosikymmeniä tilanne oli jatkunut samanlaisena, luulisi jokaisen itsevaltiaankin ymmärtävän, kuinka levotonta heidän valtakunnassa oli vuosi vuoden perään. Onko taustalla kysymyksessä uskonto, raha, valta, kunnia, vai mikä tämän kaiken pahan aiheuttaa. Mutta, huvittavinta tässä asiassa oli tuon miehen kohtaamisessa, että Heino taas pakenisi länsimaista näennäisdemokratiaa, jonka pohjana oli henkinen pahoinvointi ja yhteiskunnallinen jakautuminen alempikastisiin jäseniin, jotka eivät tule toimeen taloudellisesti länsimaisessa demokratiassa, tilanne Suomessa olisi räjähtämässä käsiin väkivaltana, jos ylempi luokka ja eliitti ei viime hetkellä ota huomioon vähäosaisten hätää. Miljoonan suomalaisen toimeentulon ongelmat ei pitäisi olla yllätys puolueille ja suomalaisen eliitille. Toistuuko meillä Suomessa Lähi- Idän tapahtumat ja kohtalo.

Heino kuuli takanansa, kuinka rajavartioston helikopteri lähestyi syyrialaisen makuupaikkaa, eihän rajavartioston helikopterin ohjaaja voinut olla tarkistamatta, miksi maastosta nousisi syksyllä paksu savupilvi, Heino oli ajatellut aivan oikein sytyttäessään ison nuotion maastoon. Ehkä tämä olisi hyvä asia myös Heinon kohdalta, mutta se riippuisi Ahmedin sanoista, voisiko hän pitää salassa, kuka häntä auttoi. Heino lisäsi päättäväisesti vauhtia, olihan hän saanut veneen kyydissä levähtää ja hän oli yöpynyt kaksi yötä mökissä, ensin Dimitrin luona Venäjällä ja sitten, kun hän murtautui Inarijärven kesämökkiin, saunoakin Heino oli saanut kahtena päivänä peräkkäin.

Helikopteri laskeutui luvattoman rajanylittäjän lähelle ja ohjaaja sammutti koneen. Ohjaaja otti virka- aseen ja käveli miehen luokse, joka makoili ison tervaskantoröykkiön vieressä.

– Kuka te olette! ohjaaja kysyi.

– Ahmed.

– Miksi te olette täällä?

– Turvapaikka! mies huudahti.

- Kuka teitä auttoi? ohjaaja kysyi ja näki miehen jalan, joka oli lastoitettu.
- Ei kukaan, olen yksin.
- Valehtelette!
- En valehtele. Turvapaikka!

Ohjaaja otti yhteyttä Ivalon rajavartioaseman Raja-Joosepin komentajaan.

- Täällä on taas yksi luvaton rajanylittäjä Suolisjärvestä pohjoiseen. Paikalla oli iso tervastuliröykkiö, siksi huomasin tämän. Jalka oli häneltä lastoitettu ja joku oli häntä ilmeisesti avustanut, mutta muita ei täällä nyt näy. Hän anoo turvapaikkaa, kun kyselin häneltä asioista. Ilmeisesti hän on syyrialainen mies. Juuri äsken jätin poliisit Suolisjärven pohjukkaan, ne poliisit, jotka ajavat takaa pääministerin murhaepäiltyä.
- Tuo se turvapaikan hakija tänne, mutta pysähdy ensin Varma Erätulen luona, jos Varma haluaa haastatella sitä syyrialaista ennen tänne tuontia.
- Selvä on.

Ohjaaja raahasi syyrialaisen koneeseen, ohjaaja tarkisti sitä ennen, olisiko hänellä aseita tai puukkoa, jotta uskaltaisi kantaa miehen koneeseen. Kone nousi ilmaan, tervastulet saivat jäädä palamaan, sillä syksyn kosteus ja kylmyys sammuttivat ison tervaskannon nopeasti. Ohjaaja lensi helikopterilla kymmenen kilometrin päähän poliisipartion luokse. Varma kovisteli hetken aikaa syyrialaista, että jos vaikka hän lipsauttaisi jotakin Heinosta, sillä miehen tarina oli varsin omituinen. Esa jatkoi, kun Varma ei saanut miehestä mitään irti. Ohjaaja kertoi, että juomapullo oli lähes täynnä ja tervaskantoja ja muuta puuta oli isossa nuotiossa miehen lähellä. Esan mielestä tätä miestä oli autettu ja eihän se voi olla kukaan muu kuin Heino Karjalainen, sillä olisihan joku muu jäänyt tämän syyrialaisen luokse odottamaan, että hänet haettaisiin pois maastosta.

– Luotan nyt aavistukseeni, että Heino Karjalainen oli auttanut häntä, Esa Kuivalainen esitti.

– Oletko varma, jos vaikka hän itse olisi tehnyt ison nuotion, Varma kysyi.

– Minusta se on mahdotonta, eihän hänellä ole kirvestä ja jalka oli sellaisessa kunnossa, että sillä ei käveltäisi, lisäksi joku taitava sitoja oli lastoittanut hänen jalkansa, Esa vastasi.

– Totta, ehkä olet oikeassa.

– Mitä nyt tehdään? Martti kysyi.

– Helikopterin ohjaaja, viekää syyrialainen raja- asemalle ja tulkaa sitten heti takaisin ja heittäkää meidät sinne isolle nuotiolle, mistä te löysitte tämän pakolaisen, rajakoirakin otetaan nyt matkaan. Unohdetaan se veneen etsiminen ja lähdetään suoraan sinne tulipaikalle. Norjan rajakin alkaa olla lähellä, ja meidän pitäisi saada lupa ylittää Norjan raja. Soitan Raja- Joosepin päällikölle, että hän pyytäisi norjalaisilta luvan, että voidaanko me ylittää aseiden kanssa valtakunnanraja, kuulemma siellä Norjan puolellakin liikkuu luvattomia rajanylittäjiä ihan yhtä paljon, kuin meillä täällä Suomessa.

– Miten me löydetään maastossa harhailevien joukosta, juuri se Heino Karjalainen? Martti kysyi.

– Siinäpä se, en tiedä itsekään, Varma vastasi.

Heino oli ehtinyt jo Norjan rajalle. Luonnollisesti Suomen ja Norjan valtakunnanraja ei ollut niin tiukasti vartioitu, kuin Suomen ja Venäjän välinen raja. Mutta norjalaiset olivat yhtä työllistettyjä, kuin suomalaiset, sillä raja- asemien sulkemisten jälkeen maastossa vaelteli pieniä ihmisryhmiä. Ongelmana oli vain, että heidät pitäisi saada tunnistettua, että he eivät pääsisi Norjan, Ruotsin ja Suomen suuriin asutuskeskittymiin ja sulautumaan väkijoukkoon ilman henkilöpapereita. Toinen ongelma oli, että osa rajan ylittäjistä oli niin tottumattomia kulkemaan vaikeakulkuisessa maastossa ja näissä keliolosuhteissa, että he uupuivat maastoon, vaikka kuinka heitä etsittiin ja vartioitiin rajaa, niin valitettavasti osa heistä menehtyi maastoon. Tässä oli myös Heinon mahdollisuus, sillä hän näki maastossa lukemattomia ihmisryhmiä, jotka vaelsivat kohti länttä ja sitä vastoin Heinon kulkureitti oli kohti pohjoista. Vaikka aukeassa maastossa kulkijat olivat välillä helposti nähtävissä helikopterista ja lentokoneesta, ei Heinoa pystyttäisi erottamaan heidän joukostaan. Jos Heino pystyi välttelemään viranomaisia, hän pystyisi pakenemaan ilman ongelmia, ja myös hänen turvanaan olisi edelleen poliittiset päätökset, että häntä ei saisi väkivalloin ottaa kiinni, tämä päätös koskisi, myös norjalaisia ja ruotsalaisia rajavartioita ja poliiseja. Lähi- Idästä lähtöisin olevat rajanylittäjät eivät myöskään halunneet kohdata suomalaista Heino Karjalaista, vaan he pakenivat vaistonvaraisesti hänet nähdessään. Heino näki myös muutamia kuolleita ja kuolevia ihmisiä maastossa, mutta Heino ei pystynyt enää heitä auttamaan. Norjan ja myös Suomen puolella oli menossa ihmiskoe, ja vain vahvimmat selviäisivät matkasta kohti Länsi-Eurooppaa. Kuka tämän rajaylityksen takana oli, Lähi- Idän diktatuuri, Venäjän valtion johto, rajanylittäjien omat henkilökohtaiset tavoitteet vai kansainvälisen terrorismin soluttautuminen Länsi-Euroopan demokraattisiin valtioihin. Pohjois-Euroopan pohjoiset valtiot Ruotsi, Suomi, Norja ja Tanska olivat olleet rauhan ja demokratian mallimaita, mutta näiden valtioiden ongelmaksi nyt muodostui sinisilmäisyys ulkopuoliselle maailmalle eli avosylin hyväksyttiin kaikki ihmiset ja uskottiin kaikki mitä viranomaisille ja politikoille kerrottiin. Pohjoismaiden yhteiskuntajärjestelmiin vaadittiin nopeasti suuria muutoksia integroida suuria määriä maahanmuuttajia, päätökset toteutettiin nopeasti, mutta ei pystytty katsomaan päätösten taakse, mitkä olisivat kaikkien muutospaineiden tosiasialliset tavoitteet ja seuraukset.

Heino katsoi taivaalle, ja samalla silmäyksellä hän näki yhden helikopterin ja yhden pienen lentokoneen, jotka merkitsivät pieniä ihmisryhmiä karttakoordinaatteihin, jotta maastopartiot voisivat hakea mönkijöillä heidät pois. Yksittäisiin ihmisiin rajavartioilla ja sotilailla ei ollut nyt mahdollisuuksia ja aikaa kiinnittää huomiota, nyt keskityttiin ainoastaan määrään ei yksittäisiin kulkijoihin. Tunturiin lähteneitä kalastajia ja metsästäjiä ei ollut kovinkaan paljon enää liikkeellä, koska siellä ei saanut enää olla hetkeäkään rauhassa, väkimäärä oli näissä erämaissa aivan poikkeuksellinen.

Jäämeri

Heinon takaa- ajajat ylittivät myös Norjan valtakunnanrajan. Takaa- ajajien mukana ollut rajavartioston rajakoira oli saanut erikoisluvan ylittää Norjan rajan, mutta nyt ongelmana olivat maastossa liikkuvat lukemattomat ihmismassat ja paperittomat maahanmuuttajat, joiden perään koira harhautui jatkuvasti. Heino vaistosi, että takaa- ajajat käyttäisivät edelleen jääräpäisesti koiria jäljestämiseen ja hän laittoi kengänpohjiin Dimitrin antamaa tököttiä silloin tällöin, jotta koirat eivät pääsisi niin hyvin perille Heinon kulkusuunnasta. Heinon takaa- ajajat päättivät kuitenkin yllättäen kävellä Näätämön kylälle Suomen puolelle. Rikosylikomisario Varma Erätuli ajatteli, että nyt heidän olisi parempi liikkua tiealueita pitkin autoilla ja autolla olisi helpompi etsiä laajemmalta alueelta Heino Karjalaista. Varma kertoi ryhmälle ajatuksia.

– Eihän Heino Karjalainen enää jaksa liikkua tässä maastossa kovinkaan nopeasti. Lisäksi täällä on vuonoja ja vesistöä niin paljon, ettei jalkamies pääse niistä yli mitenkään, suorat kävelyreitit kohti pohjoista ja Jäämerta olivat aika vähissä. Nouseeko hän vielä johonkin veneeseen vai liikkuuko hän autolla eteenpäin, se oli nyt ydinkysymys. Jokainen Jäämeren rannalle haluava menee yleensä Jäämeren turistipaikoille, mutta Heino Karjalainen toimii luonnollisesti kuitenkin toisin. Meidän pitää saada miehiä lentokentille, juna- asemille ja satamiin katsomaan, ettei hän nouse laivaan, lentokoneeseen, junaan tai linja- autoon. Minä lähden Bykeijaan ja Martti, mene sinä Kirkkoniemeen, jäljellä oleva sotilasryhmämme, jossa on mukana vielä kolme miestä, jakaantuvat Neideniin, Etelä- Varankiin ja yksi teistä jää tänne Näätämöön. Kirkkoniemen raja- asema on nyt suljettu, joten sen kautta hän ei pääse takaisin Venäjälle ja raja- aseman valtakunnan linja on miehitetty niin tiukkaan, että siitä ei mene läpi kukaan tai mikään. Esa voi toimia oman mielensä mukaan maastossa, mihin minä en usko hänen enää pyrkivän. Olen tilannut Sodankylästä viisi maastoautoa, jotta me saamme autot käyttöömme, varusmiehet tulevat kuljettajaksemme. Norjalaiset ja ruotsalaiset lupasivat auttaa meitä. Nyt me voimme nopeasti syödä tässä paikassa, ennen lähtöä. Onko kellään mitään kysyttävää?

– Ei ole! kaikki sanoivat yhteen ääneen.

– Minusta Heino Karjalaisella on vielä jokin suunnitelma ja en usko hänen siitä suunnitelmasta poikkeavan, Esa avasi ajatuksia.

– Minun mielikuvitus ei enää taivu mihinkään, mutta yritetään vielä, vaikea meidän on vielä myöntää tappiota, koska emme ole saaneet Heino Karjalaista kiinni, murhayrityksestä on kulunut sentään jo melkein viikko, Varma päätti.

– Aivan, tämä maalaisukko on vaikea tapaus, koko suomalaiselle viranomais- ja virkakunnalle, Esa Kuivalainen kuittasi.

Näätämössä takaa- ajajat saapuivat pieneen kyläpahaseen, jossa oli onneksi ruokaa tarjolla. Sodankylän varuskunnasta oli jo saapunut viisi maastoajoneuvoa kyyditsemään takaa- ajajien joukkoa Norjan puolella. Varusmiehet olivat saaneet erikoisen ulkomaan komennuksen suoraan Sodankylän prikaatin komentajalta. Neljällä maastoautolla oli jo selvä osoite ja päämäärä, mihin varusmiehet veisivät asiakkaansa, viides auto oli vielä vailla määränpäätä ja siihen nousisi rajavartija Esa Kuivalainen. Varusmiehet joutuisivat myös tarkkailemaan turisteja, heille oli myös annettu kouraan Heino Karjalaisen valokuva.

Rajavartija Esa Kuivalainen ei pitänyt kiirettä, hän oli lähestulkoon takaa- ajon alusta asti ollut mukana etsimässä Heino Karjalaista. Esa Kuivalainen oli oppinut, että mikään kiire tässä ei ole. Esa tilasi vielä jälkiruokakahvit itselle ja varusmiehelle. Esa ja varusmies istuivat pienessä Näätämön kylässä ja joivat rauhassa jälkiruokakahvit pullan kera, ennen kuin he jatkaisivat matkaa eteenpäin. Esa Kuivalainen katsoi Jäämeren rannan karttaa ja antoi mielikuvituksen ja luovuuden vaeltaa kartalla. Mitä vanha aito maalaisukko tekisi, jos hän haluaisi lopullisesti kadota takaa- ajajilta? Oliko hänellä jokin valmis suunnitelma? Oliko hän sittenkin käynyt täällä aikaisemmin? Nyt tätä asiaa pitää miettiä huolella, Esa mietti kuumeisesti. Esa katsoi pienen ruokapaikan pitäjää, joka oli vuosikymmeniä pitänyt tätä turistipaikkaa ja tarjoillut pääosin Jäämeren kalaa turisteille ja paikallisille. Esa päätti näyttää Heino Karjalaisen valokuvaa, vaikka koki sen aivan turhaksi, mutta jokin epämääräinen vaisto antoi siihen syyn.

– Oletteko te nähneet tätä miestä koskaan?

Esa näytti valokuvaa Heino Karjalaisesta.

– Olen nähnyt hänet ainakin kaksi kertaa.

– Kaksi kertaa? Miten te voitte muistaa hänet noin hyvin?

- No, hän ei varsinaisesti ollut turisti eikä paikallinen.
- Milloin hän kävi täällä?
- Joskus elokuussa ja juuri äsken, juuri ennen kuin te tulitte tänne syömään.
- Oliko hän äsken täällä, oletteko aivan varma?
- Kyllä, hän kävi täällä syömässä lohikeittoa, tuolla takahuoneessa on meillä oma paikka, jos joku haluaa syödä ruokansa rauhassa.
- Mitä hän sanoi teille?
- Eipä paljon mitään, muuta kuin, että kiitos ja näkemiin. Tai, onhan meillä täällä Näätämössä epävirallinen taksi ja hän ilmeisesti soitti itselle kyydin, kun hän nousi autoon tuosta pihalta.
- Entä sitten viime kesänä?
- No, hänellä oli auton katolla jokin paketti ja asuntovaunu oli auton perässä, asuntovaunun hän jätti tähän pihalle pariksi tunniksi.
- Pariksi tunniksi. Mihin hän oli menossa?
- Hän ajatteli käydä katsomassa Jäämerta, mutta ei hän olisi ehtinyt Bykeijaan tai muihin turistien suosimiin paikkoihin, niin lyhyessä ajassa.
- Aivan, pääseekö tästä Jäämerelle pikkuteitä pitkin.

– No, jos ei halua tuohon vuononvarteen, niin sen vasemmalta puolelta menee kinttupolkuja aavalle merelle. Vagge on paikan nimi.

– Kiitos tiedosta, Esa vastasi ja kiirehti matkaan.

Esa pyysi varusmiestä lähtemään kuskiksi, varusmies räpläsi kännykkäänsä, ilmeisesti tässä kohden oli ainoa paikka missä matkapuhelimen netti toimi jotenkuten. Tyttökaveri Oulussa sai ilmeisesti jonkun viestin häneltä pitkästä aikaa.

Päätepiste

Torstai 22.8.2024. Näätämön epävirallinen taksi kuljetti vaiteliasta Heino Karjalaista kohti Norjan Vaggen viimeistä ja kauimmaista taloa. Talon pihassa Heino nousi pois kyydistä ja kiitteli kuljettajaa viidenkymmenen euron setelillä. Talonväki oli sattumoisin kotona ja he katsoivat erikoista kulkijaa, joka lähti askeltamaan eteenpäin kohti talon takana olevia korkeita rantakallioita. Muutamia satoja metriä käveltyään, Heino seisoi päättäväisenä Vaggen kohdalla Jäämeren korkealla rantatörmällä, jossa hän oli käynyt aikaisemminkin. Viisitoista raskasta päivää oli kulunut siitä hetkestä, kun hän oli tehnyt päätöksen ampua Suomen pääministeriä. Korkean rantakallion alapuolella oleva Jäämeri näytti uhkaavan näköiseltä. Heino muisti loppukesän käyntinsä Jäämeren reunalla, silloinkaan meri ei tuntunut kesäisen lämpimältä. Hän otti taskustaan matkapuhelimen ja avasi lukitun puhelimen. Puhelimessa oli satoja viestejä, osa viesteistä oli sukulaisilta ja osa tuntemattomilta. Heino ei lukenut kaikkia viestejä, sillä hän ei ehtinyt, eikä jaksanut niitä lukea. Lastensa ja rakkaan mussukan viestit hän luki. Viesteissä luki.

"Sydän ja rakastan sinua, pidä itsestäsi huolta, jälleennäkemisen toivossa, mussukka ja lapset". Heino kirjoitti lyhyesti takaisin.

" Rakastan teitä, anteeksi ja hyvästi ".

Yhden viestin hän lähetti vielä pojalleen. Vaikka Heino tiesi, että viestit lähtevät vasta sitten liikkeelle, kun puhelin kohtaa kuuluvuusalueen.

"Poikani Kalle, ostatko Honda 4 perämoottorin ja laita sinne kopan sisään sytytystulppia ja varapotkuri. Voisitko toimittaa sen karttakoordinaattorin mukaiseen paikkaan, jonka laitan sinulle, älä kerro kenellekään mitään tästä asiasta, moottori tulee venäläiselle ystävälle, hän joutuu suuriin vaikeuksiin, mikäli venäläiset saavat siitä vihiä, hänestä oli minulle suuri apu Venäjän puolella".

Kyyneleet laskeutuivat Heinon karheille kasvoille. Kyyneleet kuivuivat nopeasti Jäämeren tuulessa. Aivan kuin ankara pohjoistuuli kertoisi armottomasti ikiaikaista tarinaa kaikille, jotka tulivat rannalle. Jäämeri ei tunne ihmiselle armoa, vaikka ihminen ajattelee olevansa suurin hallitsija maan päällä. Heino yritti keskittyä tulevaan. Heino sulki puhelimen ja kääri varmuuden vuoksi puhelimen vesitiiviiseen muovipussiin, hän naurahti itselleen kyynisesti, että onkohan tällainen puhelimen suojaaminen aivan turhaa. Heino seisoi varjoliitimen vieressä ja oli nostamassa laitetta hartioille, kun hän huomasi takanaan liikettä. Rajavartija Esa Kuivalainen seisoi Heino Karjalaisen takana. Rajavartija piti käsissään virka- asetta, pistoolia, jota oli helppo kantaa mukana. Esa Kuivalainen oli juuri tavoittanut tänä syksynä rajavartioston henkilökunnan eläkeiän ja ansaitut eläkepäivät koittaisivat syksyllä tämän komennuksen jälkeen. 55- vuoden ikäinen rajavartija katsoi saman ikäistä maalaisukkoa, joka oli huijannut ja pakoillut Suomen Armeijaa, Suojelupoliisia, NATO- sotilaita ja Suomen poliisia usean päivän ajan. Ainostaan vanha rajavartija oli pysynyt Heino Karjalaisen perässä, rajavartija osasi ajatella parhaiten mihin Heino aina liikkui, taito, jota ei opita kirjoista, vaan yksinkertaisena ajatuksena oli suomalaisen aidon maalaisukon jääräpäisyys ja tahtotila liikkua, miten hän itse tahtoi. Esa Kuivalaisen pitäisi tehdä nyt päätös, yrittäisikö hän aseella uhaten pidättää murhaepäiltyä Heino Karjalaista Suomen pääministerin ampujaa. Esa Kuivalainen tiesi vallan hyvin, kuinka hyvä ampuja Heino oli. Ase oli nytkin Heinon vieressä. Heino otti aseen käsiinsä ja poisti varmistimen. Heino odotti kokeneen rajavartijan ratkaisua, mitä hän tekisi tässä tilanteessa, tulisiko tässä vielä katkera viimeinen laukaustenvaihtotilanne. Jäisikö Jäämeren rannalle kaksi miestä makaamaan vai lähtisikö molemmat jääräpäiset miehet jatkamaan omille tahoilleen. Heino ei edelleenkään aikonut antautua, ja sen Esa Kuivalainen tiesi mielensä sopukoissa, hänen edessä oli jääräpäinen maalaisukko.

Esa Kuivalainen nosti kätensä pystyyn ja asetti pistoolinsa rantakallion pinnalle ja heilautti Heinolle kättään. Matkaa heidän välillään oli alle viisikymmentä metriä. Heino kuuli rajavartija Esa Kuivalaisen sanat.

– Hyvää matkaa maalaisukko. En kerro kenellekään mitä nyt näen.

Heino yllättyi rajavartijan ratkaisusta ja vastasi.

– Kiitos ja hyvästi.

Heino asetti kiväärin takaisin Jäämeren jyrkälle reunalle ja nosti varjoliitimen selkäänsä ja kiinnitti tukiremmit. Hän mietti hetken ja hyppäsi tyhjyyteen ja tuntemattomaan, kohti Jäämerta, kylmän kuoleman kutsuun. Hetken aikaa Esa Kuivalainen odotti. Rajavartija Esa Kuivalainen käveli Heinon hyppypaikalle ja katsoi loittonevaa varjoliidintä. Maatuuli oli kohdannut merituulen ja varjoliidin, syöksyi nopeasti kohti aavaa ja kylmää Jäämeren lakeutta. Esa istui läheiselle kivelle ja katsoi loittonevaa murhayrityksestä epäiltyä samanikäistä maalaisukkoa, joka huijasi kaikkia, ainoastaan hän oli hieman tietoinen pakenijan ajatuksista, sillä hänkin oli luonnonlapsi aito maalaisukko maaseudulta.

Esa katsoi Heinon tavaroita, jotka olivat jääneet Jäämeren rannalle, tuuli riepotteli ja siirteli niitä edestakaisin. Esa mietti pitkään ja poltti samalla yhden piipullisen, hän otti repustaan kuksan ja kaatoi Heinon rinkasta löytyneestä konjakkipullosta konjakkia kahvin sekaan. Heinosta ei näkynyt enää mitään merkkiä, ei edes pienen pientä pistettä näkynyt aavalla merellä, ainoastaan muutamia isoja lokkeja näkyi meren yllä taistellen kovassa tuulessa, leikkien tuulessa ikiaikaista leikkiä tuulen kanssa kinastellen. Juuri silloin samalla hetkellä Suomen poliisin rikosylikomisario Varma Erätuli oli ehtinyt Pykeijan turistipaikalle ja hän katsoi masentuneena Jäämerelle. Ja siinä vaiheessa hän tajusi, että tavallinen maalaisukko ja Suomen päämisterin murhayrityksestä epäilty Heino Karjalainen oli huijannut koko Suomen viranomais- ja virkamiesarmeijaa. Takaa- ajo oli nyt päättynyt. Varma Erätuli ei tiennyt, että oli kuin kohtalon ivaa, että Heino Karjalainen oli yksi horisontissa näkyvä iso merilintu, jota ei erottanut paljailla silmillä muista linnuista. Ja Vaggen rannalla rajavartija Esa Kuivalainen katsoi radiopuhelinta ja matkapuhelinta, jotka olivat edelleen hiljaa, kuuluvuuskenttää ei täällä ollut, joka antaisi yhteyden ulkomaailmaan.

Esa katsoi Jäämerelle. Täällä äärettömän äärellä ajatukset olivat vapaita, kaikki turha oli poissa. Muut taka- ajajat ja Heinon seuraajat olivat aivan toisaalla, Heino oli eksyttänyt kaikki muut paitsi hänet, Esan. Esa oli tehnyt päätöksensä. Esa otti käsiinsä Heinon aseen, katseli hetken vanhaa asetta, kaikkensa palvellutta asetta, jolla oli ammuttu satoja lintuja Suomen pystykorvan kansalliskoiran haukkuun. Esa nosti aseen päänsä yläpuolelle ja hän katsoi alas, pauhuavaan Jäämereen, aivan kuin meri odotti jotakin saavaksi omakseen. Esa heitti aseen Jäämereen, ase kimpoili Jäämeren rannan jyrkissä seinämissä ja ase katosi ikuisiksi ajoiksi meren syvyyksiin. Loput tavarat hän sulloi Heinon rinkkaan ja laittoi rinkan sisälle painavan kiven. Konjakkipullon hän laittoi taskuunsa. Esa tarkisti alueen huolellisesti ja katsoi ympärilleen, hän heitti rinkan alas jyrkänteeltä, hetken aikaa rinkka kellui meren pinnalla, aivan kuin rinkka katsoisi viimeistä kertaa kirkasta sinihohtoista taivasta, kunnes rinkka painui meren pinnan alle ikuiseen hautaan. Kukaan ei ollut nähnyt, kukaan ei kuullut mitään, mitä rannalla oli juuri tapahtunut.

Esa lähti kävelemään takaisin kohti etelää, ja hän valmistautui kohtaamaan muut etsijät. Pitkällä kotimatkalla Esa työstäisi loppuraportin valmiiksi omassa mielessään. Loppuraportin kirjoittaminen Heinon katoamisesta ei olisi helppoa, mutta vanha rajavartija oli tehnyt oman ratkaisunsa. Esa tiesi, että jos hän nyt paljastuisi, eläkkeelle hän ei pääsisi useaan vuoteen, mutta tämän riskin hän kantaisi, hän oli tehnyt jo päätöksen. Heino on antanut kaiken tälle Suomelle, tekikö Heino oikein, seurasiko tästä mitään hyvää niille sadoilletuhansille vähäosaisille suomalaisille, aukaiseeko Heino yksin teoin tällä teolla suomalaisten poliitikkojen, virkamiesten, viranomaisten tai suomalaisen eliitin silmät tästä tämänhetkisestä kansallisesta valhetilasta, pidetäänkö vähäosaisista huolta Suomessa. Kukaan ei tiennyt missä Heino nyt oli ja satelliittien avullakaan ei saatu mitään selville, missä Heino olisi, sillä Venäjän ja Naton väliset kiistat olivat mykistäneet satelliittien toiminnan pohjoisen Jäämeren alueella.

Heino taisteli Jäämeren yllä ja yritti kaikin voimin pitää itseään ilmassa, vaikka se tuntuikin aivan turhalta. Heinolla ei ollut tästä eteenpäin mitään suunnitelmaa, vain tähän asti hän oli ajatellut kaiken tapahtuvaksi. Pakomatka oli ollut Heinolle yllättävän helppoa, mutta oliko hänen tekemänsä teko aivan turha, sitä hän ei kenties koskaan saisi tietää. Heino katsoi usean tunnin ajan Jäämeren pintaa ja yritti kaikin voimin jatkaa matkaa. Määränpäätä ei ollut ja alla odotti vain kylmä kuolema, siihen Heino oli valmistautunut, parempi kuolema, kuin vangittuna ja kahlittuna loppuelämän. Heinon voimat alkoivat hiipua ja varjoliidin, alkoi vajota kohti Jäämeren pintaa. Kylmä meri odotti uhria. Heinoa.

Kalastajat

Jäämerellä liikkui pieni kalastajavene, joka kiskoi ajoverkkoa kohti Norjan rannikkoa. Islantilainen kalastajavene oli koukannut vauhtia Islannin aluevesien ulkopuolelta läheltä Karhusaarta. Islantilainen kalastaja katsoi ihmeissään suurta lintua, joka vaappui lähellä meren pintaa. Yllättäen suuri lintu putosi muutaman sadan metrin etäisyydelle kalastajaveneestä. Ahnaasti suuri lintu hakkasi hetken aikaa isoja siipiään merenpinnalla, kunnes linnun siivet alkoivat upota veden alle. Uteliaisuus voitti. Kalastaja Thor Halldorsson ja hänen poikansa Birkir Halldorsson käänsivät nopeasti veneen suunnan kohti putoamispaikkaa. Heino oli saanut ihmeen nopeasti valjaat pois selästään ja valmistautui hyytävään kuolemaan, sillä hän ei huomannut islantilaista kalastajavenettä, joka lähestyi häntä nopeasti. Heinon voimat alkoivat loppua ja Jäämeren korkea aallokko peitti näkyvyyden. Heino luuli näkevänsä ja kuulevansa harhoja, kun hänen viereen ajautui vene, jonka laidalta kuului omituista puheääntä.

Yhtäkkiä veneen laidalta työnnettiin rautainen nostokoukku, johon Heino vaistomaisesti tarttui viimeisillä voimillaan. Oliko tämä Tuonelan enkelin rautainen koukku, joka kiskoi hänet ylös taivaaseen tai alas helvettiin? Heinon vahvat kädet ja sormet tarttuivat ahnaasti metalliseen koukkuun, vaikka kylmyydessä veri pakeni Heinon sisälle, niin viimeisen kerran hän pinnisti kohti Tuonelan enkelin käsiä. Heino makasi veneen kannella lopen uupuneena, ilman mitään varusteita. Taskussa oli vain viimeiset rahat ja matkapuhelin, jotka oli kääritty huolellisesti vedenpitävään muoviin. Heino ojensi rahat islantilaisille kalastajille ja teki kädenliikkeen suljetun suun edessä, ennen kuin hän menetti lopullisesti tajuntansa.

Thor Halldorsson ja hänen poikansa Birkir katsoivat hämmentyneenä vanhaa miestä, joka makasi kalastajaveneen pohjalla. Vanha islantilainen kalastaja Thor oli nähnyt enneunen edellisenä yönä ja hän muisti unessa hahmon kertoneen, että mitään pahaa tässä miehessä ei olisi. Thor ja hänen poikansa raahasivat tuntemattoman miehen veneen lämpimään hyttiin, kylmä vesi kovan tuulen kanssa olisi nopeasti tappava yhdistelmä. Isä ja poika riisuivat märät vaatteet tuntemattoman miehen yltä ja kietoivat hänet paksujen lampaantaljojen sisään. Likomärän puseron taskusta tipahti hytin lattialle muovinen kääre, jossa oli vanha matkapuhelin, sen Thor nosti tuntemattoman miehen viereen, puhelin oli säilynyt kuivana, muovikääreen sisässä ei ollut vettä. Thor ja Birkir jatkoivat ajoverkon vetoa ja nostivat viimeisen kerran ylös ajoverkot, ennen kuin he kääntyisivät ja palaisivat Islannin rannikolle takaisin. Mukanaan heillä oli nyt tuntematon kolmas ihminen. Miksi tämä omituinen kulkija oli heidän veneensä hytissä, sitä he eivät vielä tienneet. Jos mies nyt kuolisi, kenties koskaan he eivät saisi sitä selville, kuka hän oli, ja mistä hän tuli, mutta he ymmärsivät, että heidän piti salata asia, koska mies pyysi sitä heiltä, hän kertoi sen omalla tavallaan myöhemmin. Heino oli syvässä unessa, mutta käsi haki vaistonvaraisesti jotakin, mikä oli Heinon vieressä. Heino Karjalainen vaistosi, että kuin ihmeen kautta luoja päätti toisin, hän oli sittenkin elossa, vaikka hän oli jo luovuttanut. Kukaan muu ei sitä tiennyt, ei edes rajavartija Esa Kuivalainen, joka näki hänet viimeisenä elossa. Mutta, Esa Kuivalainen ei voinut sitä kertoa kenellekään, paitsi yhdelle ihmiselle, kun sen aika on…

Hyvästit

Sunnuntai 1.9.2024. Terhi Heinon mussukka seisoi Jäämeren rannalla, hänen vierellään oli Heinon lapset Kalle ja Kiia. Pykeijan rannalla Terhi katsoi kyyneleet silmissä hyytävän kylmää Jäämerta. Hänen sydämensä oli jäätynyt. Hänen sielunsa oli rikki, auki revitty. Terhi tiputti suolaisia kyyneleitä alas kylmälle kalliolle, josta kyyneleet vierivät kohti Jäämerta. Terhi sai vaivoin heitettyä punakukkaisen kukkakimpun kohti sinistä Jäämerta, jossa hänen rakas ja änkyrä maalaisukko makasi merenpohjalla.

Aivan kuin kohtalonomaisesti kukkakimppu olisi lentänyt takaisin kohti Terhin käsivarsia, aivan kuin Jäämeri kertoisi jotakin, mitä he eivät tietäisi. Terhi oli nyt yksin. Heinon poika Kalle ja Heinon tytär Kiia katsoivat Terhin vierellä hyytävää merta ja he itkivät valtoimenaan, heidän turva ja kivijalka oli nyt poissa, ikuisen ajan poissa. Isä. Kiia heitti oman punaruusuisen kukkakimpun kohti Jäämerta, kukkakimppu lennähti Kallen käsivarsille. Kalle heitti kukkakimpun takaisin kohti Jäämerta. Hetki oli omituinen, aivan kuin

Jäämeri kertoisi jotakin. Terhin ja lasten sydämeen oli jäänyt pieni lämmin kohta, mutta siihen ei ollut mitään selitystä, oli vain tunne jostakin selittämättömästä. Jäämeri tahtoisi kertoa.

He lähtivät pois.